戰國縱橫

卷七——龍戰于野

寒川子 著

高寶書版集團

戲非戲　DN073

戰國縱橫　卷七：龍戰于野

作　　者：寒川子
總 編 輯：林秀禎
編　　輯：李國祥
出 版 者：英屬維京群島商高寶國際有限公司台灣分公司
Global Group Holdings, Ltd.
地　　址：台北市內湖區洲子街88號3樓
網　　址：gobooks.com.tw
電　　話：(02) 27992788
E-mail：readers@gobooks.com.tw（讀者服務部）
pr@gobooks.com.tw（公關諮詢部）
電　　傳：出版部(02) 27990909　行銷部（02）27993088
郵政劃撥：19394552
戶　　名：英屬維京群島商高寶國際有限公司台灣分公司
發　　行：希代多媒體書版股份有限公司/Printed in Taiwan
初版日期：2009年10月

國家圖書館出版品預行編目資料

戰國縱橫. 卷七, 龍戰于野 / 寒川子著. -- 初版. -- 臺北市：高寶國際出版：希代多媒體發行, 2009.10
面；公分. --（戲非戲；73）

ISBN 978-986-185-359-8（平裝）

857.7　　98016218

・目錄・

代序

乾坤以含養覆載，日月以貞明照臨。
達人以四海為務，明君以百姓為心。
水波瀾者源必遠，樹扶疏者根必深。
雲雨取施無不洽，廊廟求才多所任。

聖人千年始一生，黃河千年始一清。
東南可以補地缺，西北可以正天傾。
浮黿則東海可厲，運鍤則南山可平。
懷和則韎任並奏，功烈則鐘鼎俱銘。

【第三十一章】

失意人雪地罵車馬
浪蕩子二度返家門

蘇秦於初冬時分趕到咸陽，轉眼已是兩個來月。眼見大年將至，秦宮仍無音訊，莫說是蘇秦，縱使竹遠，也坐不住了。

這日晨起，竹遠吩咐下人備好車馬，逕出咸陽東門，朝東南方的終南山方向馳去。及至午時，竹遠趕至山下，尋個客棧寄下軺車，挑選一匹好馬，備好鞍具，翻身騎上，馳入山道。因山中奇寒，積雪未化，竹遠歷盡辛苦，方於第三日迎黑趕回寒泉。拜過寒泉子後，竹遠將蘇秦赴秦及其才學大略講過，不無疑慮地說：「先生，照理說，蘇子之才正是秦公所需，可秦公遲至今日，仍然不肯召見，弟子百思不得其解！」

寒泉子沉思有頃，抬頭問道：「蘇秦可曾議政？」

竹遠點了點頭。

「他是如何議政的？」

「蘇子一到咸陽，舍人就感到他不同凡俗，向弟子講起他，弟子讓他第二日開壇議政。議政時，蘇子果是不同凡響，站得高，看得遠，縱論天下，認為大勢趨統，列國必歸於秦，同時聲稱，自己已有上、中、下三策輔秦！」

「哦？」寒泉子眉頭微微皺起，「是何三策？」

「上策也叫帝策，可使秦居一而掃列國，帝臨天下；中策也叫霸策，可使秦威服天下，領袖諸侯；下策也稱邦策，可使秦偏安關中，高枕無憂！」

「唉，」寒泉子輕嘆一聲，「這個蘇秦，真也是聰明過頭了！」

竹遠驚道：「先生？」

寒泉子緩緩說道：「咬人之犬多不吠，吠犬多不咬人。天下列國紛起稱王，多是占個名義，實意欲王天下者，唯有秦公！」

「先生是說，」竹遠恍然悟道，「蘇子不該將秦公內中一語道破！」

寒泉子又嘆一聲：「唉，莫說是蘇秦，縱使老朽，也只能是點到為止。在秦公心裡，天下一統是長久國策，只可做，不可說！」

竹遠緊咬嘴唇，半晌方道：「是弟子害了蘇子！若是不讓他議政，當無此事了！」

寒泉子閉上雙目，凝神再入冥思，許久之後，睜開眼睛：「一切皆是定數，是秦不該得到蘇子！」

竹遠急了：「弟子苦守幾年，只為求訪大才。好不容易候到蘇子，這……」思忖有頃，「弟子這就再向秦公舉薦，讓他務必留用蘇子！」

寒泉子苦笑一聲，搖了搖頭：「修長，既為定數，又何必勉強呢！」

竹遠一下子怔在那兒。

「還有，你回去之後，可以告訴蘇子，讓他速離咸陽，否則，或招殺身之禍！」

竹遠目瞪口呆。

*　　*　　*

惠文公坐在書房裡，眼睛半睜半閉，內臣垂頭守在一邊。有頃，惠文公蹦出一句：「這些日來，那個蘇秦在做什麼？」

「稟報君上，」內臣回道，「有時誦讀，有時在街頭轉悠。不過……旬日之前，蘇秦兩次出城！」

「哦？」惠文公急睜眼睛，「幹什麼去了？」

「據黑雕臺稟報，此人或至田間地頭，或至村落農家，與百姓談天說地，問些收成、納糧、服役諸事，並未出位。臣以為是瑣事，因而沒有驚動君上！」

「唉，」惠文公思忖有頃，點頭嘆道，「此人確係大才，寡人也該見他一面了。」又頓許久，「宣大良造覲見！」

「臣領旨！」

不消半個時辰，公孫衍叩見。見過禮，君臣相對而坐，惠文公直入主題，笑道：「前番愛卿、上大夫力薦蘇秦，寡人原說會一會他，不想這陣兒忙於瑣事，竟將此事忘了。方才寡人打盹，陡然想起這檔子事，怕再忘記，這才急召愛卿！」

公孫衍心裡咯登一聲，不知該說什麼才好。幾年下來，公孫衍既知秦公，亦服秦公。然而，龐涓、孫臏橫空而出，列國情勢一年一變，三年大變，一如亂花迷眼，看得世人如墮五里霧中。許多變化，即使才氣如他，也未完全看透。秦公既已起用他為大良造，卻又在列國大張旗鼓地全力求賢，說明對他有所不滿。公孫衍雖無能力完全看透時事，自知之明卻是有的。剛開始，公孫衍甚想不通，心中甚至憋悶。然而，自會蘇秦之後，公孫衍大是折服，決意讓賢，欲與蘇子並肩合力，輔助秦公做成一番人生大業。誰想風雲突變，秦公不見蘇秦不說，這又指派樗里疾使魏謀取孫臏，真正讓他捉摸不透。

見公孫衍沒有應答，只在那兒發呆，惠文公笑道：「愛卿，你怎麼了？」

公孫衍回過神來，急拱手道：「微臣謹聽君上吩咐！」

惠文公似已猜出他在想些什麼，再笑一聲：「這些年來，士子街上人來人往，寡人都讓列國士子搞昏頭了。蘇子既有大才，寡人就想會一會他，偏巧樗里愛卿不在，只好煩請愛卿安排一下！」

「微臣領旨！」略頓一下，公孫衍似是想起什麼，「微臣這就去請蘇子進宮覲見！」

「不不不，」惠文公連連搖頭，「似蘇子這般大才，寡人自當躬身求教才是，哪能

勞動蘇子貴體？」
公孫衍聽出秦公語帶風涼，心頭一顫：「君上之意是……」
惠文公呵呵笑道：「聽說士子街上鬧出個論政壇，甚有意趣，寡人早想見識一番，只無機緣。今有蘇子在，寡人就想兩事併作一事，請蘇子再開一壇，寡人一則見識一下何為論政壇，二則洗耳恭聽蘇子高論，與蘇子並天下士子共議時政，愛卿意下如何？」
公孫衍沉思有頃，緩緩說道：「微臣以為不妥！」
「有何不妥？」
「士子街上魚龍混雜，君上公然拋頭露面，無異於以身涉險，萬一有所差池，微臣……」
「愛卿過慮了！」惠文公再笑一聲，「昔日文王訪賢，不惜躬身渭水河邊。寡人訪賢，不過在自家門口走動幾步，就有差池了？」
「這……」公孫衍遲疑有頃，「君上定要如此，微臣這就安排！只是……哪一日合宜，還請君上定奪！」
「聽說論政壇是在申時開壇，就明日申時吧！」惠文公不容商議，斷然說道，「你可吩咐壇主，要他搞得熱鬧一些。寡人在朝中悶得久了，也想聽聽野外的聲音！」
「微臣遵旨！」
公孫衍告退之後，一頭霧水走出宮門，略一思索，向右拐至士子街，在街頭站有一時，本欲前往「英雄居」，直接通知竹遠，想想不妥，就又回到宮門前，跳進軺車打道回府，令府中御史持請帖邀壇主議事。
隨御史前來的不是竹遠，卻是賈舍人。公孫衍迎出府門，遠遠看見，不及見禮，迎頭急問：「竹先生呢？」
賈舍人一怔，拱手道：「回大良造的話，竹先生回終南山去了！」
公孫衍大驚，愣怔一時，方才說道：「這可糟了！」
賈舍人望一眼御史，轉向公孫衍：「怎麼了？」
「明日申時，君上欲去論政壇與蘇子議政！」
「與蘇子議政？」賈舍人先是一怔，旋即喜道，「這是好事！蘇子已候數月，士子街上更是議論紛紛，眾士子見蘇子不用，論政壇不開，以為賢路閉塞，一些性急的已離咸陽，轉投他處去了！」
「可……竹先生不在，如何是好？」
「能否奏請君上，另改時日！」
公孫衍搖了搖頭：「君上一旦定下，如何更改？」
賈舍人想了一想：「竹先生臨走時，將壇中諸事交予草民代管，眼下事急，論政壇可由草民召集，大良造意下如何？」
公孫衍思忖有頃，點了點頭：「既有此說，明日議政之事，煩請賈先生暫代壇主！」
賈舍人拱手道：「大良造若無他事，草民告辭！」
公孫衍亦拱手道：「賈先生慢走！」
賈舍人回身，剛跳上車，公孫衍叫道：「慢！」
賈舍人復跳下車，眼望公孫衍：「大良造還有何事？」
公孫衍話中有話：「君上有旨，明日論政，要搞熱鬧一些！」
「大良造放心！」賈舍人點頭道，「士子街上久未論政，眾士子早已急不可待了！」

賈舍人快馬加鞭，趕回士子街，急急來到運來客棧。蘇秦開門，見是賈舍人，拱手道：「哦，是賈兄，屋中請！」

賈舍人並沒有進門，一臉喜氣，拱手賀道：「恭賀蘇兄，喜事來了！」

蘇秦怔道：「喜從何來？」

「明日申時，君上躬身士子街，親聽蘇兄論政！」

「君上躬身？」蘇秦似吃一驚，想了一下，抬頭問道，「仍在論政壇？」

賈舍人點了點頭：「是大良造親口交代在下的。大良造還說，君上特別吩咐，明日申時論政，要搞熱鬧一些！君上這是多慮了！君上躬身士子街聽士子論政，此事在論政壇是頭一遭，能不熱鬧？」

蘇秦思忖有頃，伸手入囊，欲掏金子。賈舍人見了，急忙攔住，笑道：「此番論政，免收三金！」

「這……」蘇秦怔道，「論政壇不能因在下壞了規矩！」

「蘇兄放心，」賈舍人笑道，「君上親聽，開壇費用當由官府支出！再說，如此盛事，也不是誰想聽就能聽的，在下可賣號牌，虧不了！」

「謝賈兄了！」

賈舍人不無關切地說：「君上親聽，蘇兄當仔細準備才是，在下也要回去精心布置。此等大事，竹先生偏又不在，萬不可出差錯的！」

「有勞賈兄了！」

*　　*　　*

翌日，剛交未時，士子街頭就有鑼者邊敲邊喊：「列位士子，特大喜訊，論政壇再次開壇嘍，開壇人仍然是洛陽士子蘇秦！此番論政，空前盛事，君上躬身親聽，在論政壇尚屬首次，欲旁聽者，可持三十銅至論政壇登記領牌，憑號牌入場！」

眾士子奔走相告，議論紛紛。有人不無激動地叫道：「諸位士子，你們快聽，蘇子重新開壇，秦公親聽論政，破天荒哪！」

有人接道：「天哪，領牌就要三十銅，可不是小數！」

「三十銅算什麼？能睹秦公手采，這點小錢物有所值！」

「唉，」一士子長嘆一聲，搖了搖頭，「可惜在下囊中羞澀，沒此眼福了！」

另一士子當即從袖中摸出三十銅：「仁兄切莫傷感，在下借你三十銅，快去領牌。去得遲了，只怕拿錢也買不到呢！」

那士子接過三十銅，連連拱手：「謝仁兄了！謝仁兄了！」轉身急步走向英雄居。

……

申時將至，士子街頭果然走來數百甲士，五步一人，沿街站定。英雄居門前，一側各立甲士十名。

眾士子手持所領號牌依序進場，眾甲士驗過號牌，搜過身，放他們步入。

論政壇上，一切照舊，只是座位有變，中間擺放主位，主位左右各有兩個空座。按照公孫衍的布置，壇中不設評判席，凡持牌士子均於論壇前面的空場上席地而坐。

申時正，一聲鑼響，代壇主賈舍人從側室走出，衝眾士子大聲宣布：「諸位士子，申時已到，論政壇開壇！」

話音剛落，門外一陣喧鬧，然後是一陣雜亂的腳步聲，內臣大聲唱道：「君上駕到！」

眾士子紛紛扭身，沿中間讓出一條兩步寬的通道，跪叩於地。賈舍人急走幾步，走至士子前面，叩道：「草民賈舍人並列國士子，叩見君上！」

惠文公面帶微笑，沿通道走進院中，逕至主位，落坐，擺手道：「賈先生，列位士子，平身！」

賈舍人及眾士子齊聲叩道：「謝君上！」

緊接著，老太傅嬴虔、大良造公孫衍走上前去，見過禮，於左首兩個空位上分別落坐。眾士子紛紛復位，席坐於地。

又是一聲鑼響，賈舍人唱道：「有請開壇人，洛陽士子蘇秦！」

側門響動，蘇秦趨步走出，至惠文公前叩道：「洛陽士子蘇秦叩見君上！」

惠文公細細審視蘇秦，好一會兒，微微一笑：「蘇子請起！」手指右側客位，「請坐！」

蘇秦再拜道：「謝君上！」起身至左首客位，席坐。賈舍人趨前幾步，坐於蘇秦下首。

惠文公撇開蘇秦，目光不無虔誠地掃向在場的所有士子，連連拱手，揖道：「諸位士子，嬴駟聽說，你們來自四面八方，還有從吳越、燕地而來，可謂是不遠萬里了。嬴駟還聽說，你們俱是飽學之士，各懷絕技，光臨偏僻。諸位士子，你們如此看重嬴駟，嬴駟早該會會諸位，謝謝諸位的，」苦笑一聲，再揖一禮，「可……你們也知道，秦地雖偏，雜事卻是不少。一來冗務纏身，二來內憂外患不絕，嬴駟日日窮於應酬，未得片刻閒暇，身不由己啊！諸位士子，所有慢待之處，嬴駟在此真誠道歉，望大家見諒！」

言訖，起身朝眾人抱拳拱手，長揖至地。

惠文公這一舉止雖是客套，卻是動人，在場士子無不改坐為跪，叩頭至地，有幾人甚至涕泣出聲。

「諸位士子，平身！」惠文公率先坐下。眾士子亦改跪為坐，目光齊射過來。

惠文公轉過身來，朝蘇秦拱手揖道：「嬴駟久聞蘇子大名，早欲請教，原因也就不消說了！嬴駟此來，一是來見見諸位士子，二也是來聆聽蘇子高論的！」

蘇秦拱手回揖道：「君上乃百忙之身，今能撥冗前來，實讓草民受寵若驚，感激涕零！」

惠文公手指公孫衍，微微笑道：「聽公孫愛卿說，蘇子前番論政，有治秦長策欲教嬴駟，嬴駟洗耳以聞！」

「蘇秦信口開河，妄言議政，不意驚擾了君上，心中甚是惶恐！」

「蘇子不必自謙！」惠文公再笑一聲，「嬴駟此來正是要聽蘇子高論的，何談驚擾二字？嬴駟不才，請蘇子賜教！」

按照昨夜想定的方案，蘇秦不再旁敲側擊，而是開門見山，直抒胸臆，當下抱拳說道：「君上虛懷待士，蘇秦不勝感懷。蘇秦不才，有三策可以治秦，敢問君上願聽否？」

「哦，是何三策？」

「上、中、下三策！上策可使天下歸一，當稱帝策；中策可使諸侯臣服，當稱霸策；下策可使偏安一隅，當稱邦策！」

惠文公臉上仍舊微微含笑：「嬴駟自然願聞上策！」

「上策乃治亂之道！」蘇秦侃侃而談，「古之治亂，無非王、霸兩業。古時王業，

也即商湯、周武所行之道，無不是弔民伐罪，取無道天子而代之。古之霸業，也即齊桓、晉文之道，無不是結聯諸侯，攘外安內，盟主天下！」

惠文公點了點頭：「今之治亂呢？」

「蘇秦以為，時過境遷，古之治亂之道並不適合今日亂局。今之治亂，唯有一途可走：大爭滅國，天下為一！」

惠文公臉上仍舊掛著笑意：「嬴駟願聞其詳！」

「自平王東遷始，周天子名存實亡，形同虛設，取天子而代之已無實用。自三家分晉始，列國紛爭日盛，民不聊生，百姓思治，盟主天下亦為明日黃花。蘇秦以為，天下之所以大亂，是因為分治。分治則散，散則亂，亂則爭，爭則不治。因而，若要治理今之天下，須從源頭做起，使天下歸一。天下唯有歸一，車同軌，民同俗，法同依，令同行。當此之時，天下再無諸侯，唯有各級吏員，政令上行下達，人民安居樂業！」

「蘇子所言，當是大同之世！」惠文公微微一笑，「只是……如此妙境，照蘇子所言，當是千古帝業，可與嬴駟有關？」

蘇秦抱拳道：「以蘇秦觀之，成此大業者，非君上莫屬！」

「哦？」惠文公似吃一驚，「蘇子此言從何說起？」

「回稟君上，」蘇秦接道，「天下一統，必大爭；大爭必滅國；滅國必實力。縱觀天下，諸侯雖眾，有此實力者不過三家──秦、楚、齊而已。齊背海而戰，富而失勇；楚大而無治，民待教化；唯秦政通人和，民富國強，法度嚴整，四塞皆險，占盡天時、地利、人和，大業不成，當無天理！」

惠文公依舊微笑：「嗯，聞聽蘇子之言，嬴駟大是振奮！依蘇子之見，嬴駟當如何實施帝策？」

蘇秦自是胸有成竹：「帝業巨大，自非一蹴可就！蘇秦以為，君上可分三步走。第一步，稱王正名；第二步，遠交近攻；第三步，一掃天下！」

惠文公心頭陡然一顫，面上仍舊不動聲色，只是眼睛圓睜，身子趨前，緩緩說道：「願聞其詳！」

蘇秦侃侃言道：「名不正，言則不順。天下已入並王時代，時至今日，與周天子並王者已有五家。宋公、中山君稱王，可視為笑談，但楚、魏、齊三國稱王，卻是不爭之實。戰國三強，齊、楚均已稱王，唯秦仍是公國。以王國之實，披公國之名，氣勢上已是自損三分。君上若是稱王，秦則名實相符。此時，君上以王命征伐，遠交近攻，蠶食、鯨吞周邊諸鄰，俟時機成熟，即可一掃天下，成就帝業！」

聽至此處，場上士子無不張口結舌，唏嘘四起。嬴虔、公孫衍亦相視一眼，彼此點頭，表情甚是振奮。

惠文公卻將笑容收斂，沉思有頃，抬頭逼視蘇秦：「聽蘇子之言，寡人如聞天書，眼界大開！只是……」略頓一頓，「蘇子盡言秦之所長，可知秦之所短乎？」

聽惠文公改稱寡人，蘇秦心頭一沉，揖道：「請君上指點！」

惠文公不看蘇秦，卻將目光掃向眾士子：「依蘇子所言，天下一統，必大爭；大爭必滅國；滅國必實力。國之實力首在軍力，軍力首在人力。就寡人所知，秦舉國人丁不過四百萬，去除老弱幼稚，青壯男女不過兩百萬，可徵男丁不過九十萬。秦為四丁抽一，即使按三丁抽一之列國慣例，秦舉國徵丁，也不過能徵三十萬人。即使這三十萬，也需大打折扣，因秦有三地不可徵，一為西北邊陲，以抗禦戎狄；二為河西故地，以安撫舊民；三為商於谷地，以應對貧窮。照此算來，秦可徵之丁，僅二十萬眾。以二十萬之眾，守土尚嫌不足，豈能遠圖？」

惠文公有理有據，自述己短，眾士子心服口服，無不點頭稱是。蘇秦心中卻是一懍，因惠文公所言根本不是實情，與他近日調查出入甚遠。

「此為人力，」惠文公似是意猶未盡，「再看財力。天下皆言秦地富強，其實不然。就寡人所知，秦雖有二十年變法改制，財力大長，但從根本上講，應該說是剛剛脫貧，民眾能有一口飽飯而已。個別家室或達富足，但國庫依舊空虛！」

眾士子皆現詫異之色，蘇秦更是惶惑。惠文公看在眼裡，輕咳一聲，苦笑道：「諸位或許不信，以為寡人不說實話。諸位士子，人皆有虛榮之心，你們中有誰願意自曝己醜？天下皆言秦國變法富強，孰不知，富的只是隸民。先君為獎勵耕織，推行的是變法不變稅，稅制仍為先祖定制，十抽一。秦國依據新法，取消隸農，許其拓荒種地，隸農因無所積，國家非但無收，反得接濟他們，對其十年不納糧，五年不抽丁。秦人之所以擁護新法，皆因於此。」搖頭苦笑，「不瞞諸位，寡人庫中，存錢不過萬金，儲糧不過百萬石，」扭頭望向嬴虔，「公叔執掌國庫多年，嬴駟所說，可是虛言？」

嬴虔見問，點頭稱是。

「諸位士子，」惠文公再次苦笑一聲，「寡人不怕笑話，自揭家底，無非是想向大家證實一下，寡人並無虛言。」轉向蘇秦，「這點財力，應對荒年尚嫌不足，何堪遠圖？」

眾士子皆是嘆服。蘇秦似也覺出秦公之意，揖道：「君上對國情瞭如指掌，如數家珍，蘇秦慚愧。世人皆知秦人富足，蘇秦今日方知個中曲折。沒有細流，何來江河？庶民不富，談何國強？商君變法若此，當是亙古未有之大手筆了！」

惠文公點了點頭：「蘇子有此感悟，寡人甚慰！」頓住話頭，掃射場上眾人一眼，長嘆一聲，「唉，常言道，巧婦難為無米之炊。秦國民力不足，財力尷尬，嬴駟縱有一統天下之心，力從何來？」

蘇秦一怔，垂頭陷入沉思。嬴虔、公孫衍互望一眼，面現疑惑，不知君上意圖何在。

惠文公將目光緩緩轉向蘇秦：「嬴駟前面所述，皆為外因。蘇子有所不知的，還有一因！」

蘇秦急忙抬頭，睜眼望向秦公。

惠文公字字有力，義正詞嚴：「周室雖微，可天下仍為大周之天下，列國仍為大周之屬臣。大周天子，楚、魏、齊、宋可以不認，韓、趙、燕、中山諸國可以不認，嬴駟不敢不認，因為秦室與周室同宗同源，本為一家，在嬴駟身上流淌的仍是周室之血，因而，周天子只要健在，周室只要不絕祠，嬴駟縱使有力，又如何能行這般不忠不孝之事，陷先祖於不忠不義之地？」

此言簡直就是在斥責蘇秦！蘇秦面色羞紅，表情尷尬，垂首不知所措。現場鴉雀無聲，眾人表情驚訝。

惠文公轉頭掃射眾士子一眼，凜然說道：「諸位士子有目共睹，近幾年來，中原列國紛紛稱王，唯嬴駟不敢越雷池一步者，皆因於此！」目光移至蘇秦身上，「因而，蘇子所言之帝策雖好，卻非治秦良藥，一則嬴駟羽毛未豐，氣候未成，無力實施！二則嬴駟本為庸人，且無法忘本，無心實施！」

蘇秦沉默無語。

惠文公音調有所和緩，嘴角微綻一笑：「好了，今日嬴駟有幸聽聞蘇子高論，獲益匪淺。眼下時辰已遲，嬴駟尚有雜務，不能與蘇子，還有諸位士子，盡興暢談了！待嬴駟忙過眼前一時，擇日再來此地，與眾位及蘇子談地說天！」

蘇秦起身，叩拜於地：「草民叩謝君上恩寵！」

惠文公緩緩起身，內臣唱道：「君上起駕回宮！」

眾士子紛紛起身，再次閃開通道，紛紛於兩側跪下，齊聲叩道：「恭送君上！」

惠文公掃視眾人一眼，大踏步走出。嬴虔、公孫衍互望一眼，再望一眼仍然叩拜於地的蘇秦，輕嘆一聲，緊隨而去。場上士子看到眾軍卒撤走，也都悄無聲息地步出英雄居，自始至終，竟無一人吱聲。

北風呼嘯，天寒地凍。論政壇上，蘇秦依舊跪在那兒，表情木然。離他不遠處站著賈舍人，靜靜地望著他，看那樣子，似想過來勸慰幾句，抑或拉他起來，卻又遲遲未動。

不知僵有多久，門外傳來車馬聲。賈舍人打個激靈，迎出門去，見是師兄竹遠。

賈舍人迎住竹遠，向他扼要講述了秦公親聽論政之事。竹遠輕嘆一聲，一句話未說，緩步走至蘇秦跟前，輕聲叫道：「蘇子！」

蘇秦抬起頭來，木然望著他。

竹遠話外有音：「天有不測風雲，你看這天，說冷也就冷起來，蘇子不宜一直守於此處！」略略一頓，將話說得又明一些，「走吧，蘇子最好離開此處，走得越快越好！」將手搭在蘇秦肩上，別有用意地重重一按，長嘆一聲，逕去房中。

蘇秦由不得打了個寒噤，看看房外，天色果然驟變，烏雲壓頂，朔風呼呼，說冷真就冷起來。聽到不遠處傳來竹遠重重的關門聲，蘇秦緩緩起身，拖著沉重的兩腿，一步步挪回客棧。

* * *

是日黃昏，雪花紛紛揚揚，大地一片潔白。在運來客棧的獨門小院裡，蘇秦痴痴地坐在客廳裡，兩眼凝視著窗外的老槐樹。將近一個時辰的落雪使槐樹的枝枝椏椏上披上銀裝，那枝曾經送走吳秦的大枝上面，也已裹起一層厚雪。

蘇秦正在望著老槐樹發怔，門外響起敲門聲。蘇秦心中一動，開門一看，卻是店家。

店家深揖一禮，笑道：「請問蘇子，此處住得可好？」

蘇秦還過一揖，陪上一聲乾笑：「還好，謝掌櫃關照！」

店家又是一笑：「蘇子在小店已住有兩月有餘，所交押金早已用完，飯菜、日用均是小店賒欠。小店本小利薄，蘇子，你看這……」

蘇秦心頭一寒，知店家見他前途無望，前來逐客了，也就斂起笑容，淡淡說道：「掌櫃莫要客氣，住店自然要付店錢。麻煩店家算算，在下尚欠多少？」

店家早有準備，從袖中摸出一塊竹片，遞給蘇秦：「在下已經算好，請蘇子過目！」

蘇秦接過竹片，掃瞄一眼，驚道：「在下僅住兩月，已付五金，怎欠這麼多呢？」

店家微微一笑：「回蘇子的話，帳是一筆一筆算出來的，本店斷不會多收一枚銅板。蘇子是十月晦日黃昏時分入住本店的，迄今已過兩個晦日又兩日，按照本店規矩，當算三個滿月，店錢為一十二金。蘇先生一日三餐，吃用折合五金。另有房舍清掃費、洗衣費、茶水費、洗浴熱水費、養馬費、草料費、馬棚費、軺車費及其他日用，又折三金，打總兒當是二十金。先生已付五金，尚欠一十五金！」

蘇秦臉色紫漲：「你……似你這等算法，豈不是黑店了嗎？」

店家又是一笑：「本店久負盛譽，不曾黑過一客，蘇子何出此語？」

「你……好，我且問你，店錢本是每月四金，可你講好減去一金的，為何仍算四金？」

店家略想一下，拍了拍腦門，笑道：「噢，對對對，在下想起來了，確有此事！好好好，本店減去一金，蘇子再付一十四金即可！」

「你……」蘇秦氣結，「既然是每月三金，在下僅住兩月單兩日，算作三月，加起來也不過九金！」

店家笑道：「蘇子聽錯了，在下的確說過減你一金，但指的是第一個月，並不是每月都減一金！」

蘇秦冷笑一聲：「在下總算明白，那位仁兄何以會吊死在你這店裡！」

「這……」店家臉上掛不住了，微笑換作乾笑，「一事歸一事，蘇子莫要扯到他人！」

「好了，」蘇秦冷冷地下了逐客令，「你出去吧，剩餘多少，在下明日一併付你！」

店家哈腰笑道：「蘇子想也不是賴帳之人，明日付也成！蘇子歇著，在下告辭了！」

店家走後，蘇秦關上房門，臉色煞青，在廳中連走幾個回，打開包裹，拿出錢袋，摸來找去，竟然只有三金，再摸身上，也不過四、五枚銅板，一時愣在那兒，思忖有頃，屈指算道：「賣田共得三十金，還大哥一金，置衣八金，置車馬八金，開壇三金，押店家五金，在函谷關置換一金……」

蘇秦七算八算，真也只有這麼多了。蘇秦起身又踱幾個來回，彎下腰去，順手拿起店家留下的帳目，自語道：「如此算帳，真也氣惱！店錢自應包括清掃費、熱水費等，至於養馬費，當真是第一次聽說，軺車存放也要收費，更是匪夷所思！怪只怪自己入住時未曾問個明白，眼下只由聽他擺布了！也罷，先生這軺車想是值些錢，待我明日將它賣了，還他就是！」

翌日晨起，蘇秦起床，見雪止了，趕到後院套上車馬，逕往集市。店家擔心他偷偷溜掉，使人遠遠跟在後面。蘇秦瞥見，猶如吞下一隻蒼蠅，只盼速速尋個買主，還上他的黑錢，離開這處傷心之地。

這日是臘月二十八，因是小月，再過一日就到年關了，因而集市上人來人往，到處都是置買年貨的老秦人。蘇秦尋個熱鬧處停下車子，卸下馬匹，拿出備好的木牌插在車上，上面早已寫有「鬻車」二字。不一會兒，果有幾人圍攏過來，照著軺車東瞅西瞧，其中一人趴在雪地上，審看車軸。

蘇秦裘衣錦裳，卻在這兒賣車，面子上也覺過不去，因而並不睬他，顧自微閉兩眼，站於一側。審有一時，鑽入車下的那人站起來，拍了拍沾在身上的積雪，問蘇秦道：「先生這輛車子，要賣多少錢？」

蘇秦早已想好，不假思索道：「一十二金！」

那人再次鑽進車下，仔細察看一番，搖頭道：「是老車了，你修過不久吧！」

蘇秦點了點頭。

那人再將身上的雪拍掉，輕嘆一聲：「唉，這位官人，不瞞你說，似你這車，又舊

又破，裝飾也差，少說用過百年，車軸上還有裂痕，不堪大用了。官人知道，輜車主要是賣個車軸，車軸若是不好，車子就是一堆廢料！」

那人講得有鼻子有眼，顯然是個行家。蘇秦一怔，急切問道：「依你之見，當值幾金？」

那人伸出四個指頭。蘇秦驚道：「才四金？不說這車，單是修它，在下也花去二金！」

那人笑道：「不瞞官人，這輛車子本值六金，因是修過，扣除二金，軸有傷，又扣一金，在下算你四金，是看你車上有點裝飾，多加一金！」

「這……」蘇秦急道，「在下急需十二金，否則不會賣它！」

那人笑道：「是啊，是啊，大凡賣車賣馬的，都是急等錢用，如若不然，有車有馬多好，誰願步行呢？」

「八金如何？」

那人聳聳肩，逕直走了。圍觀的幾人也紛紛抬腿離去。蘇秦急了，大聲叫道：「這位先生，請留步！」

那人聽到喊聲，又踅回來。其他幾人見了，復圍攏來。

蘇秦笑道：「在下連馬奉送，只要一十二金！」

那人走到馬跟前，察看一下牙口，讚道：「嗯，馬倒不錯，可值五金！」

蘇秦急道：「先生，在下減你一金，十一金如何？」

那人搖了搖頭：「依你這車馬，在下出九金已是多了。不瞞先生，在下早有車馬。眼下是年關，大家都在置辦年貨，忙活過年，沒有誰願意買車！在下觀你氣色，想是急等錢用，實意打算幫你個小忙。先生若是不賣，各走各路也就是了！」

蘇秦知道已無退路，只好咬牙道：「好吧，九金就九金！」

那人從衣袖裡摸出一個錢袋，數出九金，遞到蘇秦手中。蘇秦接過，戀戀不捨地望了車馬一眼，轉身急去。

蘇秦剛走幾步，身後幾人立即歡叫起來。蘇秦遠遠聽到買車人大聲吆喝：「快來看哪，大周天子軺車，百分之百赤銅，百年古董，起價三十金，快來看哪！」

蘇秦隱隱聽到，面燥耳熱，心中更如讓人揪一下一般，撒開兩腿，飛也似地逃離集市。回到客棧，蘇秦尚未喘過氣來，就已聽到有人敲門。蘇秦開門，果是店家那張笑臉。店家打一揖道：「蘇子將車馬賣了？」

蘇秦也不答話，從袋中摸出九金，又將原來的三金拿出，一併擺在几上。店家掃過一眼，笑著問道：「蘇子，這才一十二金，尚差兩金呢？」

蘇秦心中憎惡，從牙縫中擠道：「就這些了！」

店家的臉上依舊掛著微笑，但笑聲中已帶譏諷：「蘇子是幹大事業的，區區二金，蘇子想必不會賴下吧！」

蘇秦心底泛起一陣噁心，從旁取出兩套未穿的士子服，冷冷說道：「這兩套服飾是在洛陽新做的，連身上這套，共是八金。除去身上這套，單這兩套，一套是春秋裝，另一套是夏裝，少說當值四金，我從未穿過，以此抵你二金如何？」

店家瞧一眼兩套衣服，微笑中略帶鄙夷：「蘇子衣冠是量身定製的，於在下何用？再說，這些衣冠只合貴人穿用，在下身賤，哪裡有福消受？退一步說，縱使能用，似此衣冠，在下在咸陽僅花一金即可，如何能值二金？」

蘇秦怒極，將身上裘衣唰地脫下，扔在几案上：「加上這個，總該夠了吧？」

店家望一眼蘇秦，知他確無他物，這才長嘆一聲，似是無奈地說：「唉，也罷，念蘇子租居本店多日，在下也就不去計較長短，蘇子可以走了！」

蘇秦背起包裹，朝店家狠盯一眼，大踏步走去。

院中的老槐樹上，一隻小鳥飛來，在院中蹦跳幾下，飛落於吳秦吊死的那根大樹枝上，喳喳連叫幾聲，蹬落一團雪花。

＊　　＊　　＊

通過與蘇秦在論政壇公開議政，惠文公好不容易消除了蘇秦的「帝策」影響，卻又陷入另一重煩惱。

擺駕回宮之後，惠文公獨坐几前，濃眉緊鎖，悶有好一陣，陡然將拳頭擂於几上，臉上現出殺氣，怒道：「什麼稱王正名？什麼遠交近攻？什麼一掃天下？寡人苦思數年，好不容易方才想定的秦國未來大政，又被此人三言兩語，赤裸裸地擺在天下人面前！這個蘇秦，簡直是在找死！」忽一下站起來，在廳中來回踱步，「此人簡直就是鑽在寡人肚裡的蛔蟲，若不除之，不知要壞寡人多少大事？」

又踱幾個來回，惠文公回至几前坐下，叫道：「來人！」

內臣急進：「臣在！」

「通知黑雕，讓這個人澈底消失！」

「臣領旨！」

內臣退至門口，轉身正要離開，惠文公又道：「慢！」

內臣頓住步子，回望過來。

惠文公放緩聲音：「你且退去，容寡人再加斟酌！」

* * *

翌日後晌，使魏車隊返回，浩浩蕩蕩地駛入咸陽東門。將至秦宮時，樗里疾吩咐公子華：「你先進宮向君上覆命，我去一趟士子街，看蘇子在否？」

公子華笑道：「都到家了，早晚都是覆命，也不急這一時。聽上大夫念叨一路，想這蘇秦本領了得，小華也去會一會他！」

樗里疾點了點頭，二人同乘一車，馳至運來客棧，在門外停下，急入店中，直奔蘇秦住處，連敲幾聲，未見回應。

店家過來，見是公子華，趕忙叩拜於地：「草民叩見公子爺！」

公子華指著蘇秦的院子：「蘇子可在？」

店家見公子華如此關注蘇秦，暗暗叫苦，囁嚅道：「蘇子前……前晌退……退店，已是走了！」

「走了？」公子華見店家言語吞吐，神色微凜，「他怎麼走的？」

「這……」店家越發支吾，「蘇子盤費用盡，無錢再住下去，今日晨起，前去集市賣了車馬，起身走了！」

公子華冷笑一聲，正欲問話，樗里疾止住他，轉問店家：「可知蘇子投往何處去了？」

店家搖了搖頭。樗里疾朝公子華呶了呶嘴，兩人走出客棧，逕去英雄居。不一會兒，公子華從英雄居裡出來，打聲忽哨，立時跟來數人，直奔運來客棧。店家見公子華陰臉復來，又見幾人面上皆有殺氣，神色大變，不待問話，撲通一聲跪在地上，結巴道：「公……公子爺，蘇……蘇子留……留有衣……衣冠！」

公子華冷冷地望著他：「說吧，還有什麼？」

* * *

御書房裡，惠文公在廳中閉目端坐，眉頭緊皺，心中仍在琢磨蘇秦之事。有頃，惠文公陡然睜開眼睛，從几案下摸過一片竹簡，在正面寫上「殺」字，在反面寫上「赦」，拿過來端詳一陣，拋向空中。竹簡在空中翻轉著飄落於地，在地上跳了一跳，不動了。

惠文公沒有抬頭去看竹簡，慢慢閉上眼睛。

不知過有多久，惠文公的眼睛微微啟開，四處搜索那片竹簡，見它彈落於牆根處，正面朝上，上面赫然現出一個冷森的「殺」字。

「唉，」惠文公眼中現出一絲失望，不無惋惜地輕嘆一聲，「蘇子，不是寡人不惜才，而是天不容你！」

惠文公正自嗟嘆，內臣急進：「稟報君上，上大夫、公子華使魏歸來，在外候見！」

惠文公正了正衣襟：「宣其覲見！」

樗里疾、公子華雙雙進門，叩道：「微臣叩見君上！」

惠文公擺了擺手：「兩位愛卿，平身！」

樗里疾、公子華謝過，起身坐下。

惠文公問道：「此行可有佳音？」

樗里疾搖了搖頭：「正如君上所言，龐涓果然不容孫臏，誣其謀逆，魏王不辨真假，輕信龐涓，判孫臏斬刑，龐涓及眾卿求情，魏王改判臏刑，面上黥字，使孫臏成為廢人！」

惠文公似是早已料到這個結果，面上並未現出異樣，沉默許久，方才問道：「孫臏可知是龐涓害他？」

樗里疾再次搖了搖頭：「孫臏非但不知，反過來感激龐涓救命之恩。行刑之後，龐涓又將孫臏接入府中，悉心照顧，無微不至。龐涓此舉驚動魏國朝野，聞者無不感動，均言龐涓是有情有義之人！」

惠文公點了點頭：「嗯，這個龐涓，玩陰的竟也有一手！只是……」頓住話頭，眉頭漸次擰在一起。

「君上？」樗里疾看得清楚，趨身問道。

「這樣一來，情勢倒是更糟了！」

樗里疾驚問：「為何更糟了？」

「愛卿有所不知，」惠文公緩緩說道，「孫臏若不受刑，孫、龐尚有一爭。二人相爭，或利於我。如今孫臏成為廢人，必無爭心。龐涓又有養護之恩，孫臏心存感激，必思報答。孫臏形體受損，智慧卻是未損分毫。龐涓本是虎將，再有孫臏點撥，更是如虎添翼。若是孫臏之智、龐涓之力合為一體，必將無往而不勝了！」

經惠文公這麼一分析，樗里疾、公子華無不驚駭。二人面面相覷一陣，樗里疾急道：「微臣真未想到這一層，這……」

惠文公沉思一會兒，抬頭望著樗里疾：「樗里愛卿，你可設法使孫臏知曉真相。以孫臏之智，若是知曉真相，必有應策，至少不會為龐涓所用。若無孫臏，龐涓就是一頭猛獸，雖能張牙舞爪，卻也不足為懼！」

「君上妙計！」樗里疾連連點頭，「只是……微臣連番使魏，前次使公孫衍出走，

此番又使孫臏受害，魏人早對微臣有所防範。若行此事，君上最好另使他人！」

不待惠文公說話，公子華已經主動請纓：「君上，小華願往！」

「嗯，」惠文公朝公子華點了點頭，「小華倒是合適人選，此事可以定下！」轉向樗里疾，「還有什麼？」

「君上，」樗里疾抱拳道，「微臣曾邀孫臏對弈，交談中得知，鬼谷子收弟子四人，分別是龐涓、孫臏、張儀、蘇秦。孫、龐習兵學，蘇、張習謀學。聽孫臏話音，鬼谷諸子中，他最敬重蘇秦，稱他可成大事。微臣之所以急急趕回，正是因為此事！君上，龐涓已死心於魏，孫臏又成廢人，蘇子……」

惠文公驚道：「這麼說來，連張儀之才也不及蘇秦？」

「想是如此！」樗里疾點了點頭，「自始至終，孫臏從未提及張儀，微臣初交孫臏，亦不便細問。」

惠文公閉上眼去，陷入深思，良久，抬頭望向樗里疾：「樗里愛卿，你速去召請蘇秦，宣他馬上覲見！」

「晚了，」樗里疾輕嘆一聲，「微臣回來時，順道拐入士子街，特去拜望蘇子，店家說，蘇子已經走了！」

「走了？」惠文公極是震驚，「幾時走的？」

「今日前晌！」

惠文公陷入深思，過有一會兒，突然顯出一副無所謂的樣子，兩手一攤：「此人要走，就讓他走吧。樗里愛卿，你辛苦一路，定也累了，先去歇息幾日！小華留步！」

樗里疾一怔，起身叩道：「微臣告退！」

就在退出時，樗里疾無意中掃到牆根處的竹簡，見上面赫然現出一個「殺」字，心中一緊，不由自主地打了個趔趄。

惠文公一怔：「愛卿？」

樗里疾穩住身子，再揖道：「微臣告退！」

惠文公緩緩起身，走向門口，目送他走遠，踅回來，凝視公子華道：「小華，你剛回來，身子吃得消否？」

公子華拍了拍胸脯：「君兄放心，小華結實著呢！」

惠文公點了點頭：「吃得消就好！」略頓一頓，下定決心，「蘇秦離開咸陽，必經函谷東去。你選幾個精幹小雕，追上此人，就地斬殺！」

公子華目瞪口呆，好半天方才愣過神來：「斬殺蘇子？聽上大夫說，蘇子是大才！」

「什麼大才？」惠文公橫他一眼，「譁眾取寵之徒，留他是個禍害！」

「這……」公子華似是沒想明白。

「莫要多問，執行去吧！」

見惠文公語氣果決，不容置疑，公子華不好再說什麼，跪地叩道：「臣弟遵旨！」

望著公子華退出房門，漸漸遠去，惠文公緩緩走到牆根，撿起那片竹簡，復回几前坐下，將竹簡反過來，望著背後的「赦」字，長嘆一聲，閉上眼去。

公子華不無狐疑地走出宮門，叫過車馬，逕朝黑雕臺馳去。剛剛拐過一彎，就見樗里疾的車馬橫在街角，樗里疾站在車前，似在候他。

公子華停下車馬，衝他叫道：「上大夫為何此守於此處？」

「恭候公子！」

「候我？」公子華一怔，旋即明白過來，跳下車子走過來，小聲道，「可為蘇秦？」

樗里疾點了點頭：「若是在下沒有猜錯，君上留下公子，必是要公子追殺蘇秦！」

公子華驚道：「上大夫何以知之？」

「唉，」樗里疾輕嘆一聲，「在下退出時，無意中瞥到地上有片竹簡，上寫一個『殺』字。在下斷定，那字是君上特別寫給蘇子的。在下由此判斷，君上早知蘇子之才，擔心他出關東去，為列國所用，從而遺患明日，方才決定殺他！」

公子華急道：「君上既知蘇子是大才，為何不用？」

樗里疾搖了搖頭：「在下也是不知。依君上之智，不用蘇子，想必另有原由！」

公子華亦點頭道：「嗯，上大夫所言甚是，君上謀事，看得遠，不用蘇子，必是另有原由！只是……」略頓一下，「蘇子既是大才，卻要殺他，教在下如何下手？」

「在下守候公子，為的就是告訴公子這個！莫說是公子無法下手，即使君上，也並未真下決心！」

「哦？」公子華大睜兩眼，「君上未下決心？」

「是的！」樗里疾點了點頭，「竹簡正面寫著『殺』字，背後必是『赦』字。竹簡現於牆角，必是君上無法決斷，這才寫下竹籤，聽從天意，不想卻是『殺』字在上！」

聽樗里疾講出這個細節，公子華似也察覺到了，沉思有頃，點頭道：「既是天意，在下只能去殺蘇子了！」

「難決之事，方聽天意！君上既聽天意，內中分明是不想殺蘇子！公子真要做成此事，君上若是追悔，公子豈不是……」樗里疾望著他，頓住不說了。

「這……」公子華垂下頭去，思忖有頃，抬頭望著樗里疾，「依上大夫之計，在下該當如何行事？」

「請問公子，君上是如何下旨的？」

「君上的旨意是：『追上此人，就地斬殺！』」

樗里疾思忖有頃，笑道：「君上既有旨意，公子不可違抗。然而，君上並未要公子提蘇子首級回報，只說要公子追上蘇子，就地斬殺，至於公子是追上，還是追不上……」言及此處，又打住話頭。

公子華豁然開朗，抱拳道：「天色不早了，在下奉旨追人，先行一步了！」

樗里疾亦抱拳道：「祝公子順利！」

* * *

風裹雪花，越下越大，秦川大地，一片銀白。

瑞雪兆豐年。對於老秦人來說，大雪封年，當是好兆頭。但對身上僅有幾枚銅板的蘇秦來說，無疑是滅頂之災。蘇秦倉皇逃出運來客棧，尋到一家飯店，將僅有的幾枚銅板全部換作饅頭，塞進包囊，邁開大步逕出咸陽。

因裘衣被那黑心店家收去，蘇秦僅著兩件內衣，在這冰天雪地裡，自是經受不住。取暖的唯一方式就是走路，因而，自出咸陽東門之後，蘇秦撒開兩腿，沿渭水南岸的官道一刻不停地向東走去。

蘇秦只有一個希望，就是拚盡全力趕至小秦村。蘇秦自信，只要能活著趕到那裡，獨臂大哥就一定會幫他。因身無分文，蘇秦不敢歇店，身上衣著又單，只有一刻不停地保持急走，才能禦寒。及至翌日傍黑，蘇秦連走一日一夜，趕路三百餘里，終於來到武成。

武成離小秦村不過三十來里。蘇秦看看天色，不敢耽擱，抬腿又走。因遍地白雪，蘇秦認不出路，正自猶疑，恰好遇到一個路人，指給他寧秦方向。蘇秦謝過，逕投寧秦而去。這是官道，本來能行大車的。但從武成到寧秦，已經開始進入山區，山路幾繞八拐不說，更有大坡深谷，一不小心就會跌入谷中。

走有十幾里，夜幕降臨。風總算歇住，雪卻越下越大。不消兩個時辰，路上積雪竟有小半尺深。因是新雪，走起來就很吃力，蘇秦的步子越邁越慢，漸漸是深一腳，淺一腳，艱難跋涉。步速邁下來，身上也就冷起來。後晌趕路那陣一度被汗水打溼的衣服，此時貼在身上，竟如冰刀子一般。

更糟的是，蘇秦的最後一顆饅頭早已啃完。日夜不停趕路，耗費體力不說，肚裡不能無貨。連走數百里雪路，縱使鐵打的身子也難熬住，何況蘇秦又冷又餓。

因是年關，路上不見一個行人。蘇秦飢寒交迫，疲憊不堪，費盡力氣爬到一個坡頂，估算一下路程，少說仍有十幾里。眼下於他，莫說十幾里，即使一里，也是遙遠。

蘇秦走至路邊，掬過兩捧雪吞下，看到一棵小樹，欲折下用作拄杖，誰想連折幾下，那小樹竟是柔性十足，寧折不斷。蘇秦不敢在它身上再耗力氣，輕嘆一聲，解下包裹用作修正方向的扶手，沿路滑至坡底。又走幾步，面前現出一塊空場，場邊似有一處房舍。顯然，這是一家專為過路行人準備的簡易客棧。蘇秦細細一看，裡面竟有亮光。

蘇秦遲疑有頃，緩緩挪至門口，抖了抖身上的雪花，輕輕敲門。裡面傳來嘟囔聲：「誰呀，大過年的也不讓人安生？」不一會兒，門「吱呀」一聲現出一道細縫，一個圓圓的腦袋從縫中伸出。

蘇秦一見，陡吃一驚，因那腦袋竟與運來客棧的店家不僅相似，看起來簡直就像是一個人。蘇秦本能地後退一步，打個驚愣，未及說話，那人已將蘇秦上下打量個遍，又是一聲嘟囔：「官人要吃飯嗎？」

蘇秦回過神來，下意識地摸了摸空無一文的袖袋。店家審看蘇秦幾眼，見他衣著單薄，點頭道：「裡廂坐吧，外面冷呢！」

店家說完，扭身踅回屋中，逕去灶間，揭開鍋蓋，摸出兩顆新蒸的饅頭，又從火爐的陶釜中盛出一碗骨頭湯，一併端到廳中，抬頭一看，竟然不見一人。店家一怔，朝門口一望，見門仍然閃著那道縫，大聲責道：「官人，快點進來，你將冷氣全都灌進屋裡來了！」

門外卻無應聲。店家急至店外，但見白雪飄飄，並不見一個人影。店家一怔，揉了揉眼睛：「咦，人呢？」又望一時，自言自語，「莫不是活見鬼了？」關上房門，踅回來，又怔一時，點頭道：「嗯，定是的！大年除夕，誰會這般趕路？還有……那人衣著甚單，臉色烏青，一言不發……」

店家想至此處，嚇得兩腿發顫，禁不住打了個寒噤，回身拿棍子頂住房門，剛要轉身，外面傳來馬嘶聲。不一會兒，幾騎馳近。店家正在驚愣，七、八騎士已在門外停下，有人下馬，上前敲門。店家思忖有頃，將棍子移開，拿在手中，緩緩打開房門。

敲門人正是公子華。

回到黑雕臺後，公子華選出二十幾騎精幹人員，又使精於畫技的黑雕畫出蘇秦之像，方才領著眾人一路追出咸陽東門。因有樗里疾的分析，公子華心中有數，一路上風聲大，雨點小，表面上搞得緊緊張張，實際上卻是能拖則拖。只要遇到路口，公子華就會躊躇不前，分析半晌，方才確定方向，領大家繼續追蹤。趕至戲、武成等城邑時，公子華又組織眾人進城查找各處客棧，折騰好幾個時辰，同時分派人手，要他們沿其他幾處叉道按圖索驥，仔細搜尋，自己只帶幾騎追向寧秦。

店家見是官騎，當下鬆下氣來，迎出來揖道：「官人可要歇腳？」

公子華一邊搓手頓腳，一邊點頭問道：「有吃的嗎？」

「有有有！」店家忙道，「有熱包子，有牛肉湯！」

「好咧！」公子華轉頭對眾人道，「大家歇歇腳，喝完熱湯再走！」

眾人紛紛下馬，將馬拴於附近樹上，拍著手走進店中。店家抱出幾捆乾草，分開放在每匹馬跟前，走回店裡，掩上房門，挑亮燈，笑道：「各位官爺，今兒是年夜，草民備有牛肉湯、饅頭、牛肉、包子、水餃，還有老酒！」

公子華吩咐道：「每人一碗牛肉湯，兩個熱包子，再來五斤牛肉，兩罈老酒！」

「好咧！」

店家答應一聲，不一會兒，端出所點菜肴，拿出兩罈老酒，倒上。眾人狼吞虎嚥，吃有一時，公子華從懷中摸出一塊羊皮，擺在几上，轉對店家：「請問掌櫃，你可見到此人？」

店家一看，正是方才門口所站之人，心裡一急，口中結巴道：「見……見過！」

「哦？」公子華心頭一顫，「他在哪兒？」

「走……走了！」

「何時走的？」

「有……有半個時辰！」

眾人大喜，起身就欲出門，公子華笑道：「諸位不急，眼前只有一條孤路，諒他走不到哪兒去！大家吃足喝好，活擒那廝回來！」

眾人復又坐下，將剩下的酒肉吃完，付過飯錢，抹嘴出門。

雪下得更大了。眾人上馬，冒著雪花又追十幾里，竟是不見一個人影，地上更無一隻腳印。追至通向小秦村的岔道處，公子華頓住腳步，細察有頃，隱隱看到有一隻剛被大雪埋下的腳印通向村子，急站起來，思忖有頃，指著官道對眾人道：「你們沿路追去，想他走不遠了！這條岔道盡頭有個小村子，我去看看就來！」

幾人應聲喏，拍馬沿官道馳去。公子華跳上馬，走不過二里，將到小秦村時，果見一個黑乎乎的影子在晃。公子華勒住馬頭，遠遠地望著那團影子。

影子跌跌撞撞，已經走不動了。沒走幾步，影子腳下一滑，倒在地上，掙扎著想爬起來，連試幾次，均未能爬起。公子華正自揪心，影子開始慢慢向前爬行。爬有一時，影子終於爬至村頭一戶人家，扶住門框，吃力地站起來，似是在用最後一絲力氣打門。有狗狂吠起來。聽到狗叫，那團影子似是再也支撐不住，「咚」的一聲倒在地上。公子華正要策馬上前，狗叫得更加厲害。不一會兒，院中現出亮光。

望見亮光，公子華長吁一口氣，撥轉馬頭，追趕眾騎士去了。

* * *

這是除夕之夜。老秦人有年終守歲的習俗，身體好的還一宵不睡，一直守到雞叫，等候趕早拜年的客人。

獨臂漢子一家老小自也未睡，圍坐在堂房的爐火周圍聽老丈講笑話，時不時爆出一陣大笑。老秦人講吉利，年夜守歲時，不能說喪氣話，只能說吉利話，最好是講笑話。笑聲越多，越吉利。因而，即使最嚴肅的人，在大年夜裡，也往往會幽默幾句。

老丈正在講述自己年輕時進山打獵，夜裡誤將一頭花豹當驢騎了。這事一聽就是編的，老丈卻講得有鼻子有眼，還說原要將牠騎回家的，天亮一看，竟然是頭花豹，頓時驚出一身冷汗，緊緊地抓住花豹的脖子，死也不敢跳下。花豹急了，為了掀他下去，只在林中沒命地轉圈子，最後竟將自己轉暈了。他跳下來時，那花豹仍在空地上轉。他趁牠轉圈，趕緊逃出林子。老丈講得煞有介事，有驚無險，聽得眾人唏噓不已，開懷暢笑。

眾人正在大笑，聽到外面狗在大叫，老丈頓住話頭，秋果故作一驚，望著老丈道：「阿爺，別是那隻花豹這陣兒暈到咱家門口了吧？」

眾人復笑起來。狗又大叫，老丈側耳聽了聽，搖了搖頭：「不是花豹！想是誰家弄錯時辰，這陣兒拜早年來了！」

秋果笑道：「這還早咧，阿爺就想收人家的頭！」

聽到狗仍然在叫，獨臂漢子站起身來，打開房門。秋果一見，又蹦又跳地跑到前面，走到院門前，打開柴扉，卻什麼也未見到。秋果又望一時，仍然不見人影，正欲回頭，狗已衝到外面，圍著倒在地上的蘇秦狂吠。秋果朝地下一看，竟是一個雪人躺在地上，大叫道：「阿大，快，是個雪人！」

獨臂漢子急趕過來，俯身一看，驚叫道：「蘇官人！」

蘇秦一聲不應。獨臂漢子伸手一擋鼻子，見仍有鼻息，急道：「小果，快扶一把！」伸出獨臂，將蘇秦一把拉起，自己蹲於地上。秋果將蘇秦扶上去，獨臂漢子背起蘇秦，急急走進院子。秋果關上柴扉，亦跟進來。

蘇秦悠悠醒來時，已是後半夜。蘇秦感覺身上暖融融的，睜眼一看，見自己躺在一個熟悉的炕上，身上蓋著兩床被子，旁邊几前擺著一碗薑湯，上面還在冒熱氣。

不一會兒，房門打開，秋果推門進來，端進來一盆白雪放在榻前，掀開被子，拉出他的一條腿，抓一把雪，按在上面輕輕搓揉。

蘇秦的眼中滾出淚花，望著她，微弱地叫道：「姑娘！」

聽到聲音，秋果興奮地叫道：「官人總算醒了！方才把俺急死了，想灌你薑湯，就是撬不開嘴！」

秋果說著，扶蘇秦坐起來，端過薑湯，一匙一匙地餵他，同時朝外大叫：「阿大——阿大，官人醒了！」

外面傳來踏雪聲，不一會兒，獨臂漢子推門進來。

蘇秦朝他微微一笑：「謝秦兄了！」

獨臂漢子呵呵樂道：「官人醒過來就好。虧了小囡，是她尋到你的！要是她不開門，趕這陣兒，官人怕是沒了！」

蘇秦轉向秋果：「謝姑娘救命大恩！」

秋果羞澀一笑：「官人，喝薑湯吧！」

一碗薑湯喝下，蘇秦感覺身上好多了。正在此時，老丈端著一碗稀粥也走進來。蘇秦掙扎一下，欲揖禮，兩手卻不能動。

老丈擺手止住他：「官人莫動，你這是連凍帶餓，暈倒了，不打緊。唉，你這孩子，大雪天裡，就穿這麼一點衣服，縱使鐵打的身子，也是經熬不住！先喝下稀粥，讓肚皮裡有點軟貨，趕明兒後晌，再吃硬食。身上也是，老朽讓小囡先用雪搓，否則，你身上這層皮，怕就保不住了！」

蘇秦哽咽道：「謝……謝老丈了！」

＊　＊　＊

除夕之夜，公子華與手下黑雕一直追到寧秦，第二日又尋至函谷關，自是一無所獲。公子華安排兩人留在函谷關，要他拿畫像認人，自己與另外幾人返回咸陽，稍事休整，提上一個包裹進宮覆旨。

聽說公子華覲見，惠文公急迎出來，不及見禮，即拿眼睛上下打探他，望有一時，表情略有釋然，緩緩說道：「看樣子，你是沒有尋到蘇子？」

公子華點了點頭，神情甚是沮喪：「都是臣弟無能！」

「屋裡說吧！」惠文公頭前走去。

公子華跟進屋中，撲通一聲跪下，再欲請罪，惠文公擺了擺手：「起來坐吧！」

公子華起身坐下，將如何追蹤之事從頭至尾細述一遍，末了說道：「……出咸陽時，蘇子衣著單薄，身無分文。這幾日風雪甚大，又是大年下，蘇秦身為名士，斷不肯乞食。過武成後，臣弟趕至路邊一店，店家說是蘇秦前腳剛走，臣弟急追過去，一直尋至函谷關，竟是連個人影也未見到。想是山路崎嶇，坡大溝深，蘇秦滑入谷中，凍死野外了！」

惠文公沉默良久，輕嘆一聲，緩緩說道：「也好！蘇子是死是活，聽從天意吧！」略頓一下，眼睛望向公子華帶的包裹，「此為何物？」

「是蘇秦的衣冠！」公子華打開包裹，擺在几案上。

惠文公打眼一看，點頭道：「嗯，是他的裘衣！」略頓一下，似是想起什麼，抬頭望向公子華，「咦，他的衣冠為何在你這兒？」

「是臣弟從運來客棧的黑心店家那兒沒收來的！」

「黑心店家？」

公子華點了點頭：「蘇秦欠下他的店錢，賣車賣馬，連身上外套也典當了。臣弟覺得可疑，要過蘇子的帳單細細審他，這才知他是黑心！蘇子在他店中僅住兩月又兩日，他卻收取蘇子三個足月的店錢。這且不說，他又加收各類費用，連房中洗澡用的熱水、軺車停放等，他也另算費用。臣弟細算一下，他至少多收蘇子五金，逼得蘇子賣車鬻馬，又將身上裘衣脫下來押給他！」

「是哪一家客棧？」

「運來客棧！」

「運來客棧？」惠文公眉頭皺起，思忖有頃，「前番吊死的那個士子，似是也住此店！」

「正是！」公子華點了點頭，「臣弟審知，吳秦也是欠下此人店錢，被逼無奈，方才尋死去了！」拿出一個奏冊，「這是他的供詞！還有店中小二的供詞！」

惠文公震几怒道：「哼，寡人這兒求賢納士，連關稅都不忍收，此人倒好，賺足店錢、飯錢尚嫌不夠，還要黑心昧財，簡直是活不耐煩了！」略略一頓，「按照秦法，似這黑心商家，該當何罪？」

「此為不良商家，又逼死人命，當處腰斬！」

「好！就將此人腰斬示眾！」

「這……」公子華急道，「君兄不可！」

「有何不可？」

「此人見臣弟審得緊了，竟然抬出老太后，說是老太后的嫡親姪孫……」

「老太后？」惠文公似也頗覺得棘手，眉頭緊皺，思忖有頃，斷然說道，「封掉他的黑店，處沒他的所有錢財，將他遷到商於谷地，給他一個漏風的破房子，讓他閉門思過！」

「這……老太后那兒，如何交代？」

「饒他一條狗命，就是交代了！」

「臣弟領旨！」

* * *

大年破五，天氣放晴，大地回暖，向陽處的積雪開始融化，但山丘、林壑的背陰處仍舊是片片銀白。

這日晨起，獨臂漢子家的柴扉外面，老丈一家走出院門，為蘇秦送行。蘇秦的體力已完全恢復，褐衣藍襟，粗布短衫，頭上還包了塊老秦人特有的白巾，遠看上去，真的就像是一個老秦人。

獨臂漢子提著蘇秦的包裹走出大門，端詳蘇秦一陣，點頭道：「嗯，若是走在路上，官人這身打扮，真就是個老秦人了！」

蘇秦不無尷尬地打量自己一眼，曲下兩膝，朝老丈跪下，拜過三拜，叩道：「滴水之恩，當湧泉以報！老丈救命大恩，蘇秦來日必報！」

老丈走前一步，將蘇秦緩緩扶起：「官人說出此話，就是見外了！莫說是官人，縱使乞丐，老秦人也不能眼看著他凍死在門口！」

獨臂漢子接道：「是啊，蘇官人，你若是看得起這個獨臂秦兄，早晚遇到難處，只管來尋就是！」

蘇秦朝他深揖一禮：「秦兄厚義，蘇秦記下了！」

獨臂漢子還過禮，將包裹遞予蘇秦。蘇秦斜掛在背上，朝幾個女人一一揖過，卻不見秋果，怔道：「秋果姑娘呢？」

老丈衝院中大叫：「小囡！」

秋果穿一身新衣，興高采烈地背著一個小包裹走出院門，不無羞怯地走到蘇秦身邊，單薄的身體使人望而生憐。

老丈拱手道：「官人，你的身體尚在恢復，路上需人照料。小囡雖說無知，倒也知熱知冷，讓她隨你去吧！」

蘇秦驚道：「老丈，這……此事萬萬不可！」

老丈怔道：「蘇子可是嫌棄小囡？」

蘇秦深揖一禮：「老丈，容蘇秦一言！」

「官人請講！」

「老丈一家厚情，蘇秦沒齒不忘。蘇秦既認獨臂兄為兄，小囡便是蘇秦之女。如今蘇秦顛沛流離，豈可讓小囡隨我受苦？至遲三年，待蘇秦有所建樹，必來迎接小囡，蘇秦必以親女待之，不使她受半點委屈！」

老丈望望小囡，又望望蘇秦，點頭道：「官人既有苦衷，老朽亦不可強求，小囡只在家中候你就是！」轉向秋果，「小果，官人答應三年之後再來接妳，妳願意等嗎？」

秋果眼噙淚花，點了點頭。

蘇秦再揖一禮：「蘇秦一諾既出，斷不食言！」

獨臂漢子腰中解下一條袋子：「這是一點乾糧和些許碎銀，官人路上好用！」

蘇秦接過，又是一揖：「謝秦兄了！」朝眾人再次揖首，「謝諸位了！蘇秦告辭！」

眾人依依不捨，送至官道，望著他漸去漸遠，成為一個黑點。

＊　＊　＊

公子華尋蘇子未果，惠文公倒是長長地吁出一口氣。無論如何，蘇秦沒有死於自己之手，惠文公在感覺上好許多了。這就好比吝嗇鬼遇到一個價值連城的寶器，得知自己無法得到，寧願毀之也不願他人沾手。但要自己親手毀之，憑他如何也無法下手。反過來說，若是寶器自行碰毀了，心裡雖有惋惜，畢竟會好出許多。

惺惺惜惺惺。在惠文公的心裡，眼下真也只有惋惜了。公子華走後，惠文公順手拿過蘇秦的裘衣反覆驗看，眼前竟是浮現出失去裘衣、衣著單薄的蘇秦如何身無分文地行走在冰天雪地裡，如何啃雪為食，如何艱辛跋涉，如何暈厥，如何滾落於溝壑，又如何被積雪掩埋等一系列場景，心裡一揪，竟是潸然淚出。

一連幾日，惠文公心裡壓了這事，竟是茶飯不香。鬼谷諸子中，龐涓死心於魏，張儀矢志於楚，孫臏成為廢人，唯有蘇秦是可用之才，且又躬身送貨上門，若是真就這樣死了，豈不……

想到此處，惠文公心裡又是一揪。

不用蘇秦，真的就對嗎？若用蘇秦，真的就錯了嗎？惠文公復坐下來，進入冥思。說實在的，幾個月來，蘇秦已經讓他不知冥思多少次了，可……真是難啊，身邊連個可以商量的人都沒有。竹遠不可說，公孫衍不可說，樗里疾不可說，小華不可說，所有臣子皆不可說，即使終日守在身邊的內臣，也不可說。唯一可說的，就是先君了。

想到此處，惠文公起身，與內臣一道躬身怡情殿，見過老內宰，讓他守住大門，自己獨坐於先君榻前，再入冥思。

不知過有多久，惠文公心底如有一道亮光劃過。蘇子之才，今日不可用，明日必可用。帝策明不可行，暗卻可行。自己既已通過論政壇消去負面影響，為何不能退卻一步，以尊士為名留他於宮中，派他一個閒職，明不用，暗用，只俟時機成熟，再由暗轉明，與他牽手，共成大業？

想到此處，惠文公心中陡地打了個驚愣。是的，似蘇子這般大才，當是千古之遇。幾年來自己苦苦尋覓，苦苦守候，為的不就是等他嗎？他來了，他也展示了才華，可……再細想想，幾個月來，蘇秦沒有不到的地方。蘇秦初來乍到，若要面君，首要論政，若要論政，就必須談論天下。蘇秦所談，亦為列國士子所談，只是蘇秦看得更高，望得更遠而已。一切都怪他自己，是他自己心中有祟。

惠文公越想越是追悔，起身下榻，走至孝公靈前，跪下祈道：「君父，駟兒無能，錯過一個大才！蘇子……蘇子此去，此去……」

惠文公陡然頓住，又怔一時，嗖的一聲起身，疾步走向房門，一把拉開，走至門外，衝內臣叫道：「快，召上大夫覲見！」

樗里疾見宮人催得惶急，不知發生何事，匆匆趕往宮中，早有內臣迎著，引他逕去御書房。見過君臣之禮，樗里疾落席時，方才注意到公子華也在侍坐。觀他神情，似也剛到。

惠文公掃射二人一眼，緩緩說道：「兩位愛卿，寡人召你們來，仍為蘇秦一事！」

樗里疾暗吃一驚，以為是二人所謀已為君上所知，急望公子華，見他也在大瞪兩眼

看過來，知他也是不知，急忙回望惠文公，假作不知，問道：「蘇子怎麼了？」

「唉，」惠文公望向樗里疾，輕嘆一聲，「樗里愛卿，寡人聽聞蘇子盡賣車馬，典當衣裳，徒步離開咸陽，心中甚是愧疚。今日思之，蘇子所論雖說空泛，但也算是人才。蘇子離去之時，衣裳單薄，身無分文，又值風雪交加，天寒地凍，安危必不自保。寡人聽聞細情，特使小華追之，欲請他回來，予他一份事做。誰想，小華他們一路尋至函谷關，竟是未能尋到！」

樗里疾兩眼眨也不眨地凝視惠文公，心中卻在打鼓。

略頓一下，惠文公繼續說道：「樗里愛卿，寡人推斷，蘇子處境，眼下唯有兩種可能，一是蘇子已因飢寒交迫而凍斃荒野，二是蘇子大難不死，獲救脫險。寡人特請愛卿來，是想讓愛卿訪查此事。若是蘇子脫險，愛卿務必請他再回咸陽，寡人必降階以迎，躬身謝罪，量才錄用。若是蘇子凍斃荒野，則是寡人之錯。愛卿可將蘇子屍骨運抵咸陽，寡人親為祭奠，以國士之禮隆重送葬，並至太廟銘記大過一次，以示警懲！」

樗里疾起身，叩拜於地：「微臣代蘇子叩謝君上隆恩！」

惠文公轉向公子華：「小華，你準備一下，馬上趕赴大梁，設法讓孫臏得知真相。若是能將孫臏偷渡至秦，寡人記你大功！」

「臣弟遵旨！」

* * *

幾日之後，樗里疾經過一番「訪查」，終於在里正的引領下趕赴小秦村，逕至獨臂漢子門外。聽到聲響，老丈與獨臂漢子急迎出來，見裡正領著一個官人候立於外。老丈不知是何人，急朝里正打揖，里正道：「朝中上大夫樗里大人有話問你！」

聽到是上大夫，老丈與獨臂漢子急忙叩拜於地：「草民叩見上大夫大人！」

樗里疾上前扶起老太，朝他打一揖道：「老人家，聽聞你家在大年夜裡救活一人，可有此事？」

老丈回揖道：「回稟大人，確有此事！」

「所救何人？」

「姓蘇名秦，東周人氏。」

「他……人呢？」

「已走數日。若是不出差錯，此時早過函谷關，該到澠池了！」

「哦？」樗里疾現出失望之色，再次問道，「此人可曾留下什麼？」

老丈搖了搖頭。獨臂漢子卻大聲接道：「蘇官人留下話說，三年之後，他會再來小秦村！」

「哦？」樗里疾轉向獨臂漢子，急問，「他為何再來？」

獨臂漢子頗為自豪：「迎接草民小囡！」

「迎接小囡？」樗里疾似不明白，抬頭問道，「你家的小囡呢？」

獨臂漢子朝院中大聲叫道：「小囡，妳出來一下！」

秋果應聲而出，伏在門框上，睜大兩眼，怯怯地望著這群生人，見眾人都在望她，臉上一紅，迅即隱身門後。

樗里疾見是一個孩子，思忖有頃，轉向獨臂漢子：「他為何要來迎接你家小囡？」

「回大人的話，」獨臂漢子指著在門口若隱若現的秋果，「蘇官人兩次遇難，皆為小囡所救。阿大說，小囡與蘇官人命中有緣，欲將小囡許配於他，蘇官人見小囡年紀尚

小，說是推遲三年，再來迎娶！」

樗里疾愣怔有頃，哈哈笑道：「好好好，本府恭賀你，也恭賀你家小囡了！三年之後，蘇子前來迎娶之時，莫忘告訴本府一聲，讓本府也來喝碗喜酒！」

獨臂漢子不敢相信自己的耳朵：「大人此話當真？」

「本府說話，自然當真！」樗里疾將秋果又看一陣，見她真還眉清目秀，甚是可人，心裡一動，手指秋果對獨臂漢子道，「本府欲讓秋果前去樂坊習練幾年，待蘇子三年過後迎娶她時，也好知書識禮，配得上蘇子！」

「好好好，」獨臂漢子不無激動地拉上秋果磕頭謝恩。樗里疾轉對里正，吩咐道：「此戶村民義救落難之人，當獲彰顯，著晉爵兩級，賞金三十。你可具表奏報，直接呈送本府，由本府轉呈君上御批！這位姑娘，可直送樂坊！」

里正揖道：「下官遵命！」

* * *

蘇家大院的織布機房裡，小喜悶頭正在織布機上埋頭織布，院中傳來說笑聲。小喜聽出是兩個妯娌，大嫂和蘇代妻。這是午後，天氣晴好，她們正在院中挑選蠶繭。小喜抬頭望去，見大嫂正在撫摸蘇代妻隆起的肚皮，不無驚乍地笑道：「三妹子，瞧這樣子，這一回準是個官人！」

蘇代妻心裡美滋滋的，口中笑問：「請問大嫂，怎能看出是個官人呢？」

「這妳就不懂了吧！」大嫂笑道，「若是生官人，見前不見後！瞧妹子這肚皮，見前不見後，必是官人哩。」

「啥叫見前不見後？」蘇代妻大瞪兩眼。

「就是只能從前面看，若是從後面看，就跟尋常人一樣，看不出懷有身孕！妹子就要生了，腰板子仍是直的，還能不是官人？」

「謝大嫂金言了！」

小喜聽著這話，心裡就如刀割一般。想到自己在娘家時嫁不出去，好不容易嫁個郎君，為人婦已過六載，迄今仍是處子之身，由不得傷悲起來，停下梭子，將頭埋在織布機上，卻又不敢哭出聲來，只在機上一下接一下地抽泣。

大嫂聽不到織布機響，朝機房裡瞧一眼，見小喜正在傷心，忙站起來，走進屋裡。蘇代家的見了，也挺起肚子跟過來。小喜見二人過來，急急忙忙地拿起梭子。

大嫂看了小喜一眼：「二妹子，歇會兒吧。」

小喜抬起頭來，和淚擠出一笑。

大嫂輕嘆一聲：「瞧二妹子臉上的兩道痕，怕是又想蘇秦哩！」

小喜的淚水立時又流下來，低頭不語。

蘇代家的安慰道：「二嫂，晨起時妹子聽到椿樹上有喜雀在叫，想是二哥快回來了！」

「我說二妹子呀，」大嫂笑道，「妳在這兒織啥布哩？二弟連地都賣了，肯定是豁出去了。人哪，一旦豁出去，沒準真能成事！前幾日嫂子去伊里趕集，路上偏巧遇上司農大人巡視。司農大人在前面走，幾十個人跟在身後，連附近有鼻子有臉的人也靠不上邊。里正平日裡有多神氣，可那日跟在後頭，單是那腰彎的，就跟一張弓似的。」頓了一下，「嘖嘖嘖，人家司農大人那個氣勢，嫂子這陣兒想起來，心裡頭也是……」

蘇代妻接道：「要是二哥真能當個大夫什麼的，二嫂可就苦盡甘來了！」

「是啊、是啊，」大嫂接道，「二妹子，二弟若是當官，說不準比司農大人還要威風些呢。那時候，呵，二弟歸鄉，高頭大馬，青銅軺車，前呼後擁，金子一堆接一堆，天哪！二妹子，那時候妳可不要只顧高興，忘記咱是親妯娌呢！」

兩人一唱一和，逗得小喜破涕為笑，拿袖子拭去淚水，正欲再織，大嫂伸過手來，一把奪下梭子，定要拉她下機，到院中休息一時。

二人正在扯拉，一直臥在院中椿樹下的阿黑忽然間昂起頭來，兩耳豎起，繼而口中發出「嗚」的一聲，歡快地晃動尾巴，連叫數聲，「噌」一下竄出院門。

三人正自驚異，門外傳來腳步聲。不一會兒，一個滿臉鬍鬚、疲憊不堪的老秦人站在門口。阿黑在他的身上又舔又蹭，口中連連發出歡快的叫聲。

三個女人立時呆了。好一會兒，她們終於認出，門口站著的，竟然是蘇秦！

看到蘇秦的這身行頭，大嫂最先反應過來，走到院裡，不無譏諷地從鼻孔裡哼出一聲：「喲，話還沒有落地呢，人可就回來了！」

蘇秦避過大嫂鄙視的目光，勾著腦袋一聲不響地走進院子，取下包裹，略怔一下，在大椿樹下盤腿坐下。阿黑蹭到他的面前，甩著尾巴不停地舔他。

大嫂噌噌幾步走到跟前，左一眼右一眼地打量蘇秦，聲音越發尖刻：「二弟喲，嫂子聽說你做下大官，可這身穿戴乍看起來像是一個叫花子哩！哦，嫂子明白了，二弟這是微服私訪呢！」扭頭轉向蘇代妻，「三妹子，二弟的高車大馬定在後面，妳跟嫂子到村頭迎著去，莫要屈待了那些官家！」

大嫂說著話，拔腿就要出門，蘇代妻看一眼蘇秦，遲疑一下，叫道：「大嫂！」

「哦？」大嫂扭過頭來，「三妹子要說啥哩？」

蘇代妻小聲說道：「二哥這陣兒回來，想是還沒吃飯呢。要不，咱先燒碗湯去？」

雖然分家了，但蘇家大院裡吃飯仍是一鍋，姚氏總掌粟米，大嫂分掌灶房，吃飯燒湯皆由大嫂來定。大嫂斜蘇秦一眼，見他就像一個癟三一般，嘴巴一撇：「三妹子呀，妳操的是哪門子心？二弟是何等金貴之人，山珍海味早吃膩了，家裡這黑窩窩，哪能入口？再說，灶堂裡柴早沒了，如何去燒？」

蘇秦臉上紅一陣，白一陣，顧自勾頭不語。小喜心中正自七上八下，聽見此話，淚水奪眶而出，本欲下機，既懼蘇秦不睬，又怕大嫂奚落，竟是怔在那兒。

恰在此時，天順領著地順、妞妞蹦蹦跳跳地回來，見樹下坐著一個生人，猛地收住腳步，試探著走到跟前，觀察半日，方才認出是仲叔，歡叫道：「仲叔！」

兩個小的聽到喊聲，也認出來，撲上去就要親熱，大嫂厲聲喝道：「天順、地順，快點過來！」

三個孩子一聽，急退過來，不知所措地望著她。

大嫂放緩聲音：「天順，仲叔的高車大馬就在村外，你領地順、妞妞到村頭望望，看這陣兒到了沒有？」

天順一聽，歡叫一聲：「好咧！」領上弟、妹如飛般跑出院門，邊跑邊叫，「接大車嘍！接仲叔的大車嘍！」

看到幾個孩子走遠，大嫂斜一眼蘇秦，鼻孔裡又哼一聲，衝蘇代妻道：「三妹子，咱這也到村頭迎車馬去！」不由分說，拉上蘇代妻就朝院門走去。

小喜鼻子一酸，伏在機杼上嗚嗚哭泣起來。剛剛哭出兩聲，又害怕蘇秦聽到，強自憋住，咬牙拿起梭子，一邊哽咽，一邊拉開機杼。不一會兒，院中再次響起「匡——匡—

一」的機杼聲，一聲接一聲，一會兒緊，一會兒緩，小喜的兩行淚水也如斷線的珠子一般，一串串地滴落在她剛剛織出來的新布上。

蘇秦如石塑一般端坐於樹下，淚水從緊閉的眼眶裡擠出，滴落於地。阿黑識趣地蹲在他的腳邊，兩眼眨也不眨地直盯著他，不知該如何去討好眼前這個曾經救下牠一命的大主子。

*　　*　　*

自蘇秦走後，蘇虎得知他將分得的十幾畝上等好地賣給里正，精神一下子垮了，當下暈倒於地，後經大夫搶救，命雖撿回來，卻落了個半身不遂，偏癱在榻，莫說是做事，縱使生活也不能自理，屎尿不覺，似成嬰兒。公公得下此病，三個媳婦幫不上忙，兩個兒子又在忙活田裡的事，蘇虎也就整個成了姚氏的累贅。

伊水從軒里村的西北邊流過，離村頭尚有二里來地，村上人浣紗洗衣，均要下到伊水河裡。這幾日河水解凍，吃過午飯，姚氏見天氣暖和，急忙端上一大盆衣物，下河漂洗。

河水甚冷，就如冰水一般，姚氏卻是別無選擇。一到冬日，村中女人洗衣多在井邊，用井中的溫水洗，姚氏卻不敢去，因蘇虎的衣物實在太臭，她怕薰了人家。

將一盆髒衣物洗好，姚氏已是兩手紅紫，完全麻木了。姚氏將手放在口邊，連呵幾下熱氣，又伸進懷裡暖和一陣，方才端起衣盆，吃力地走上河堤，拐向通往村子的小路。

幾個月下來，姚氏又老許多，走路也都顫巍巍的，歇過兩歇，方才走到村頭。看到三個孫兒高高地站在土坡上朝遠處張望，姚氏頓住步子，大聲叫道：「天順，你們快下來，站那兒幹啥哩？」

天順應道：「奶奶，我們在望車馬呢！」

「傻孩子，尋尋常常的，哪來車馬？」

「是仲叔的車馬！」

「仲叔？」姚氏一怔，「仲叔在哪兒？」

天順高興地說：「仲叔回來了，這陣兒在院子裡坐呢！娘說，仲叔還有高車大馬，要我們在這兒候著！」

姚氏不及回話，急急忙忙地端上衣盆，跌跌撞撞地向村子裡走去。離家門尚有幾十步，阿黑已經竄出院門，不無興奮地朝她直搖尾巴。

姚氏走進柴扉，並未看到蘇秦，只見一個老秦人盤腿坐在椿樹下面。姚氏心頭一懍，掄眼環顧四周，並不見蘇秦的影子，唯有小喜仍在房中緊一聲慢一聲織布。姚氏大怔，若是蘇秦，小喜怎會仍在織布？若不是，此人是誰？

姚氏猛然想起，此人想是與蘇秦一道來的客人，心中卻又忐忑，走前幾步，大聲咳嗽一下：「噢，來客人了！」見那人依舊不說話，又近幾步，一直走到椿樹下面。

直到此時，蘇秦方才扭過頭來，淚水奪眶而出，改坐為跪，叩於地上：「娘——」

姚氏一下子怔了，手中的木盆「啪」的一聲掉落於地，衣物散出。好一陣，姚氏終於反應過來，急走一步，抱住蘇秦的頭，哭道：「秦兒，我的秦兒，你……想死娘了！」

蘇秦將頭伏進姚氏懷裡，悲泣不絕。小喜的機杼聲，也於此時更頻、更響了。

娘兒倆傷悲一時，姚氏忽然推開蘇秦：「秦兒，你一定餓壞了，快，隨娘下灶房去，娘為你做吃的！」姚氏轉過身去，顫巍巍地邁向灶房。

蘇秦起身亦跟過去，在灶前坐下，為娘燒火。回視灶前，見木柴堆得滿滿的，何曾無柴？

不一會兒，蘇秦將水燒開，姚氏打出幾顆荷包蛋，又熱過幾粒饅頭，一併擺在蘇秦面前：「秦兒，這就吃吧，哦！」

蘇秦端起一碗荷包蛋，卻遲遲不肯動箸。

姚氏眼巴巴地望著兒子：「秦兒？」

蘇秦終於擠出一句：「阿大……可好？」

聽到這個，姚氏淚水湧出，泣道：「兩個月前，你阿大到田裡為你耕地，卻見別人在耕，你阿大去找里正，里正拿出地契，你阿大方知你已將地賣了。看到你的簽字，你的阿大一下子垮了，當下倒在地上，後來就……」

蘇秦驚道：「阿大他……他怎麼了？」

「他……」姚氏抹淚，「醫生說，是中風了，右半身偏癱，動彈不得，一日到晚躺在榻上，屎尿不知，等於是死了沒埋！」

蘇秦的淚水流出來，望著陶碗愣怔一時，端起來，慢慢走出灶房，走向堂房。

蘇虎斜躺在裡間的炕上，朝牆處墊一床被子，使他看起來像是半坐著的樣子。蘇虎的身子雖癱，耳朵卻是不聾。蘇秦回來，他早聽到了。院中的每一句對話，他也聽得明明白白。見蘇秦走進，他扭頭別過臉去。

蘇秦掀開門簾，跨進房中，將荷包蛋放在榻前几案上，在蘇虎前面緩緩跪下，泣道：「阿大——」

蘇虎將臉背向他，一動不動。

不知過有多久，那碗荷包蛋早已涼了，蘇虎仍然沒有說話，蘇秦也一直跪在那兒。

終於，蘇虎輕嘆一聲，緩緩扭過頭來，望著蘇秦：「你回來了！」

蘇秦將頭埋得更低。

「回來就好！」蘇虎又嘆一聲。

蘇秦泣道：「阿大，是兒子不孝……兒子不孝啊！」

兩行老淚從蘇虎的眼中慢慢流出。許久，他用一隻尚能活動的胳膊抹一把淚水，重複一句：「回來就好！」

蘇秦將頭重重地叩於地上，大放悲聲：「阿大——」

又一陣沉默之後，蘇虎掃他一眼，苦口婆心道：「秦兒，莊戶人就是莊戶人，要認命。你也到了而立之年，再這樣浪蕩下去，何時是個頭呢？」

蘇秦將頭叩至地上，悶聲不出。不知何時，小喜竟也走了過來，在蘇秦身後悄悄跪下。

「唉，」蘇虎長嘆一聲，「至於那點地，賣就賣了。只要你肯洗心革面，阿大相信，終歸有一天，你能將它們再盤回來！」看一眼蘇秦，又掃一眼小喜，「還有，你這個媳婦，是個好女人，你不能這樣待她！」

聞聽此言，小喜再也忍耐不住，「哇」的一聲，嚎啕大哭：「阿大——」

蘇秦將頭叩得更低。

「去吧！」蘇虎別過頭去。

蘇秦卻不動身，又過一時，喃喃說道：「阿大……」

蘇虎再度扭過頭來，望著蘇秦：「你有何話，說吧！」

「場邊那個窩棚，我想借用幾日，求阿大恩准！」

蘇虎的臉色立時陰沉下來，不無痛楚地閉上眼睛，許久，睜開眼睛：「秦兒，你真的要在一條道上走到黑？」

蘇秦勾著頭，只不應聲。

「你這脾氣，真是比我那頭老犍牛還強！」

蘇秦將頭垂得更低。

「唉，」蘇虎沉思良久，長嘆一聲，「你真要想用，拿去用吧！」

蘇秦重重叩下頭去：「謝阿大成全！」

蘇秦再拜幾拜，起身走出堂門，到院中拿過包裹，揣上娘為他熱過的饅頭，拔腳就朝村北的打穀場走去。阿黑不無興奮地跟在身後，跳上跳下，寸步不離。

蘇秦走到窩棚前，打開棚門，檢查一下房舍，見棚子四面進風，屋頂還有一個斗大的漏洞。一陣風過，屋頂上尚未完全化去的沉雪飄落下來，紛紛揚揚，就像是春日裡飄飛的楊絮一般。

蘇秦當即動手，尋來稻草，三下五除二，不一會兒就將屋頂上的漏洞塞上，拿繩索、木棍固牢，又將窩棚巡視一圈，凡進風處盡皆塞上草秸，將破門也修理一番。及至天黑，蘇秦已將一切整修妥當，查看一遍，頗為滿意，於是扣上房門，回到家中，進屋拿出前次回來時自己睡過的兩床被褥，用小喜的草席捲上，復至窩棚，尋到一個牆角，鋪上乾草，攤上草席，鋪出一個被窩。阿黑見了，自覺地臥伏於一邊守護。

蘇秦躺有一時，忽見阿黑歡叫一聲，搖尾巴跳到門口。不一會兒，房門吱呀一聲洞開，小喜推門進來。

蘇秦忽一下坐起，不無驚愕地望著她。

小喜端著一碗禦寒的薑湯，遲疑一下，跛腳走過來，在他身邊跪下，將碗舉過頭頂，聲淚俱下，哽咽道：「家裡睡吧，噢，家裡有熱炕，這個窩棚……奴……奴家來睡！」

蘇秦心中一酸，伸手接過薑湯，定了定心神，淡淡說道：「去吧，熱湯留下，熱炕頭妳自去睡。記住，這個地方，妳今後莫來！」

小喜半晌無語，愣怔許久，再拜幾拜，噙淚退出，小心翼翼地掩上房門。

戶外，天寒地凍，萬籟俱寂。小喜靜靜地佇立在仍未完全融化的雪原上，任凜冽的寒風吹拂著她。

這日正值正月十五，是元宵之夜，一輪圓圓的明月高懸於頭頂，冰冷的月光拋灑下來，寫意地映射在她的淚臉上。

#【第三十二章】

感弟恩痴人抄兵書
獲真實孫臏假瘋魔

孫臏刑後不過旬日，白虎派往衛地楚丘的府尉回來覆命，說栗守丞早於一年前受讒免職，攜家拖口，回老家宋國去了。府尉尋到府中一個老差役，說栗將軍在時，身邊不曾有過名叫劉清的侍從。

一切確證無疑，孫臏是受人陷害了。然而，白虎思來想去，孫臏初來大梁，與他人並無仇怨，何人會去害他？

白虎決心查個水落石出。白虎斷定，孫臏既是受人所害，害他者必在大梁，因而吩咐府尉，不得將此事洩於任何人，同時組織更多捕卒，祕密訪查那個下巴有疤痕的假劉清。只要尋出此人，一切謎團就可迎刃而解。

再說苟仔，自打見過孫臏之後，就一直幽居在家幸龐蔥為他安置的一進偏僻小院裡。苟仔本是粗人，愛動不愛靜，且又放蕩慣了，哪裡幽居得久？初時因有婢女相伴，苟仔頗能守住。過有二十餘日，婢女似是被他玩得膩了，苟仔也自心猿意馬起來。

這日後晌，苟仔摸出孫臏贈予他的十金「辛苦費」，與婢女在院中翻來覆去地倒騰著玩。婢女不曾見過這麼多金子，對他撫愛有加，讚不絕口。苟仔對婢女誇口道：「這點金子算個什麼，待我拿來百金妳看！」

婢女自是激他。苟仔一則興來，二則手癢，當下取來冠帶遮了疤臉，袖上十金，走出院門。小院位於後花園處，後花園中有個暗門，原是方便園工出入用的。苟仔早已查得清楚，悄悄打開暗門，溜至街上，逕奔賭館而去。

賭館、妓院、客棧等公眾場所正是捕卒盯牢的目標。苟仔一到賭館，剛一取下冠帶，現出疤痕，就被守在此處的便衣捕卒一眼認出。捕卒本欲捕他，一則這是賭場，二則此人身體壯實，看樣子似是習武之人，擔心拿他不住，反誤大事。欲待回去稟報，又怕此人走脫，正自計謀，苟仔卻是來得快，輸得也快，不消半個時辰，已將袖中十金盡數輸掉，又因心中有鬼，連聲抱怨也不敢發出，一臉黑喪著轉身離去。

捕卒心道：「眼下只我一人，若是拿他，被他走了，反誤大事。待我跟他前去，看他走往哪兒！」

捕卒想定，遠遠地跟在苟仔後面。苟仔因是在逃之人，不敢在街上多走，逕至一條偏街，拐入一道暗門。捕卒抬眼看那圍牆，但見牆高院大，是大戶人家。急走上前，輕推暗門，卻被那人閂上。正巧有位消閒的老人走過，捕卒一問，陡吃一驚，原來此處暗門裡不是別家，竟是武安君府的後花園。

捕卒謝過老人，急急趕回司徒府，將方才所見一五一十地稟報白虎。白虎大是驚異，目光怔怔地站在那兒：「你可看得清楚？」

捕卒不無肯定地說：「大人放心，小人這雙眼睛亮著呢！」

白虎又愣一時，緩緩說道：「你先在府中守著，哪兒也不許去，也不可對人講起此事！」

「小人遵命！」

白虎急步走出府門，見天色迎黑，叫上車馬直馳武安君府。龐蔥迎出，帶他直入客廳，安排他坐下，自去書房稟報龐涓。

不一會兒，龐涓急步走來，未至客廳，聲音已傳進來：「小弟，許久不見，是哪陣風吹你來了？」

白虎起身，抱拳應道：「小弟剛巧路過這裡，思念大哥，順道進來看看！」

「大哥也是，前日與你嫂子說起你家，你嫂子甚是喜歡小起，定要大哥尋個好天氣，說是過去望他！」

「謝大嫂了！」白虎略頓一下，轉過話題，「孫將軍如何？」

「唉，」龐涓嘆道，「大哥換過幾個醫師，日日換藥，外敷內用，孫兄傷口上的紅腫只是不消！大哥愁壞了，正尋思再換醫師呢！」

白虎不無焦急地點了點頭：「嗯，大哥憂的是！刑死之人，多非死於行刑，而是死於刑後膿瘡。好在孫兄有大哥照料，小弟略有所安！孫將軍這陣兒如何？小弟既已來了，也想望望他去！」

「孫兄習慣日落而息，這陣兒定是睡下了！」龐涓截過話頭，「小弟若是無事，大哥陪你隨便走走！待會兒酒食上來，咱兄弟喝上幾爵如何？」

「這敢情好！」白虎笑道。

龐涓吩咐龐蔥安排酒食，自與白虎信步走去。二人沿著院中小路轉有一時，眼見將至後花園處，龐涓卻頓住步子，拐向另一條小徑。

白虎笑道：「大哥的後花園，小弟也是久未來了，何不進去走走？」

龐涓當即攔住，笑道：「大冬天的，雪尚未化，滿目肅殺，花園裡最是傷感，小弟還是不要看了！」

白虎不好再說什麼，跟隨龐涓沿另一條小路轉回客廳。

也是冤家路窄。二人走至帳房處，忽見一人興高采烈地走出帳房，後面送出一個聲音：「苟仔，家老說了，只能予你五金，若是再賭，分文沒有！」

苟仔回頭大叫：「叫喚個啥，爺曉得了！」

苟仔話音落地，剛走幾步，迎頭碰到龐涓、白虎。苟仔見是龐涓，驚惶失措，結巴

道：「大……大將軍！」

天雖蒼黑，但在西天餘光的映射下，苟仔臉上的那道疤痕仍見分明。龐涓、白虎皆是一震，龐涓虎起臉來，衝他罵道：「還不快滾！」

苟仔屁也不敢放一聲，垂頭沿著白虎他們走過來的小徑急急溜去。

白虎痴痴地望著他的背影，直到他消失在小徑的盡頭。

龐涓叫道：「小弟！」

白虎似是沒有聽見。

龐涓提高聲音：「小弟！」

白虎打了個激靈：「噢，走神了。大哥，此人是誰？」

「一個畜生！小弟，走吧，酒食想是備好了！」

白虎頓住步子，揖道：「小弟想起一事，急須回府一趟，此酒明日再喝如何？」

龐涓略怔一下，回揖道：「小弟既然有事，大哥就不強留了！」

龐涓將白虎送至府門，早有車馬候著。白虎回身揖道：「大哥留步，小弟改日再來拜訪！」

龐涓回禮道：「小弟慢走！」

望著白虎的車馬漸走漸遠，龐涓臉色一沉，急至後花園，來到苟仔的小院，卻已不見苟仔。詢問婢女，婢女也是不知，只說他拿上金子，從後花園的偏門溜出去了。

龐涓忖思有頃，召來龐蔥：「蔥弟，苟仔哪兒去了？」

龐蔥撓頭道：「蔥弟不知。迎黑時，帳房找我，說他急支十金。十金是筆大數，但他是大哥看重的客人，小弟考慮再三，就讓帳房暫先支他五金，待稟過大哥，另外支他五金！」

「哼！」龐涓怒道，「這個畜生，還真是活膩味了！」

「大哥？」龐蔥不解地望著龐涓。

「蔥弟有所不知，」龐涓解釋道，「此人本是左軍司庫，因痴迷賭博，私賣糧草，犯下不赦死罪。軍中事發，此人跑至大哥帳下，乞求大哥活命。也是大哥愛惜人才，念他屢立戰功，這才網開一面，放他一條生路，藏他在此思過，欲待軍中風頭過時，另外委他一個差使，使他戴罪立功。誰想這個畜生不思悔改，賭病又犯，還敢支錢去賭，教大哥如何容他！」

「唉，」龐蔥追悔起來，「都怪蔥弟疏忽，不曾問他一問，這就支錢了！」

「此事與蔥弟無關！」龐涓安慰他道，「只是……這個畜生如此拋頭露面，卻於大哥不利！」

「哦？」

「大哥在軍中享有盛譽，若是三軍將士知曉大哥包庇、窩藏貪犯，憑大哥長一千張口，也是解釋不清。三軍失治，大哥失威，如何再去號令？」

聽聞此話，龐蔥自也感到事大，急問：「事已至此，如何是好？」

龐涓對龐蔥耳語一番，龐蔥連連點頭。

＊　＊　＊

白虎脫身，急急回到司徒府中，召來府尉及眾捕卒，囑道：「畫中之人已現身，若是不出本府所料，此時正在賭館！你們馬上前去，務必生擒此人！」

府尉領命，急帶數十捕卒，一陣風似地捲至那家賭館，將之圍了個水洩不通。府尉

帶人闖入賭場，場中賭徒不知發生何事，各尋角落，瑟瑟發抖。府尉尋不到苟仔，叫出掌櫃，出示畫像，問道：「你可認識此人？」

掌櫃看一眼畫像，點頭道：「回稟官爺，此人喚作疤臉，館中之人俱認得的。後晌疤臉輸掉十金，方才又持五金來，卻待要賭，被人叫出去了！」

府尉急問：「何人叫他走的？」

掌櫃想了一想：「好幾個人，站在門外，因天氣蒼黑，在下看不清楚！」

「幾時走的？」

「剛剛走的！」掌櫃指著几案上的一只茶碗，「官爺請看，他的茶水尚是溫的！」

府尉留下兩人守在館中，急領眾人分路尋去。眼下已到人定時分，大街上杳無一人，黑漆一團。眾捕卒打上火把，四處尋找。府尉領人尋至一個拐角處，有人驚叫：「報，疤臉在這兒！」

眾人急奔過去。在火把的輝映下，苟仔歪倒在牆角，喉管被人割斷，兩眼驚恐地大睜著，鮮血仍在從他的喉管裡汩汩流淌。眾人搜尋現場，沒有發現任何物證。

府尉吩咐眾人將苟仔的屍首拿草席捲過，抬回司徒府，向白虎稟報前後經過，要他驗看。白虎跌坐於地，驚怔有頃，擺了擺手，緩緩說道：「不用看了，去吧！」

顯然，這是白虎最不願看到的事實！望著府尉退出的身影，白虎長嘆一聲，兩眼盈滿淚水，喃喃說道：「龐大哥，恩公，你……你……怎能這樣？」

*　*　*

孫臏所住的小院子，也在武安君府的後花園裡，與苟仔所住的小院子正隔一個數十丈見方的荷花池。陳軫喜愛釣魚，這個池子原是一個魚塘，為討好瑞蓮，龐涓改種各色蓮藕，一到夏日，千荷競豔，風景獨好。眼下卻是冬日，蓮池裡滿是枯荷殘葉，甚是落寞。

次日晨起，龐涓、龐蔥、范廚與一個五十來歲的醫師沿著蓮池旁的一條石徑快步走進小院。龐涓趨至孫臏榻前，關切地問道：「孫兄，今日感覺如何？」

孫臏點了點頭：「疼痛略輕一些，謝賢弟掛念了！」

龐涓彎下腰去，小心翼翼地扶孫臏坐起，輕嘆一聲：「唉，都是庸醫害人。眼見已是兩個來月，孫兄的傷口非但不見好轉，反倒生出膿瘡來！涓弟想想氣惱，前日將他責打三十大板，發軍中充役去了。昨日范廚尋來一人，說是宋國名醫，專治跌打損傷，涓弟打算換他一試，此來說予孫兄！」

孫臏點了點頭：「謝賢弟費心了！」

龐涓轉對老醫師：「喂，老先生，孫將軍的傷情，你須小心伺候！」

老醫師掀開被子，揭去繃帶，將傷口查看一番，回身叩道：「回稟將軍，孫將軍的瘡傷已是潰爛……」

不及老醫師說完，龐涓立即截住話頭：「你們這幫庸醫，上來就是這一句話！若不潰爛，要你等何用？本將問你，此傷你能醫否？」

「這……草民盡力而為！」

「什麼盡力而為？」龐涓怒道，「你既願治，說明你有把握。本將與你講定，若是傷口癒合，本將賞你十金。若有差池，本將就拿你的兩隻膝蓋償還孫將軍！」

老醫師嚇得兩腿發顫，連連叩道：「將軍……草……草民……」

龐涓兩眼一瞪：「怎麼，你敢不應？」

「草民……」

龐涓回頭衝范廚道：「范廚，孫將軍的膳食，每餐不少於四菜一湯，你須葷素搭配，軟硬有序，不可有些微閃失！」

范廚叩道：「小人領命！」

龐涓安排已畢，轉向孫臏抱拳道：「孫兄好自養傷，涓弟公事在身，急要出去一趟！」

孫臏拱手還禮：「賢弟只管前去，臏之傷勢，一時急切不得！」

「孫兄保重，涓弟告辭！」

「賢弟慢走！」

龐涓辭過孫臏，與龐蔥一道回至前院，早有車馬過來。龐涓跳上車馬，逕投司徒府去。白虎聞報，略略一怔，迎出府門，揖道：「什麼風將大哥吹來了？」

這是昨晚白虎拜訪龐涓時，龐涓曾經說過的話。龐涓心裡咯登一聲，面上卻出一笑，抱拳還禮道：「小弟昨晚登門，大哥本已備好酒菜，小弟卻是匆匆離去，大哥放心不下，不知小弟有何大事。今日路過此處，順道過來探視！」

白虎亦還一笑：「謝大哥掛念！」伸手禮讓，「大哥，府中請！」

龐涓將馬韁遞給門人，與白虎一道走進客堂，依賓主之位坐下。龐涓笑問：「聽說小弟近日甚忙，都在忙些什麼？」

白虎笑道：「都是府中冗事，不足掛齒！」

「弟妹可好？」

「還好，謝大哥掛念！」

「小白起呢？上次見他，觀他虎頭虎腦，眼看就是小伙子了！看他那股精靈勁，小傢伙將來必有出息！」

「謝大哥金言！」

「說到小起，大哥此來，原也有個想法！」

「大哥盡可直言！」

「說起此事，倒也有趣！」龐涓呵呵笑出幾聲，「你嫂子成婚數載，迄今仍無生養，想是急了，夢中也想抱個兒子。前些時日，她不知從何處聽來一方，說是只要認個義子，有個誘引，準能生個胖兒子出來。你嫂子大喜，回來就向大哥嘀咕此事。你也知道，大哥事事依她，認義子之事，自也是聽她的。大哥想到小起，正欲說話，你嫂子似已猜出大哥心思，直接提說認小起作義子。大哥自是同意，此來想與小弟商議。若是小弟成全，大哥立即辦個儀式，使人迎接小起，邀他至府小住幾日，一則圖個熱鬧，二則閒暇之時，大哥也好教他一些功夫！」

白虎揖道：「犬子有此榮幸，自是他的福分。待小弟告知賤內，擇日將犬子送至府中，大哥意下如何？」

「好好好，」龐涓喜道，「不要擇日了，就明日吧！」

「小弟聽大哥的！」白虎轉過話題，刻意問道，「孫將軍傷情如何？」

「唉，」龐涓長嘆一聲，「傷勢仍不見輕。方才大哥又換一個醫師，看那樣子，想是有些手段，希望此番或能有所好轉！」

白虎別有用意地抱拳說道：「孫兄遭此大難，幸有大哥照顧，當是不幸中的萬幸了！」

「唉，」龐涓重重嘆道，「若不是大哥下書，孫兄就不會來至此處，也就不會遭此大難！不瞞小弟，這些日來，大哥每每想起此事，心中就生慚愧。近日大哥思來想去，仍覺此事蹊蹺。大哥素知孫兄，寧死不肯相信他是謀逆之人。大哥斷定，此事必是有人陷害。大哥請小弟徹查此事，能還孫兄一個清白！」

說至此處，龐涓竟是哽咽起來，以袖拭淚。

看到龐涓仍在表演，白虎心頭泛出一陣奇寒，淡淡說道：「大哥放心，查明真相，本是小弟職責。大哥有何線索，可否提供小弟？」

龐涓搖了搖頭：「線索倒是沒有。大哥做事，向來是抓大不抓小，不曾留意身邊瑣事。小弟可有線索？」

白虎也是搖頭。龐涓起身揖道：「孫兄之事，大哥拜託小弟了！大哥明日只在家中，專候小弟！」

白虎也起身揖道：「大哥放心，小弟明日必與賤內一道，送犬子至府！」

送走龐涓之後，白虎回到府中，悶頭思想多時，仍未理出頭緒。及至後晌，白虎心中靈光一閃，駕車直驅相國府。

家宰領白虎走至後花園中的一進小院，扭身逕去。院中一溜兒擺著幾十個陶盆，盆中栽著各式各樣的樹木花卉，個個青枝綠葉，一看就是耐寒的角兒。惠施如同一個老園丁，蹲在地上，正自用心侍弄。

白虎走至近前，揖道：「下官白虎見過相國！」

惠施依舊蹲在那兒，一邊侍弄花盆，一邊朝他笑笑：「老朽這樣子，就不見禮了！你有何事，說吧！」

白虎將孫臏受害一事從頭至尾講述一遍，本以為惠施會有激烈反應，未料他只是微微皺了下眉，兩手仍在侍弄，口中說道：「此事還有何人知道？」

白虎搖頭道：「眼下除去武安君，再就是下官和相國您了！」

「那個府尉呢？」

白虎想了想道：「應該不知細情。下官只是要他捕人，並未解釋因由！」

「這就好！」惠施點了點頭，「白司徒，此事不宜再查，亦不宜聲張，你知我知，到此為止了！」

白虎急道：「事情已是明明白白，此案從頭至尾，均係武安君一手所為，武安君顛倒黑白，賊喊捉賊，如此陷害孫監軍，相國為何不讓懲治？」

惠施繼續擺弄花盆：「苟仔既死，此事就無實據。孫臏之罪又係陛下欽定，陛下本非聖主，武安君更是陛下愛婿，縱使查出實據，你我又能如何？」頓有一時，起身將花盆移到架上，「這且不說，即使司徒查清此事，龐涓受懲，孫臏冤案得雪，於國於家又有什麼好處？如此爭來鬥去，國家元氣勢必大傷。這些年來，魏國麻煩已夠多了，何必再生事端？」

「若是如此，」白虎想了想道，「孫監軍豈不冤屈一世了？」

「唉，」惠施長嘆一聲，擺好花盆，拍打手上的泥土，「人生命運，皆由天定。孫監軍遭此大劫，想也是命定的。既然他命該如此，你我又能如何？」

「這……」白虎急道，「下官身為司徒，主管刑獄，豈能眼睜睜地看著他人蒙冤受屈？」

「嗯，」惠施點頭讚道，「聽此話語，倒還真是白圭後人！我觀孫臏，命不該絕，

不宜久居虎口。白司徒若想幫他，可酌情處置！」

白虎思忖有頃，揖道：「相國高瞻遠矚，下官敬服！」

* * *

翌日卯時，白虎與綺漪帶上小白起，如約來到武安君府。龐涓、瑞蓮雙雙迎出府門，龐涓樂呵呵地抱起小白起，引客人逕至堂中。

說笑一時，龐蔥進來，稟報家廟布置已畢，可行拜禮。眾人來到家廟，龐涓、瑞蓮雙雙跪下，拜過龐衡的靈位，起身坐在堂中。白起望一眼父母，走至龐涓、瑞蓮面前，跪在地上，連拜幾拜，叩道：「義子白起叩拜義父、義母！」

龐涓點了點頭，望向瑞蓮。瑞蓮起身走到白起前面，將一只早已備好的金鎖掛在他的脖子上，順手將他抱在懷中，連親幾口，抱至龐涓身邊。龐涓笑容可掬，雙手接過：「來，乖兒子，親親義父！」

白起鼓起嘴唇，親了親龐涓的面頰。許是因為龐涓臉上鬍碴太硬，白起親過，眉頭緊皺，一臉苦相。龐涓看在眼裡，呵呵一樂，順手將白起遞給瑞蓮：「乖兒子，來，親親你義母，她臉上軟和！」

眾人皆笑起來。白起如法親了親瑞蓮，喜得瑞蓮抱在懷裡，不肯撒手。大家正在說笑，龐蔥急至，小聲稟道：「大哥，太子殿下與梅公主駕到！」

瑞蓮一聽梅姐來了，急忙放下白起，與龐涓等走出家廟，迎出府門。不一會兒，龐涓與太子申走在前面，瑞蓮攜瑞梅之手走在後面，步入客堂。太子申剛一坐下，白虎一家進來，叩拜於地。

白虎叩道：「微臣白虎一家三口，叩見殿下！叩見公主！」

太子申抬手道：「愛卿請起！」

白虎再叩道：「謝殿下！」

瑞蓮走到瑞梅跟前，笑道：「梅姐，我來介紹一下，這是白司徒，這是白夫人！」

走到小白起跟前，抱起他，復走過來，「這是小白起，蓮妹今日認作義子了！」

瑞梅抱過小白起，笑道：「真是個乖孩子！」

白起轉問瑞蓮：「義母，我該叫她什麼？」

瑞蓮笑道：「叫阿姨！」

「阿姨！」白虎叫一聲，在她臉上輕親一口。瑞梅臉色緋紅，亦親他一口，笑道：「這孩子真是靈透！」

白虎朝眾人一揖：「你們敘話吧，白虎告辭了！」

龐涓揖道：「小弟慢走，大哥不遠送了！」

白虎夫妻朝太子再拜後退出。白起追出兩步：「阿大——娘——」

綺漪含淚道：「起兒，你在義父家玩，待過幾日，娘來接你，哦！」

白起含淚點了點頭，目送他們遠去。

龐涓自然知道太子、梅公主為何而來。白起夫婦走後，龐涓朝太子申揖道：「殿下此來，是否也想看望一下孫兄？」

太子申點了點頭：「孫將軍可好？」

龐涓淚出，哽咽道：「回稟殿下，孫兄他……唉，都有兩個月了，傷口仍未痊癒，真是急人！」

聽聞此話，瑞梅只在一邊抹淚。太子申望她一眼，轉對龐涓：「梅妹此來，實意望

他一望，不知妥否？」

龐涓抹了一把淚水：「孫兄若是見到殿下、梅姐，不知會有多開心呢！」

太子申站起來，對梅公主道：「梅妹，這就去吧！」

龐涓帶著一行幾人，一路走向後花園，來到孫臏所住的那進小院。龐涓先一步走進房中，對孫臏道：「孫兄，殿下和梅公主望你來了！」

聽到殿下和梅公主前來，孫臏大是震驚，欲動身子，傷口卻是一陣劇疼，額上汗出。龐涓見狀，趕忙上前扶住：「孫兄莫動！」

說話間，太子申、梅公主、蓮公主抱著小白起，也都步入房中。孫臏以手連叩榻前几案，泣淚道：「罪人孫臏叩見殿下！叩見公主！」

太子申近前一步，在他榻前坐下：「孫將軍免禮！」

孫臏再叩：「謝殿下！」

太子申看他一眼，眼中噙淚：「孫將軍，你……受苦了！」

孫臏泣道：「是罪臣罪有應得！」

「唉，」太子申長嘆一聲，「不說這個了，梅妹有話問你！」起身轉對龐涓夫婦，「龐愛卿，蓮妹，我們出去走走！」

龐涓抱過白起，與太子申、蓮公主一道走出。見幾人走遠，房中再無他人，梅公主撲到孫臏榻前，泣不成聲：「孫將軍——」

孫臏輕輕閉上眼睛，淚水順眼角流出。

哭有一時，瑞梅泣道：「孫將軍，奴家……奴家總算見到您了……孫將軍……」將頭埋在榻邊，再發悲聲。

孫臏拿衣袖抹去淚水，斂起心神，緩緩說道：「殿下方才說，公主有話欲問罪人，罪人孫臏洗耳恭聽！」

梅公主卻不說話，只是伏在榻上悲泣。

孫臏的聲音漸漸變冷：「公主貴為千金，莫要哭壞玉體。此地齷齪，公主若是無話，就請走吧！」

瑞梅哽咽道：「孫將軍……」

孫臏的音調越發陰冷：「公主，您快走吧，一切皆怨罪臣，是罪臣對不住陛下，對不住殿下，尤其對不住公主您！」

瑞梅止住哭聲，抬頭凝視孫臏，語氣堅定：「孫將軍，奴家知道，此事不是真的，一定不是真的……」

孫臏態度更是堅定：「公主錯了，一切皆是真的！魏人殺我一家，我欲復仇，是極自然之事！公主，妳我不在一條道上，陛下饒我不死，已是大恩！您快走吧，罪人孫臏懇求您了！」

瑞梅睜圓一雙淚眼，久久地凝視孫臏，一字一頓：「將軍知梅，必知梅之心。奴家此生，認定將軍了。將軍生，奴家陪你；將軍死，奴家……也陪你！」

孫臏心中一酸，淚水奪眶而出，許久，喃聲說道：「梅姑娘……」

聽到孫臏喊她姑娘，瑞梅起身坐至榻邊，將頭深深地埋入孫臏懷中，聲音哽咽：「先生……」

小院外面，瑞蓮已引白起遠去，唯有龐涓陪太子申在荷花池邊的一行柳樹下漫步。春節早過，氣候雖寒，極能感知春日的柳樹卻已綻出嫩嫩的芽尖。

踓有一時，太子申嘆道：「唉，梅妹清高孤傲，難得知音。遇到孫子，梅妹引為知己，誰知結局竟是這般？」

龐涓亦出一聲長嘆：「殿下，孫兄蒙難，微臣心如刀割。孫兄與微臣親如手足，梅公主又與蓮兒姐妹情深，殿下放心，微臣必竭心盡力，照料孫兄。只是這門親事……」

「哦？」太子申略略一頓，望著龐涓，「愛卿有何顧慮？」

龐涓又嘆一聲：「唉，微臣亦知梅公主心繫孫兄，但孫兄已成廢人，莫說父王不肯，縱使父王願意，梅公主貴為千金，卻要下嫁一個廢人，豈不委屈？」

太子申搖了搖頭：「愛卿知蓮，卻不知梅。梅妹一旦認定孫子，莫說他是廢人，縱使一堆骨骼，必也是義無反顧！」

「唉，」龐涓由衷嘆道，「大丈夫有此豔福，不枉此生矣！」又思一時，免不得醋心再起，酸酸地又是一聲輕嘆，「果是如此，微臣真為孫兄高興！」

太子申卻是話中有話：「龐愛卿，種瓜者得瓜，種豆者得豆。孫子知梅，梅又怎不以心許他？」

*　　*　　*

武安君府位於大梁東街。東方屬木，有繁盛之意，因而，該街多為貴人所居，一街兩行是清一色的高門大院，淨是府衙。

在東街與魏王宮之間另外有條大街，名喚東市，長約二里許，甚是寬敞，一街兩行店鋪林立，燈紅酒綠，主要為達官顯貴和魏王宮廷提供服務。在東市東端有一家店鋪，門額上寫著「羅氏皮貨行」幾字，門前豎一木牌，上寫：「整店鬻讓」。

富家公子打扮的公子華喝叫停車，與一名隨從走進店中。店家見是買主，急迎上來，揖道：「公子，請！」

公子華還過一揖，指著木牌道：「掌櫃欲鬻此店？」

「是的，」店家點了點頭，「在下是中山人，在大梁經營皮貨已逾十年。家父病重，急召在下回去。這個小店，只好鬻讓了！」

公子華打量一下店鋪：「掌櫃欲讓多少金子？」

店家指著鋪面：「本店有面鋪三間，院子一進十間，按眼下市值，當值七十金；店中尚存毛皮三百五十件，均為燕、趙、中山等地上乘選料，進價即值七十金，打總兒一百四十金。因在下急於鬻讓，公子出百二十金即可！」

公子華進店巡視一圈，又讓隨從點過皮貨，見掌櫃說的一絲不差，拱手道：「掌櫃此店照說可值百二十金，可眼下春日已至，皮貨進入淡季，大半年賣不動不說，還需花錢照料！」

掌櫃點頭道：「公子說出此話，已是行家。你出個數吧！」

公子華伸出一個指頭：「此數如何？」

掌櫃思忖有頃：「公子實意想要，就此數吧！」

公子華即讓隨從取出箱子，點過百金，付予店家，店家陪隨從前往相關府衙，換過契約，乘車馬逕回中山去了。

公子華親手寫下「秦氏皮貨」四字，使人做成匾額，將「羅氏皮貨行」幾字換下，又使人將店鋪整修一新，召來鑼鼓敲打一番，算是開張。

* * *

離皮貨行百步遠處，拐有一條小街，是東市菜市場，魚蝦肉食等各色食品琳琅滿

目。這日晨起，武安君府上的大廚師范廚提著個大籃子，在各個攤點上東逛西蕩，摸摸這個，瞧瞧那個，一條錢袋子懸在屁股後面晃來吊去。

幾個衣著襤褸的孩子互望一眼，悄悄跟過來。范廚走至一家賣乾貨的攤前，看中擺在攤前的一筐乾棗，想買一些回去為孫臏燉湯喝。范廚蹲下，正在認真挑選。一個孩子掏出剪刀，動作麻利地將繫袋子的繩子剪斷，提上錢袋撒腿就跑。

范廚感覺有異，順手一摸，大吃一驚，回頭見是一個孩子提著他的錢袋猛跑，大叫道：「偷錢嘍，小偷偷錢嘍，抓小偷啊！」起身狂追不捨。

范廚正自追趕，路邊卻又總是冒出另外一些或賣花或賣其他物什的半大孩子，東擋西堵，待范廚一一閃過他們，小偷已在一箭地開外。

范廚大喊大叫著追入一條胡同，竟是不見蹤影。范廚來回察看幾趟，眼見無望，蹲在地上傷心悲泣。恰在此時，公子華從胡同一端慢慢走來，見他這般模樣，蹲下問道：「請問仁兄，為何這般傷心？」

「唉，」范廚長嘆一聲，「公子有所不知，小人剛至市上，正欲買菜，錢袋卻被小偷竊去。眼下小人身無一文，這……如何買菜？菜買不回去，主人一家飯食又將如何安置？」

公子華佯吃一驚：「哦，這倒是件大事！仁兄能否將實情講予在下？」

「唉，」范廚哭喪著臉又嘆一聲，「公子有所不知，小人所有錢財，盡在那只袋中。小人為主人一家主廚，所有菜蔬，家老均使小人購買。小人每三日上街一次，今日尚未購得一物，錢袋卻被偷走。若是買不到菜，小人回去，如何向家老交代？」

「這……」公子華問道，「請問仁兄，袋裡共有多少金子？」

「共是二百九十八個魏幣，約合三金！」

「若是無此三金，仁兄將會如何？」

范廚泣道：「丟這麼多錢，家老必從小人工錢裡扣除。小人每月工錢只有五十幣，需六月方能還清。小人家中，上有六旬老母，下有三尺孩童，這……這六個月光景，小人可拿什麼養活他們？」

「若是如此，」公子華起身說道，「仁兄且隨我來！」

范廚不無驚異地望著他：「公子能幫小人抓到小偷？」

「小偷是抓不到了，」公子華笑了一下，「不過，這點小錢在下倒是不缺！」

范廚半信半疑地望著公子華，兩腿並不移動。

「怎麼，仁兄信不過在下？」

范廚似也回過神來，急道：「信得過，信得過！」

范廚忐忑不安地跟著公子華走至東市大街，拐進秦氏皮貨店裡。范廚站在店中，左右打量店鋪，知他是個巨商，心中更是忐忑。公子華吩咐下人取出三金，遞予范廚手中。看到明晃晃的金子，范廚不敢相信這是真的，一時怔了。

公子華笑道：「仁兄愣個什麼，還不快去買菜？」

「這……」范廚以為是在夢中，「這這這……這三金真就送予小人了？」

公子華呵呵笑道：「區區三金，何足掛齒？仁兄只管拿去，權當交個朋友！」

范廚撲通一聲，跪在地上，連連叩首道：「請問恩公如何稱呼？」

公子華扶起他：「仁兄請起，在下姓秦，叫在下秦公子即可！」

范廚泣淚道：「小人姓范，因會做些小菜，人稱范廚。三金算是小人暫借恩公的，

待小人有錢，一定奉還！」

公子華笑道：「送你就是送你，范兄莫提歸還二字！」

「這……」范廚又跪下來，叩道，「恩公但有用小人處，盡可吩咐！」

公子華點了點頭：「這話本公子愛聽！本公子剛來此處，今日算交范兄一個朋友！今後范兄但有難處，盡可來此尋我！」

范廚哽咽道：「范廚記下了！」

*　　*　　*

春草萋萋，一年一度的春耕大忙就要開始，堅持一冬的魏國冬訓總算告一段落。龐涓將各地守丞及負責冬訓的將軍召至逢澤大帳，具表列報，獎有功，罰不力，一連忙活幾日，方才驅車趕回大梁。

回到府中，龐涓聽完龐蔥稟報，心頭忽然一動，動身前往後花園，看望孫臏。剛出書房，龐涓看到小白起正在一棵大樹下聚精會神地觀看什麼。龐涓好奇心起，悄悄走至白起身後，見他毫無察覺，仍在埋頭觀察。

龐涓拍了拍白起的腦袋：「好兒子，你蹲這兒看什麼呢？」

白起見是龐涓，跪地叩道：「回稟義父，義子白起正在觀看螞蟻排軍演陣！」

龐涓興趣大起，也蹲下去，果見成千上萬隻小螞蟻紛紛出洞，排成黑乎乎的一行，直向大樹爬去。看有一會兒，龐涓笑道：「兒子，可知螞蟻演的是何軍陣？」

「回稟義父，是一字長蛇陣！」

「好！」龐涓思忖有頃，「假設你是我方將軍，這些螞蟻排成一字長蛇陣與你對壘，你將如何應對？」

白起考慮片刻：「襲其巢穴，斷其後路，殺他個片甲不留！」

「哦？」龐涓呵呵一樂，「兒子如何襲其巢穴，殺他個片甲不留？」

「義父稍待片刻！」白起跑進旁邊一處屋子，不一刻，提起一壺熱水出來，徐徐澆進地上的螞蟻洞中，再從洞口沿蟻陣澆之。

見白起澆畢，龐涓將他一把抱起，不無滿意地拍了拍他的小腦袋：「嗯，孺子可教也！走，隨義父看望孫伯父去！」

龐涓抱著白起走進孫臏的小院子，敘話一時，將白起拉到榻前：「乖兒子，來，給孫伯父磕個頭！」

白起跪下叩首：「司徒白虎長子、武安君義子白起叩見孫伯父！」

孫臏笑道：「小白起，快快請起！」

龐涓見白起如此明事，亦由衷高興，笑對孫臏道：「白起是涓弟義子，自也是孫兄義子，望孫兄能以義子待之！」

白起眼睛一眨，再跪於地：「孫義父在上，請受義子白起一拜！」言訖，連拜三拜。

孫臏樂不可支，連連點頭：「好好好，孫義父認下你了！」

龐涓掀開被衾，一邊細細察看孫臏的傷勢，一邊問道：「孫兄，近日感覺如何？」

孫臏點頭讚道：「嗯，這位醫師醫術甚高，膿水盡化去了。醫師說，若是順利，再過一月，當可痊癒！」

「好！」龐涓扭身叫道，「醫師何在？」

正在耳房煎藥的醫師聞聲趕至，叩見龐涓。龐涓衝他滿意地點了點頭：「孫將軍傷

情好轉，皆是先生之功，本將暫先犒賞五金，待孫將軍完全康復，自會再行賞你！」

醫師叩道：「草民謝大將軍恩賜！」

龐涓拍了拍白起的小腦袋：「兒子，你帶醫師前去帳房，著令支取五金！」

白起答應一聲，引醫師逕出院門。

孫臏凝視龐涓，心中甚是感動，輕嘆一聲，哽咽道：「唉，臏至大梁，本欲助賢弟一臂之力，不想卻成賢弟累贅，每每思之，心中甚是愧疚！」

龐涓跪於地上，淚如雨下：「孫兄遭此大難，皆是涓弟之過。不瞞孫兄，涓弟每思此事，心疼難忍，恨不能以身相替，歸還孫兄兩隻膝蓋！」

孫臏越加感動，又嘆一聲：「唉，臏已成為廢人，賢弟大恩，臏只能來世相報了！」

龐涓略頓一下，以袖抹去淚水，抬頭望著孫臏：「此事也怪先生，好端端地，為何要將孫兄的『賓』字改為『臏』字？涓弟早就說過，『臏』字不是佳語，真就應驗了！」

「此事與先生無關！」孫臏說道，「今日想來，是臏命中該有這場劫難！先生高深，先一步看破天機，卻又不好明說，因而改此臏字，以使臏有所警示。不想臏生性愚鈍，終未領悟，方才招致此禍！」

「唉，」龐涓長嘆一聲，「說起先生，涓弟真是追悔莫及啊！」

「賢弟追悔何事？」

「涓弟本是魏人，視魏為家，唯思在魏成就一番功業。昔日在鬼谷之時，涓弟一心貪戀山外機會，學業未成即倉促下山。不想山外有山，人外有人，涓弟已盡全力施展，卻總感到力不從心，這才盛邀孫兄下山。邀兄之時，涓弟心中維繫一念——假使你我聯手，或可有所成就。萬未料到，涓弟此舉，反倒害了孫兄！」

孫臏長嘆一聲：「唉，賢弟，時也，運也；運也，命也。臏生於戎馬世家，親歷殺伐，九死一生，彷徨不知所向。幸遇墨家鉅子指點迷津，臏至鬼谷，方才看清前程。鬼谷用功四年，臏雖說不及賢弟，卻也算是盡心努力。一朝下山，臏本欲有所作為，誰知人算不如天算！」略頓一頓，又嘆一聲，「唉，賢弟，不說也罷！」

「孫兄過謙了！」龐涓由衷讚道，「項城之戰，涓弟已知孫兄功力。前番對弈，孫兄氣勢如虹，更令涓弟望塵莫及。涓弟奔後自思，一年不見，孫兄功力突飛猛進，定與《孫子兵法》有關。唉，可惜涓弟求成過急，與此寶書失之交臂，終為憾事！」

「賢弟莫急！」孫臏勸慰道，「臏自至魏，早有心將此寶書傳於賢弟，只是忙於瑣事，未得機緣。今臏已成廢人，此書縱在胸中，也是無用。待臏傷勢略好，必將胸中所記，盡數寫出，以供賢弟參悟！」

龐涓聞言，叩拜於地：「孫兄果能如此，則是涓弟造化！」

孫臏急道：「賢弟快快請起！」見龐涓起身，又道，「賢弟可備竹簡、筆墨於此，待臏感覺好時，即於榻上默寫！」

「有勞孫兄了！」

第二日，龐蔥使人送來竹簡、筆墨等物，龐涓親選一名略識文字、頗有靈氣的婢女貼身侍奉。孫臏仍不能動，醫師不讓他有任何勞作，但孫臏感念龐涓之恩，堅持書寫。醫師無奈，只好使人做出一個木架，支在榻上，讓孫臏坐起，婢女侍候筆墨，慢慢書寫。

寫字極是用力，孫臏每寫一字，就要強忍劇痛，忙活一個上午，也只寫完兩片竹簡，不過數十字。及至中午，龐涓聽說孫臏已寫出個開端，急來觀看。

看到孫臏握筆艱難，額上汗出，龐涓甚是過意不去，掏出絲絹，輕輕拭去孫臏額上汗珠，泣道：「孫兄——」

「唉，」孫臏長嘆一聲，「稍一用力，竟是疼痛鑽心。這有兩個時辰了，方才抄錄這麼幾片！」

龐涓哽咽道：「孫兄，欲速則不達，孫兄萬不可著急，眼下當以養傷為重，待傷好之後再抄不遲！」

孫臏又嘆一聲：「唉，今日看來，臏真的成個廢人了！」

龐涓擦把淚水，勸道：「孫兄萬不可說出此話！廢人不廢人，斷不是肢體所能限定的。許多人肢體健全，卻是飽食終日，與廢人一般無二。孫兄肢體雖殘，智謀卻高，天下諸事，無所不曉，哪能與廢人等同？」

孫臏苦笑一聲：「廢人不廢人，臏自知道，賢弟莫要安慰在下了！」

正說話間，范廚提著飯盒走進來，見龐涓在，急叩拜道：「小人叩見大將軍！」

龐涓看他一眼：「呈上飯菜！」

范廚遞上飯菜，擺在几上，龐涓打開，望見只有兩菜一湯，勃然怒道：「大膽奴才，孫將軍所供飯食當是四菜一湯，為何少去兩菜？來人，將范廚拉下，領杖二十！」

在院中候命的龐蔥領著兩名僕從急進門去，上前扭住范廚。

孫臏急道：「賢弟，此事不怪范廚，是臏專門交代的。臏四體不勤，肚中不飢，有此兩菜一湯，已是足矣！」

龐涓依舊怒道：「身為奴才，私減菜肴，理該責罰。孫兄既有交代，可減十杖，拉出去領杖！」

龐蔥使人將范廚拉出。孫臏見了，顧自垂下頭去，不再言語。龐涓親手將兩菜一湯放入托盤，端至榻上：「孫兄，請用餐！」

孫臏卻將飯菜一把推開：「賢弟，你還是端走吧！」

龐涓驚道：「孫兄？」

「唉，」孫臏輕嘆一聲，「范廚因臏而受責罰，教臏如何吃得下去？」

龐涓急叫：「來人！」

奴婢走入，叩道：「奴婢在！」

「速去告訴家老，就說孫將軍求情，范廚十杖權且寄下！」

奴婢應聲喏，急急走出。

* * *

翌日傍黑，范廚手提一只精緻的漆木飯盒逕至秦氏皮貨行裡，夥計見是范廚，將他迎入店中。范廚揖道：「恩公在否？」

話音未落，公子華從內院走出，驚喜地說：「哦，范兄來了，裡屋請！」

范廚隨公子華走進內院，放下飯盒，跪在地上，從盒中取出四碟小菜，拿出一隻小酒壺，擺在几面上，叩道：「恩公在上，小人別無他物，親炒幾碟小菜，聊備一壺薄酒，特請恩公品嘗！」

公子華扶他起來：「范兄請起，既有好酒，你我一道暢飲如何？」

范廚遲疑一下，稟道：「此酒只能恩公品嘗，小人不敢！」

公子華正自驚異，范廚半跪在地上，拿出酒壺。尚未倒酒，屋中就已酒香四溢，公子華脫口讚道：「好酒！」

范廚不無自豪地說：「此為小人家酒，恩公縱使走遍大梁，斷也喝不到的！」

「哦？」公子華笑道，「如此說來，本公子口福真還不淺呢！」

「不瞞公子，」范廚倒好酒，緩緩說道，「小人祖代皆為大梁酒工，所釀美酒是宮廷御品。在下曾祖一生為宮室釀酒，先祖承繼曾祖之業，釀酒三十餘年，於五十年前仙去。此酒為曾祖生前私釀，家中僅此一罈，已藏百二十年，非金錢所能買也。」

公子華驚道：「本公子飲酒無數，逾百年陳，當真是第一次喝上！」

「莫說公子，即使當今陛下，也未曾喝過！」

「難道你家主公也不曾喝過？」

范廚頗為自豪：「小人身賤人微，卻不可奪志。若非知己，任他是公子王孫，想聞此酒，小人也是不允！不瞞恩公，迄今為止，在此世上，得飲此酒者僅有五人！」

「哦？」公子華大感興趣，「是哪三人，范兄說來聽聽！」

「第一個是曾祖。曾祖一生品酒無數，唯獨此酒未品一口。封罈之後，曾祖即在院中挖出一窖，將酒罈藏於窖中。每至年關，曾祖必沐浴薰香，親下窖中，隔罈聞酒。曾祖走後，先祖含淚開罈，取出一爵，緩緩倒入曾祖口中，自己仍是滴酒未沾，再次將罈封好！」

「那……第二人是誰？」公子華驚問。

「第二人是先祖！」范廚緩緩說道，似在陳述一個故事，「先祖亦如曾祖，每至年關必沐浴薰香，隔罈聞酒，儀式甚是隆重。先祖故去時，亦未曾品過一口！先父再開此罈，倒滿一爵，含淚倒入先祖口中。第三人自是先父，為他斟酒的正是小人！」

公子華幾乎是震驚了：「如此說來，三位品酒之人，均已故去！」

「是的！」范廚眼中含淚，點了點頭。

「敢問范兄，第四人是誰？」公子華的興趣越發濃了。

「先父故去之後，小人本來不欲開罈，可在昨日，小人祭過先祖，將罈私開了。小人打出一壺，獻予一人！」

公子華不無驚異地問：「昨日？獻予何人了？」

「孫將軍！」

公子華眼睛大睜：「可是孫臏？」

「正是！」范廚說道，「數月以來，孫將軍一切食用皆由小人打點。小人本為下人，終老一生，無非是為達官顯貴忙活，挨的是主人的板子，聽的是主人的吆喝，稍有不慎，就有殺頭之禍，生活一如牛馬一般。自從遇到孫將軍，小人方知，小人原來也是一個人！」

公子華聽得感動，連連點頭：「嗯，應該為孫將軍開罈！」

「是的，」范廚淚出，從壺中倒出一爵，跪在地上，呈獻公子華，「小人再次開罈，則是今日。恩公在上，請飲此爵！」

公子華生於貴門，長於宮廷，何曾聽過這般小人故事？一個小小臣工，一個侍候人的下等廚子，竟有這般經歷，又懷如此俠腸，當真讓他感嘆！公子華眼含熱淚，亦跪下來，朝酒爵連拜三拜，雙手接過，舉爵道：「如此人生佳釀，本公子得聞酒香，已是大幸，何況飲乎？」

見公子華如此敬重，范廚淚水再出，泣道：「恩公請飲！」

公子華一飲而盡，果是直沁肺腑。范廚拿起酒壺，正欲再倒，公子華拱手謝道：

「美物不可多用，一爵足矣！」

范廚亦不堅持，放下酒爵，再拜道：「小人謝恩公品酒！」

公子華回過禮，眼望范廚，話入正題：「方才聽范兄提及孫將軍，本公子倒是想起一事！」

「恩公請講！」

「不久前，一位友人託本公子捎帶書信一封，說是呈予孫將軍。本公子四處打探孫將軍，得知將軍已遭不幸，又被接入君侯府中。侯門府深，此信自也無法送達。時間一久，若不是范兄提起，本公子差點忘了此事！」

「孫將軍一日三餐，皆為小人所送。這點小事，恩公盡可包在小人身上！」

「謝范兄了！」公子華從袖中取出一封密信，遞予范廚，「此信是友人私託，還請范兄小心為上，最好於無人時親呈孫將軍。孫將軍現為罪人，萬一事洩，累及仁兄，也教本公子心中惶恐！」

范廚雙手接過：「恩公放心，小人自有分寸！」

* * *

孫臏榻前，婢女跪於一側研墨，孫臏右手執筆，在竹簡上一筆一畫地認真書寫。范廚手提飯盒，走進院子，小聲稟道：「孫將軍，歇會兒吧，午飯來了！」

孫臏拱手道：「有勞范兄了！」

婢女拿走木板、竹簡及其他用品，候立於一側。范廚突然一拍腦門：「對了，將軍愛吃鹹蛋，小人卻忘帶了！」轉對婢女，「姑娘，鹹蛋就在案板上，妳腿腳快，速去拿來！」

婢女答應一聲，撒腿跑去。范廚走至院中，四顧無人，急回房中，從袖中摸出公子華的書信，跪下稟道：「有人託小人捎一書信予將軍，務請將軍無人時拆看！」

孫臏大吃一驚，凝視范廚，見他如此鄭重，知非尋常書信，伸手接過，放入枕下，拱手道：「謝范兄了！」

范廚見到恩公所託之事已經辦妥，這才取出飯菜，擺於几前。不一會兒，婢女已是拿著兩顆鹹蛋飛跑回來，呈予孫臏。

孫臏用完餐，范廚拿上餐器，自回灶房。孫臏轉對婢女道：「姑娘，我想打個小盹，妳也累了，關上房門，到偏房歇去！」

婢女答應一聲，退出門外，關上房門，卻不敢去偏房歇息，只在院門外候立。

孫臏從枕下取出書信，啟開讀之：

驚聞將軍蒙冤，在下心如刀絞。經多方查證，在下竊知，誣陷將軍之人，原是武安君。事出突兀，在下驚愕之餘，急告將軍，以使將軍心中有數。望春樓對局人木雨兮。

孫臏讀畢，急將信函闔上，閉眼沉思許久，自語道：「不可能！」頓有一時，再次搖頭，「此事斷無可能！」

又過一陣，孫臏再次拿過信函，細讀一遍，再閉眼睛思忖有頃，恍然悟道：「嗯，我明白了。秦人所欲者，魏也！秦人所懼者，我和賢弟也！眼下看來，我受陷害，或是此人所為！前番此人約我對弈，若非陛下點破，我仍不知是計。今番他又寫來此書，必是再行離間之計，好使我兄弟反目，以利秦人。且罷，待賢弟來時，我當言及此事，讓他有所提防才是！」

孫臏想定，將信復置於枕下，安心睡去。及至傍黑，龐涓回府，心中因是惦念《孫子兵法》，匆匆用過晚餐，急與龐蔥趕至小院，於孫臏榻前坐下，將被子掀開，細細察看孫臏的傷勢，輕聲問道：「孫兄，今日感覺如何？」

孫臏點頭道：「好多了，只是癢得鑽心！」

龐涓呵呵笑道：「癢是好事。只要發癢，就說明傷口在癒合了。看這樣子，要不了多久，孫兄就能下炕了！」

「是該下炕了！」孫臏亦很高興，「一天到晚躺在榻上，憋屈得很。再說，坐在榻上寫字，真還不行，一個時辰也寫不出幾行！」

龐涓從几案上取過竹簡，掃過幾眼，讚道：「孫兄坐在榻上，也能寫出如此好字，實令涓弟嘆服。寫完幾篇了？」

「這是第三篇，也就完了！」

孫臏陡然想起書函的事，將手伸入枕下，摸到書信，正欲拿出，卻見龐涓扭頭望向婢女：「今日范廚共送幾菜？」

婢女叩道：「四菜一湯！」

龐涓點了點頭：「嗯，報上名來！」

「四菜是青菜、豆腐、臘肉、鹹魚，一湯是薺菜蛋湯，外加兩顆鹹蛋。」

龐涓眉頭一皺，眼睛一橫，轉向龐蔥：「蔥弟，召范廚來！」

龐蔥轉身就走，孫臏心頭一懍，急問：「賢弟，召范廚何事？」

龐涓怒道：「本府雖窮，參、茸之物不是沒有。孫兄傷勢正在癒合，營養最是關鍵。這些菜肴皆是尋常百姓盤中之物，這廝卻做來讓孫兄吃，豈不找打？」

孫臏笑道：「賢弟，此事與范廚無關。這些菜肴均是臏所喜食，菜譜也是臏親筆書寫，范廚不過奉命做出而已。賢弟要責，責臏好了！」

「若是這麼說，涓弟暫先饒過這廝！」

孫臏低頭思忖：「看來，書信之事真還不能告訴賢弟。他若知曉，必要追查書信何去何來，豈不是害了范廚？」這麼想著，摸到書信的右手也抽出來。

龐涓卻未注意，掃了几案上孫臏寫就的竹簡一眼，笑道：「孫兄，涓弟實在憋不住了，這些竹簡，暫先拿回去拜讀！」言訖，動手將竹簡悉數納入袖中。

孫臏亦出一笑：「賢弟盡可拿去，只是……」

「孫兄直言！」

「這些均為臏之記憶，草率之間，尚不確切。臏之本意，是想全部寫出，細加斟酌，待確認無誤之後，打總兒交付賢弟！」

「嗯，如此甚好！」龐涓思忖有頃，點了點頭，復從袖中掏出竹簡，「涓弟暫先放下，待孫兄寫畢，打總兒拜讀！」

*　*　*

白起在武安君府連住數日，綺漪思子心切，使老家宰前去接他。白起甚得瑞蓮喜愛，連處數日，瑞蓮竟是不捨。因是家人來接，瑞蓮只好依依惜別，要他兩日之後務必再來。小白起一口答應，與老家宰一道回至家中。

幾日不見，如隔三秋，母子竟是哭作一團。哭有一時，白起推開綺漪，拿出龐涓特別為他做的紅纓槍，說道：「娘，看孩兒演予妳看！」

白起走至場中，將一桿小槍舞得有招有式，呼呼風響。

轉眼兩日將過，白起早早起床，走至場中練過一陣槍法，即向綺漪辭別，說要去義父家。綺漪捨不得，不欲他去。白起跪下，三拜後說道：「娘，好男兒自當言而有信，孩兒既已答應義母，自當前去履約，否則就是失信！待孩兒前去拜過義母，向她稟明娘親思子之心，然後辭別義母，再回來陪娘如何？」

聽到白起說出此話，綺漪暗吃一驚，連連點頭，表示讚許。看到兒子小小年紀已是如此懂事，白虎心中一動，對白起道：「兒子，來，隨為父前去一處地方！」

白起點了點頭，跟在父親後面，逕直來到宗祠。父子二人跪在列祖列宗靈前，拜過幾拜，白虎指向白圭的靈位：「兒子，你可知這一靈位是誰？」

「回稟父親，是先祖父！」

「給先祖父叩頭！」

白起面對白圭靈位連拜數拜，抬頭望著白虎。白虎凝視兒子，猶豫許久，似是下定決心，神色莊嚴地問道：「兒子，回答為父，你名叫什麼？」

白起又驚又疑：「回稟父親，兒子姓白名起！」

「此名從何而來？」

白起指著白圭的靈位：「是先祖父為兒子起的！」

「先祖父為何取此『起』字？」

「起者，開始走也；起者，自己走也！」白起背誦起母親自幼教給他的句子。

「很好！」白虎拍了拍他的小腦袋，「你再回答為父，今年幾歲了？」

白起越發怔愣：「回稟父親，白起年方七歲！」

白虎點了點頭：「兒子，你年已七歲，該做大事了！」

聽到要他做大事，白起甚是激動：「白起已經七歲，能做大事，父親儘管吩咐就是！」

「好！」白虎點了點頭，表情越發嚴肅，「為父託你去做一件大事！」從袖中摸出一只錦囊，「你到義父家中，設法見到孫伯父，將此物轉呈於他！」

白起望著錦囊：「請問父親，此是何物？」

「這是大人的一個緊要之物，你呈予孫伯父時，萬不可使他人知曉！」

「也不告訴義父？」

「是的！」白虎鄭重地點了點頭，「不僅是你義父，連你娘親也不能告訴！還有，自今而後，你須對此守口如瓶，任他何人，任他說什麼，即使刀槍加頭，你都不可洩露半點！」

白起思考一會兒，鄭重地接過錦囊，跪地叩道：「父親放心，白起已經七歲了！」

白虎拍拍兒子的頭：「好兒子，為父信你！」

白起將錦囊貼身藏起，與老家宰一道前往武安君府。瑞蓮早已候在外面，一見他來，自是一番親熱。白起花費一個上午陪伴義母，及至後晌，瑞蓮玩得累了，自去房中歇息，白起就到後花園裡玩耍，尋機轉入孫臏小院。

白起一蹦一跳地跑進院中時，孫臏伏在榻上，正在一筆一畫地書寫。白起走在榻前，跪地叩道：「義子白起叩見義父！」

孫臏放下筆，慈愛地笑道：「起兒，快快請起！」

白起再次叩道：「白起謝義父！」

孫臏拍了拍他的腦袋：「起兒，這幾日不見你來，義父還在念你呢！」

「回稟義父，娘親思念小起，要小起回家幾日，今日方來！」

「好好好，你來就好！再過幾日，待義父傷全好了，就到院子外面陪你玩去！」

「謝義父！」白起說完，眼睛瞄向婢女手中的乾墨，望著她笑道，「姐姐，教小起研墨，好嗎？」

婢女驚道：「少爺，這可使不得！研墨是下人所做之活，少爺如何能做？」

白起鬧她道：「姐姐，妳就教教我吧，我要為義父研墨！」

婢女望著孫臏，孫臏笑道：「姑娘，讓他研吧，這孩子靈透著呢！」

婢女猶豫一下，將手中乾墨交予白起。白起興奮地接過乾墨，一本正經地研磨起來。孫臏見他研得有模有樣，高興地讚道：「小起子，你研得真好！」

白起抬頭笑道：「謝義父誇獎！」轉對婢女，「姐姐，妳若是無事，為我做枝柳哨好嗎？」

婢女一怔：「如何去做柳哨？」

「這個容易，」白起笑道，「妳到池邊折一條柳枝回來，我教姐姐如何做柳哨！」

婢女笑道：「這敢情好！」走出屋子。

白起聽她走遠，察知院中並無他人，趕忙跪下，從最裡層的衣服裡摸出錦囊，雙手遞予孫臏：「家父要白起將此錦囊親手呈予義父，不可使外人知曉！」

想到白虎曾經承諾為自己洗雪冤情，孫臏略怔一下，接過錦囊，拍拍白起的腦袋：「起兒，你小小年紀就如此精靈，將來必成大器！」

白起再拜道：「謝義父誇獎！」

是日夜間，孫臏趕走僕從，撥亮油燈，拆開錦囊，細細讀之：

孫將軍，在下查實，捎信之人名喚苟仔，為武安君所使。在下欲捕此人，武安君察覺，先一步殺之滅口。武安君為將軍師弟，更為在下恩公。然事實如此，不容在下不信。另，綜觀朝中，力可影響陛下、加害將軍者，非武安君莫屬。鑑於此案通天，在下力微，愛莫能助，只能訴諸實情，望將軍速生脫身之計。閱後焚之，切切。白虎。

孫臏讀畢，目瞪口呆，好半日方才回過神來，急從枕下取出范廚送來的書信，兩相比較，內容竟是出奇的一致。

孫臏再三看過，將兩信置於燈上，盡皆焚之。孫臏躺回榻上，閉上眼睛，任兩行淚水悄然無聲地淌出眼瞼。

* * *

翌日晨起，老醫師早早來到院中，為孫臏換藥。醫師解開縛帶，高興地說：「恭喜孫將軍，傷口癒合，已結痂了！」

孫臏點頭。老醫師換過藥，重新包好縛帶，一臉喜氣，顧自說道：「有痂說明已生新皮。將軍，不出七日，此痂當脫，新皮自出，將軍此傷，也就痊癒了！」

孫臏並不接話，只是怔怔地坐在榻上。

老醫師覺得奇怪，打眼望向孫臏，見他兩眼浮腫，想是失眠了，不無關切地問：「將軍昨夜是否未睡？」

孫臏再次點頭。

老醫師想了一下：「許是這傷口癒合，將軍癢得難受，這才失眠的！」

孫臏搖了搖頭。

老醫師一怔，望著他道：「既然不是這個，將軍為何睡不去呢？」

孫臏輕嘆一聲：「唉，外傷雖癒，內傷卻是加劇了！」

「內傷？」老醫師摸不著頭腦了，「什麼內傷？草民摸脈看看！」

老醫師摸過脈相，察過舌苔，折騰半晌：「將軍脈相甚好，草民看不出有何內傷！」

孫臏苦笑一聲：「晚生內傷，晚生自知。請問先生，晚生今日可下榻否？」

老醫師搖頭道：「結痂期間，將軍更不可動。膝為緊要關節，稍一活動，痂必脫落。再生新痂，又需時日了！」

孫臏點頭：「謝先生了！」

醫師走後，婢女侍奉他洗梳，老男僕拿來便器，剛出完恭，范廚那邊就又送來飯食。孫臏無心吃飯，隨便劃拉幾口，打發范廚走了。

婢女看看時辰，準備好竹簡，悄無聲息地開始研墨。孫臏看了一眼榻邊堆放得甚是齊整的竹簡，問道：「姑娘，共寫多少片了？」

婢女稟道：「回將軍的話，奴婢昨日數過，已寫五十片了！」

孫臏點頭道：「昨夜頭疼一宵，未能睡好，今日就不寫了。姑娘先忙別的去，我若有事，再喚妳來！」

「奴婢遵命！」

看到婢女退出，房中再無他人，孫臏閉上眼睛，將這些年來與龐涓共同度過的日子盤點一遍，從宿胥口相遇，到大梁歷險，再到鬼谷數年，龐涓為人雖說狠辣，倒也是個直快之人，更是視他為好友，也算是有恩有義，未曾有過欺瞞。只這兩年，龐涓竟是變了。

「唉，」孫臏思忖有頃，長嘆一聲，「必是好勝之心害了師弟！谷中之時，師弟處處與我爭鋒，今日見我遠勝於他，心自變了。」

孫臏坐在榻上，任思緒海闊天空，信馬由韁，眼前接連浮出孫機、孫操、孫安、栗將軍、隨巢子前輩、鬼谷先生、玉蟬、大師兄、蘇秦和張儀等人，越想越是傷感。

胡思亂想一陣，孫臏悲從中來，禁不住滾下淚來。傷心一會兒，孫臏忽又想起白虎信中所寫的「望將軍速生脫身之計」，陡然打個驚愣，顧自嘆道：「眼下看來，我的價值，只在這部兵書。一旦兵書寫成，師弟既生此心，必不容我。我既是罪人，又是廢人，且又身在虎穴，師弟若要殺我，就如碾死一隻螞蟻……」思忖有頃，淚水再出，「唉，眼下淪入這般境地，教我如何脫身？」

又怔一時，孫臏的思緒再次回到鬼谷，記起臨別之時鬼谷子曾對他諄諄告誡：「你的名字須改一字……可將『賓』字改為『臏』字，以使你有所進取……你與龐涓同朝事主，凡事多留一下心眼……」

孫臏眼中淚出，喃喃自語：「先生，您將一切都料到了，只是弟子愚拙，未能領悟您的苦心！如今弟子身陷囹圄，請先生教我脫身之計！」

語至此處，孫臏靈機一動，陡然想起一事，自語道：「對了，臨別之時，先生付我錦囊一副，囑我於緊要時啟之。眼下當是緊要之時，何不啟之？」

孫臏想定，噌噌幾下脫去身上衣物，撕破內中夾層，從中取出一個錦囊。孫臏手拿錦囊，望空禱告一番，小心翼翼地拆開，裡面現出一張絲帛，上面別無言辭，唯有一個

大大的「風」字，且沒有居中書寫，而是略偏右下。

孫臏凝視絲帛，良久不得其解。孫臏將絲帛收起，閉目凝神，進入冥思。有頃，孫臏睜開眼睛，拿出絲帛，擺在面前，看過一時，口中自語道：「這個『風』字，究竟有何深意？此絹僅此一字，視其大小，甚是尷尬，若加一字，無處可加，若是不加，先生為何又不居中書寫？」又審一時，心底陡然劃過一道亮光，「此『風』當是半字，尚有短缺！」

然而，短缺什麼呢？孫臏再次入定，靈機一動：「是了！我受刑身殘，久居床榻，當是病人。病人得『風』，當是此字了！」迅即取過筆來，在「風」字上加上一個「疒」頭，再視此字，剛好寫滿絲帛，點頭道：「風者，『瘋』也！」

孫臏悟開先生錦囊，擊打火石，點燃油燈，將錦囊、絲帛一併焚之，望空揖拜，泣道：「謝先生教弟子脫身之計！」

及至傍黑，龐涓急來，趨至榻邊，不無焦慮地說：「涓弟剛回府中，聽聞孫兄昨夜一宵未眠，急切趕來。孫兄怎麼了？」

孫臏微皺眉頭，苦笑一聲：「謝賢弟掛念！昨日夜半，臏夢中醒來，頭疼欲裂，竟是難以入眠，是以今日倦怠！」

龐涓點了點頭：「眼下正是冬春之交，季節變換，孫兄體弱，想是受到風寒侵襲！待涓弟召個醫師，為孫兄診治！」

孫臏搖頭笑道：「今日觀之，似無大礙。午後臏已睡熟，頭疼略減一些，今夜若是無事，明日或就好了！」

「也好！」龐涓見孫臏神情輕鬆，知無大礙，轉過話頭，「聽說孫兄傷口已經結痂，數日之內將會痊癒，涓弟甚慰。待孫兄痂去之日，涓弟就在府中大宴群臣，為孫兄慶賀！」

「臏是罪人，不可驚動！」

「嗯，」龐涓點頭道，「孫兄所慮也是。這樣吧，涓弟只請殿下與梅公主如何？」

「謝賢弟厚愛！」

龐涓將目光轉向几上的竹簡，拿過幾片，匆匆讀過，轉頭問道：「孫兄，寫好幾篇了？」

「此書共有一十三篇，臏寫十餘日，僅成五篇，甚是慚愧！」

龐涓放下竹簡，笑道：「孫兄不可急切，慢慢寫來就是！」

「賢弟放心，」孫臏應道，「待臏傷癒之時，即可下榻。餘下篇目，不消數日，當可寫就！」

「有勞孫兄了！」

接後幾日，正值春耕大忙。魏惠王親率百官至郊野扶犁躬耕，夜宿逢澤別宮。龐涓自是全程陪同，至第六日方回。

剛一回到府上，龐涓即與龐蔥一道匆匆趕赴孫臏小院，見孫臏兩手抱頭，端坐榻上，表情甚是痛楚。龐涓大驚，急問：「孫兄，你……你這怎麼了？」

孫臏一語不發，有頃，指了指腦袋，再次閉目。

龐涓看了看几案上的竹簡，仍未多出一片，眉頭微皺，退出小院，回到自己的書房，使龐蔥召來范廚、醫師、婢女、男侍等人，逐一詢問。

婢女稟道：「這幾日來，孫將軍日日都嚷頭疼，有時疼得抱頭捶胸，未曾寫下一

字！」

龐涓轉向范廚：「孫將軍飲食如何？」

范廚叩道：「回稟主公，孫將軍飯量陡然增大，平日四菜一湯，孫將軍吃不過一半，只此幾日，孫將軍每頓幾乎全都吃光。小人無奈，只好加大供量！」

龐涓凝住眉頭，在屋中連踱幾個來回，停住步子，問老醫師道：「孫將軍傷情如何？」

醫師叩道：「回稟大將軍，孫將軍左膝之痂昨日已落，右膝之痂今夜當落。昨日後晌，孫將軍已經試著下榻，以兩手撐地移動數步！照醫理上說，孫將軍外傷已是痊癒！」

「那……孫將軍為何頭疼？」

「草民只醫外傷，頭疼屬於內傷，草民醫術膚淺，看不出病因！」

「嗯，」龐涓點了點頭，「這也是的！」

老醫師又道：「孫將軍既已痊癒，請問大將軍，草民是否可以回鄉探望老母？」

龐涓點了點頭：「你可以走了！」轉對龐蔥，「老先生醫治孫將軍有功，再賞五金！」

老醫師連拜幾拜：「謝大將軍重賞！」

龐蔥吩咐范廚、婢女領他前去帳房，支取五金，見其走遠，轉對龐涓道：「大哥，孫將軍確實是突患頭疼，前日小弟就說為他請個醫生，孫將軍想是怕添麻煩，只說無事。小弟去問醫師，他說單從脈相上看，並無大礙，小弟也就沒有放在心上。」

龐涓思忖有頃，對龐蔥道：「再觀一夜，若是明晨孫將軍依然頭疼，立即請醫師診治！」

「小弟遵命！」

*　　*　　*

翌日晨起，范廚提著飯盒走進小院，見孫臏獨自坐在院中，兩眼發直，口中喃喃自語，不知在說什麼。范廚叫道：「孫將軍，早飯來了！」

孫臏似乎沒有聽見，依舊在喃喃自語。范廚又叫一聲，孫臏突然驚叫一聲，兩手抱頭，倒於地上，昏迷不醒。范廚大驚，扔下飯盒，急捏人中，孫臏依舊不醒。范廚急了，取來一碗涼水，當頭澆下。

孫臏受激，打個驚愣，睜開眼睛，兩眼不無驚懼地望著范廚，大叫：「你是何人？」

范廚說道：「孫將軍，小人是范廚，你不認識了？」伸手攙住他，欲扶他回屋子裡去。

孫臏猛地縮回手來，以手撐地，恐懼地後退幾步，大叫道：「何方妖魔，想來害我！」

范廚感覺不對，急跪於地：「孫將軍，小人是范廚，是日日為您送飯吃的范廚，您怎麼連小人也識不出了？」

孫臏放聲大笑：「哈哈哈，我是天神下凡，身邊有八萬天兵天將，你個小小妖魔，何能害我？哈哈哈哈！」一邊大笑，一邊以手撐地，身手敏捷地退入門內，迅速將門關上，從裡面頂牢。

范廚陡然意識到出大事了，撒腿就朝院外跑去。范廚一氣跑到主堂，滿院子大叫：「不好了，大將軍！不好了——」

龐蔥急急出來，厲聲喝道：「范廚，大將軍早就上朝去了，夫人尚在睡覺，你在此地大呼小叫，不要狗命了！」

范廚打個驚愣，叩地掌嘴：「小人該死，小人一時著急，方才大叫！」

「有何大事？」

范廚手指後花園：「孫將軍瘋了！」

龐蔥一聽，大驚道：「如何瘋的？」

「回稟家老，小人不知。方才小人為將軍送飯，看到將軍一下子瘋了！」

龐蔥不及說話，拔腿就朝後花園裡跑去。范廚見了，急急起身，緊緊跟在身後。二人轉過牆角，剛至後花園，遠遠就見小院子裡濃煙滾滾。

龐蔥急道：「不好，孫將軍放火了！」

兩人撒腿狂奔，衝進院子，連連撞門。撞有幾下，門閂被撞斷，二人跨進門檻，但見屋中火光熊熊，几案上的一大堆竹簡，不管是寫字的還是沒有寫字的，盡在火中燃燒。孫臏坐在火邊，兩手仍在不停地朝火堆裡扔物什，一邊拋扔，一邊大叫：「天氣好冷喲，快來烤火喲，天氣好冷喲……」

龐蔥大驚，一個箭步衝上去，從火中搶出剛燒起來的幾片竹簡，甩到院中，用腳踩滅火苗，灼得他齜牙咧嘴。孫臏卻視若不見，只是一股勁地向火中拋扔東西，連床上的被子、枕頭也統統扔進火中，濃煙熗得龐蔥、范廚眼淚直流，孫臏卻是不無興奮地拍手大叫：「快來烤火喲，天氣好冷喲……」

龐蔥跺腳道：「快，快拖他出去！」

兩人冒著煙霧衝進去，一人架起一隻胳膊，將孫臏死死拖到院中。早有僕從望見濃煙，紛紛跑來，各拿器盆，從蓮池裡打水將火撲滅。

龐蔥看到火光撲滅，長吁一口氣，對范廚道：「你守在這裡，我去喊主公回來！」

龐蔥驅車趕往宮中，使人傳話給龐涓。龐涓正好退朝，聞聽此事，急馳回來，匆匆趕至小院，見龐府上下數十人盡皆圍在這裡。孫臏坐在院中，目光呆滯，兩手揮舞，望空叫道：「各路神仙、四海龍王、六甲六丁，妖魔鬼怪犯我疆域，天王差我下凡擒拿，爾等均須聽我調遣，若有抗令，定斬不饒！」兩手作敲鼓狀，「鼕鼕鼕，鼕鼕鼕，鼕鼕鼕鼕鼕鼕鼕……本將點兵，東海龍王聽令，本將命你領蝦兵三千，前往山中埋伏；南山猴王聽令，本將命你領猴兵三千，前往河中埋伏；華山蛇精聽令，本將命你領蛇兵三千，帶上引火之物，前往谷中埋伏！鼕鼕鼕，鼕鼕鼕，鼕鼕鼕鼕鼕鼕鼕……」

龐涓眉頭緊皺，走上前去，大聲叫道：「孫兄！」

孫臏並不睬他，兩手揮舞，顧自擂鼓，口中叫道：「鼕鼕鼕，鼕鼕鼕，鼕鼕鼕鼕鼕鼕鼕……」

龐涓陡然變過臉色，大吼一聲：「孫臏，你可認識本將？」

孫臏停止擊鼓，眼睛一瞪，目視龐涓，有頃喝道：「何人叫陣，速速報上名姓，本將不殺無名之輩！」

龐涓大叫：「你可認識龐涓？」

孫臏喝道：「什麼胖卷瘦卷，但有名字，且吃本將一槍！」口中發出「鼕鼕」鼓聲，兩手向空亂舞，似在拿槍拚殺！

龐涓眉頭一挑，退後一步，召來范廚：「聽說是你最先看到孫將軍發瘋的？」

范廚跪下，淚如雨下：「回稟主公，小人像往常一樣送飯，開門卻見將軍坐於院

中，口中喃喃自語，不知說些什麼。小人叫他吃飯，他只是不應，小人又叫，孫將軍卻大叫一聲，昏絕於地。小人驚恐萬狀，忙捏人中，將軍只是不醒。小人急了，澆他冷水。將軍醒來，看到小人，大叫妖魔。小人嚇壞了，急忙出去喊人。待小人與家老趕至此地，孫將軍已在屋中放火。再後來，大家就都看到了！」

龐涓看到飯盒仍在旁邊，眼珠一轉，走過去拿過飯盒，從中取出一隻烙餅和兩顆雞蛋，放到孫臏前面：「烙餅來了，請孫兄用餐！」

孫臏正在擂鼓，聽到聲音，扭頭看到烙餅和雞蛋，一手抓餅，一手抓牢兩顆雞蛋，朝空中狂舞，大笑道：「哈哈哈哈……天王送我兩件寶物，妖魔鬼怪，哪個前來受死！鼕鼕鼕，鼕鼕鼕，鼕鼕鼕鼕鼕鼕鼕……」鼓聲越擂越快，突然大叫，「好個魔頭，膽敢背後偷襲本將，且吃我一彈！」將一顆雞蛋奮力甩向背後的范廚，正中范廚胸部。

范廚驚叫一聲，連退數步。孫臏繼而又將麵餅甩出，麵餅旋轉著飛過眾人頭頂，飄過院牆，嚇得站在那裡看熱鬧的兩個婢女尖聲驚叫。看到手中只剩一顆雞蛋，孫臏將之從左手轉到右手，再從右手轉到左手，眼睛四下亂掄，口中大叫：「爾等魔頭，哪個還敢送死？」

圍觀的僕從無不驚懼後退。

龐涓掃一眼眾人，吼道：「你們在此幹什麼？還不快滾！」

眾人驚懼，四散走了。龐涓將信將疑地凝視孫臏，有頃，眉頭微皺，大步離去。龐涓剛剛回到客廳，龐蔥就跟過來，手中拿著幾片燒損的竹簡，遞予龐涓。龐涓細細審看，沉思有頃，搖頭道：「蔥弟，你看出來沒，孫兄這是裝瘋！」

龐蔥驚道：「裝瘋？」

龐涓點了點頭，嘆道：「唉，你說孫兄這，這是何苦來著！」

龐蔥心頭仍是懵懂，愣有半晌，問道：「大哥如何知道孫將軍是裝瘋？」

龐涓將手中幾片竹簡扔在几上：「就是此物！若是真瘋，孫兄斷不會毀掉這些竹簡！」

龐蔥急道：「大哥，小弟眼拙，看不出孫將軍是專門燒燬竹簡的！小弟親眼看到，他大聲叫冷，並將房中能燃之物盡皆燒去，不是小弟撲救及時，房子怕也被他燒了！」

「唉，」龐涓輕嘆一聲，「蔥弟，你是實誠之人，如何識得孫兄？只可惜，孫兄此番聰明過頭，將這齣苦肉計演得過分了，反倒露出破綻！」

「苦肉計？」龐蔥似不明白，大睜兩眼望著龐涓，「大哥，何為苦肉計？」

「你聽說過壯士斷臂之事嗎？」龐涓問道。

龐蔥搖了搖頭。

龐涓苦笑一下：「蔥弟，今日看來，你得多讀些史書才是。大丈夫立於世間，當幹大事。你這整日守在府裡，難道真要做一輩子家老不成？」

龐蔥臉上一熱，撓頭道：「大哥責的是。只是蔥弟愚笨，少不讀書，今已早過冠年，縱使想讀，怕也趕不及了！再說，大哥從早到晚忙活於外，府中諸事，也得有人照管！」

龐涓點了點頭：「這倒也是！只是……這也委屈蔥弟了！依蔥弟才氣，到軍中做個偏將，為三軍管個庫糧，也是該的！」

龐蔥笑道：「謝大哥提拔！只是蔥弟沒此福分，啥都不想，只想在大哥府上，為大哥守好這份家業！大哥能將這份家業交予蔥弟，已是高看蔥弟了！」略頓一下，抬眼望著龐涓，「這壯士斷臂，大哥還沒講呢？」

「說走題了！」龐涓也笑一聲，「壯士斷臂講的是要離刺慶忌之事。當年吳國太子使專諸刺殺吳王僚，自己繼承王位，是為闔閭。吳王僚的長子慶忌逃至衛國，圖謀復仇。傳聞慶忌是吳國第一勇士，萬夫莫敵。闔閭與伍子胥選中劍客要離前往行刺。要離自斷右臂，殺掉家小，謊稱是闔閭所為，投奔慶忌。慶忌見他這般模樣，深信不疑，視為心腹，終為要離所刺！」

龐蔥點頭悟道：「苦肉計指的就是要離殺妻滅子，自斷右臂！」

「正是！」

龐蔥想了一想：「大哥說孫將軍裝瘋，為何也是苦肉計？」

龐涓輕嘆一聲：「唉，蔥弟有所不知，在谷中之時，先生授予大哥一部兵書，叫《吳起兵法》，而後又授予孫兄一部兵書，喚《孫子兵法》。大哥已將《吳起兵法》傳予孫兄，孫兄也答應將《孫子兵法》傳予大哥。不想尚未傳授，孫兄卻又瞞著大哥，暗結齊、秦，終被陛下察覺。陛下本要斬他，大哥因與他八拜有交，情深義篤，朝廷之上捨死保全他的性命。陛下因念大哥往日功勞，改旨處他臏刑。行刑之後，大哥又將孫兄養在府中。旬日之前，孫兄記起前諾，要大哥備下筆墨竹簡，欲將《孫子兵法》抄錄予大哥。誰想僅僅抄個開端，他就……」

「孫將軍為何不願抄錄此書？」

「《孫子兵法》是世間孤本，天下寶書，先生授予孫兄後，即已焚之。若是孫兄授予大哥，大哥就是天下第一兵家，無人可敵！」

「蔥弟明白了，想是孫將軍嫉妒心起，不願將兵書授予大哥！」

龐涓點了點頭。

「那……在谷中之時，先生為何不將此書一併授予大哥？」

「唉，」龐涓嘆道，「都怪大哥念叨家仇，執意提前出山。先生苦勸，大哥只是不聽。想是先生震怒，故意不授予我！」

「如此說來，」龐蔥怒道，「孫臏實在可惡！大哥如此對他，他卻不思報答，在此淨耍花花腸子！」

龐涓又嘆一聲：「唉，也是大哥害了孫兄啊！那年大哥若是不請孫兄來此共享富貴，孫兄就不會受此皮肉之苦。前幾日大哥若是不予孫兄筆墨竹簡，要他抄寫兵書，孫兄也不會裝瘋弄傻，行此苦肉之計！」

「大哥你……」龐蔥跺腳道，「真叫個痴！」思忖有頃，眼珠一轉，「大哥放心，此事交予蔥弟好了！此人既是裝瘋，我就不信，他能裝多久？」

「蔥弟不可胡來！」龐涓厲聲止住，「無論如何，他都是大哥義兄！大哥為人，寧可屈自己，斷不屈朋友！」

「可……可他不夠朋友！」

「孫兄不夠朋友，大哥不能不夠朋友！」

龐蔥垂下頭去，不再說話。龐涓走過來，拍了拍他的肩膀，笑道：「蔥弟，你莫管此事了。說起來，這些日子，都是何人去過小院？」

龐蔥想了一會兒，搖頭道：「除范廚、婢女、老醫師、男侍之外，沒有人去過。對了，還有一人，就是小白起！」

「小白起？」龐涓心中一懍，「他……人呢？」

「方才見他在外面耍劍呢，蒽弟這去喊他！」

「我自己去吧。」龐涓說著，急步走出，拐過牆角，遠遠望見小白起在空場上左右往來，手中木劍上下翻飛，呼呼風響，口中發出「嘿嘿嘿」的殺聲。

龐涓走近，輕輕鼓掌。白起見是義父，收劍叩道：「白起叩見義父！」

龐涓誇道：「這路劍法你昨日剛學，今日就能舞得有聲有色，真讓義父高興！」

白起再叩：「謝義父誇獎！」

龐涓上前抱起白起：「兒子，孫義父的事，你聽說了嗎？」

白起不無傷心地點了點頭：「知道了。方才我去看望孫義父，義父竟是連我也認不出了。我喊他義父，他竟拿樹枝打我，還說我是小妖魔！義父昨日還好端端的，今日竟是這樣，真是可憐！」

龐涓長嘆一聲：「唉，乖兒子，你可知道，你的孫義父為何發瘋嗎？」

白起搖了搖頭。

龐涓又嘆一聲：「唉，說起此事，還怪兒子你呢！」

白起驚愕地抬頭望著龐涓：「怪我？」

「義父聽說，前幾日你到孫義父那兒，將什麼物什交予孫義父了？」

白起心頭一顫，耳邊立即響起父親白虎的聲音：「不僅是你義父，連你娘親都不能告訴，而且，從今以後，你須對此守口如瓶！」思忖有頃，連連搖頭，「那日我去為孫義父研墨，未曾送過什麼！」

龐涓笑道：「乖兒子，你再想想，別人是否託你送過什麼物什？」

白起歪頭望著龐涓：「請問義父，誰會託我？」

「譬如說，你父親，你母親，或是你義母！」

白起又想一會兒，堅定地搖頭，有頃，眼睛一亮，不無興奮地說：「義父，兒子想起來了！」

龐涓驚喜地說：「乖兒子，快說！」

「那日臨走之時，兒子確將一物送予孫義父了！」

「哦？」龐涓急問，「是何寶貝？」

「一枝柳哨！是兒子那日親手做的！兒子送予孫義父，孫義父別提多高興了，兒子走出老遠，還聽到他在屋子裡吹呢，吱吱吱，吱吱……」白起鼓起小嘴巴，吱吱個不停。

龐涓的臉色立時陰沉下來，將白起慢慢放到地上，轉過身去，低頭走開了。

白起急追幾步：「義父，柳哨可好聽呢，義父若是喜歡，兒子這也做一枝送你！」

龐涓回過頭來，朝他笑道：「義父不喜歡柳哨，你這做了，還送孫義父去！」

* * *

孫臏陡然發瘋，倒是龐涓萬未料到之事。整整一日，龐涓哪兒也不曾去，只是悶坐於書房，凝神冥思這一變故。

無論如何，龐涓死也不相信孫臏是真瘋。最大的可能是，孫臏在知曉真相後，萬般無奈，佯瘋假痴。可……孫臏又是如何知曉真相呢？據自己所知，在這魏國，若是有人知曉真相，無外乎二人，一是他龐涓，二就是白虎。然而，白虎究竟知曉多少？苟仔死了。栗平？對，栗平！他會不會派人去衛國調查栗平？若是查出栗平那兒根本沒有那個叫宋清的人，白虎足可證明那封信是偽造的，孫臏純是蒙冤。依白虎性情，必稟報朱威，朱威亦必稟報相國，然後是陛下！還有……白虎是怎麼知道並追查苟仔的？唉，這個賭徒認起真來，竟也如此了得！

龐涓的神色頓時緊張起來。他知道，不到萬不得已，他斷不能將真相告訴白虎。再說，即使告訴白虎真相，那時的白虎會不會依舊認他這個「恩公」呢？若是不認，他與白虎之間就是敵人，就是你死我活！想到過去的恩恩怨怨，想到他如何智救白虎於賭場，白虎又如何冒險救他於死牢，龐涓禁不住黯然神傷。

「唉，」龐涓輕嘆一聲，「難道是我走得遠了？萬一孫兄……孫兄不是裝瘋，而是真的就此瘋了，倒也教我於心不忍！無論如何，孫兄與我有恩有義，情同手足，因我而來魏邦，又因我而受此劫，成為廢人不說，又成一個瘋呆之人，我……」垂下頭去，有頃，連連搖頭，「不不不，斷不能生此婆婆心腸！依孫臏修為，進谷之前尚且不懼生死，谷中數年，更是開悟天地之道，何能發瘋？如此瘋魔，必是假的。待我再尋計謀，戳穿他的把戲！」

龐涓正在思謀，院中傳來腳步聲。龐涓聽聲音知是瑞蓮與她的婢女，頓時計上心頭，端坐於席，面呈傷悲。婢女敲門，龐涓沒有應聲，瑞蓮擺了擺手，逕自推開房門，走進廳中，見龐涓這副樣子，近前說道：「臣妾聽說夫君一整日都悶在書房裡，飯也不吃，心中甚是焦慮，這才過來看看！」

「謝夫人掛念！」龐涓指著旁邊的席位，「坐吧！」

瑞蓮席坐下來，不無憂心地望著龐涓：「夫君，你這茶飯不思，可為孫兄？」

「唉，」龐涓長嘆一聲，潸然淚下，「想到孫兄，原本與涓情同手足，眼下卻成這般模樣，實讓涓不忍一睹啊！」

瑞蓮亦陪淚道：「夫君所言甚是！臣妾前日進宮，見梅姐仍在為孫兄傷悲。梅姐心比天高，命卻淒苦。孫兄已成這般模樣，梅姐仍是痴心不改。若是孫兄發瘋之事為她所知，不知梅姐如何傷心呢？」

「夫人掛心的是！」龐涓抹去淚水，抬頭望向瑞蓮，「夫人提起梅姐，涓倒想起一事，孫兄的瘋病，梅姐也許能治！」

瑞蓮不無驚喜地望著龐涓：「這敢情好！夫君快說，怎麼來治？」

「孫兄逢此大難，心中必窩怨氣。加之下肢傷殘，久臥病榻，怨氣無處發洩，必上行攻心，引起心神錯亂。孫兄發病前連續頭疼數日，想是前兆。孫兄與梅姐相知甚深，若有梅姐出面相勸，孫兄怨氣或可沖洩。怨氣沖洩，瘋病也就不治自癒了！」

「只是……」瑞蓮輕輕搖頭道，「眼下孫兄這般模樣，梅姐若是見之，豈不傷心？」

「夫人，梅姐深愛孫兄，若是聽聞孫兄發病，卻又見不到人，豈不更加焦心？」

「夫君所言也是。臣妾明日即進宮去，言於梅姐。梅姐若有此意，臣妾即帶她來！」

龐涓朝瑞蓮揖道：「涓代孫兄謝夫人了！」

翌日後晌，龐涓、龐蔥、瑞梅、瑞蓮四人急急走進孫臏的小院。剛進院門，龐涓就大聲叫道：「孫兄，孫兄，梅公主看你來了！」

院中卻無應聲。龐涓走進屋子，四處找尋，仍未見到孫臏。龐涓急了，轉對龐蔥道：「孫將軍呢？」

龐蔥應道：「應該在院裡。小弟安排專人看護，不曾見他出去！」

「快找！」

龐蔥四處尋找，終於在堆放乾柴的角落裡發現孫臏，見他頭枕乾柴，睡得正香。一日不見，孫臏已是不成人形，披頭散髮，灰頭垢臉，看起來真像一個流浪街頭的瘋子。一見孫臏，梅公主猛力掙脫瑞蓮，幾步撲到牆角，抱住他，「哇」的一聲放聲大哭：「孫將軍——」

瑞蓮急走上前，硬將瑞梅拉起來。龐涓跺腳大罵眾僕從：「你們這群飯桶，如何能讓孫將軍睡在這裡？快，快將孫將軍抬回屋裡，放在榻上！」

龐蔥立即領著兩個男僕，七手八腳地將孫臏抬進屋中。

孫臏醒來，死命掙扎：「爾等魔頭，快快放我！如此暗算本將，能算什麼本領？」眾僕從將孫臏抬到榻上，龐涓叫道：「拿熱水來！」僕從端來熱水，龐涓親自用方巾為孫臏洗臉，孫臏強力掙扎，不讓他洗。龐涓不由分說，一手將他按住，另一手將他面孔洗淨，按在榻上，蓋上棉被。

孫臏受制，瞪起一雙大眼不無驚懼地望著他，好似他是一個真正的魔頭。龐涓撲通一聲跪於地上，放聲悲哭：「孫兄——」

孫臏卻是目露驚懼，全身抖擻，縮至床榻最裡面的牆角。瑞蓮使了個眼色，龐蔥領著眾僕從退到院外。

龐涓泣不成聲：「孫兄，梅公主望你來了！」

梅公主走至榻邊，跪下，泣道：「孫先生，你的梅……梅姑娘看你來了！」

孫臏仍是全身發抖，兩手捂眼，口中大叫：「爾等魔頭，快快走開，快……快快走開！」

龐涓站起來，拉一把瑞蓮，二人退出，順手掩上房門。龐涓將耳朵貼在門上，專注地聽著房中的動靜。

梅公主哭有一時，見孫臏仍在大叫魔頭，陡然停住哭泣，兩眼直視孫臏，和淚吟道：

淡淡一樹梅，悄悄傲霜開。幽幽送清香，引我曲徑來。

見孫臏全身仍在發抖，梅公主略頓一頓，再次吟道：

淡淡一枝梅，守在冰雪中。但待知梅人，兩意化春風。

孫臏仍舊兩眼痴呆，驚懼地望著瑞梅，口中叫道：「魔頭，魔頭，爾等快快走開……」瑞梅急了，又哭一時，哽咽著吟道：

春有牡丹，花之富也；夏有白蓮，花之貴也；秋有黃菊，花之隱也；冬有紅梅，花之藏也。富為花之衣，貴為花之冠，隱為花之情，藏為花之心。臏……臏何德何能，敢望花……花之心……哉……

瑞梅吟至最後，竟是泣不成聲，身子一躍，撲到孫臏身上，卻被孫臏猛力一推，朝後跌坐於地。孫臏又向牆角縮了縮身子，兩眼不無驚懼地盯著她，狂叫道：「魔頭！魔頭！妳是大魔頭，快跑啊，大魔頭來嘍！快跑喲，大魔頭來嘍——」也幾乎同時，又一反驚懼模樣，橫眉怒目，順手抓起木枕，朝身後的牆上狂擂，口中敲起戰鼓，「鼕鼕鼕，鼕鼕鼕鼕鼕鼕……大魔頭，本將哪裡怕妳？本將是天神下凡，天王予我渾天寶杵，爾等魔頭速來受死！鼕鼕鼕，鼕鼕鼕鼕鼕鼕鼕……」

瑞梅身心俱碎，慘叫一聲，昏絕於地。龐涓聽得真切，破門而入，一把抱起梅公主，與瑞蓮急急走出。孫臏爆出一聲長笑，敲起得勝鼓：「鼕鼕鼕，鼕鼕鼕鼕鼕鼕……本將旗開得勝嘍，大魔頭被本將的渾天寶杵打死嘍！鼕鼕鼕，鼕鼕鼕鼕鼕鼕……」

聽到院外的腳步聲漸去漸遠，小院再次恢復寧靜，孫臏的擂鼓聲亦減弱下來，漸漸化作一聲低低的悲泣：「鼕鼕鼕……梅……梅姑娘……鼕鼕鼕……」

兩行淚水順著孫臏的兩頰緩緩滾落下來。

* * *

孫臏發瘋之後，龐涓下令，禁止所有僕從外出，連范廚買菜也受限制，只許他列出菜名，由龐蔥親自去買。

第三日上，龐涓取消禁令，范廚出得府門，尋到機會，悄悄趕至秦氏皮貨行，將事件首尾向「恩公」講述一遍，末了，泣不成聲道：「孫將軍就……就這樣瘋了！」

公子華自是心中有數，點頭問道：「孫將軍發病之時，膝上傷勢如何？」

「剛好痊癒！」

公子華越加肯定，思忖有頃，又問道：「請問范兄，大梁城中可有專治瘋魔的醫師？」

范廚略想一下：「小人聽說只有兩人，都治癔病和瘋病。」

「你就說說他們！」

「一個中年人，住在西街，另一個年歲大一些，住在南街拐角處！」
「哦？」公子華問道，「他們中哪一個名氣更響？」
「當然是那個年歲大的！聽說那個中年人原是他的弟子，後來分開了！」
「他姓什麼？」
「姓黃，聽說醫術了得，但凡瘋人，見他就老實了！怎麼，公子找他？」
公子華微微一笑：「此人要發財了！」
范廚走後，公子華迅速驅車趕至南街，遠遠望見拐角處掛著一個幌子，上面是一個大大的「醫」字！
公子華停下車子，走進醫館。年約五旬的黃醫師聞聲迎出，公子華揖道：「是黃醫師嗎？」
黃醫師回揖一禮：「正是在下！」
公子華開門見山：「晚生聽聞先生專治瘋魔，特來求見！」
「公子請！」
黃醫師將公子華讓進客堂，分賓主坐下，自我介紹道：「老朽這門店連同醫術，俱是祖上所傳，老朽是第五代傳人！」
公子華抱拳道：「晚生久仰了！請問先生，診費如何？」
黃醫師亦抱拳道：「在大梁城之內，出診以次數計，每次五十幣，藥費另計。一般瘋魔，三金包好！」
公子華一怔：「哦，先生這『三金包好』又是何意？」
黃醫師解釋道：「是這樣，但凡瘋魔，老朽至多收三金，逾過此數瘋魔仍不痊癒

者，老朽一銅不收，直至治癒為止！」

「若是先生一直無法治癒呢？」

「退回所有診費！」

「嗯，先生果是藝高！」公子華從袖中摸出五金，擺在几案上，「晚生有一病人求先生診看，這是定金！」

黃醫師不無驚訝地望著五枚金幣：「這……客官的病人必是非同尋常，能否告訴老朽病人是誰？」

公子華起身走至黃醫師身邊，附耳低語有頃，退回去坐下。黃醫師思忖有頃，搖頭道：「公子，你收起金子，請回去吧！」

公子華微微一笑，從袖中再出五金，擺在几上：「先生，此十金仍為定金。待事成之後，在下另謝十金！」

黃醫師仍舊搖頭：「公子錯了，老朽不從，不關金子之事。黃門世代行醫，唯重醫德，未曾做過虛浮之事。若是貪圖這點金子，縱能瞞過眾人，瞞過大將軍，老朽醫德卻失，祭祀之時，天知地知，你教老朽如何面對列祖列宗？」

公子華拱手說道：「先生醫德，令人敬重。拋開金子不說，先生可知孫將軍否？」

「老朽不知！」

「不瞞先生，」公子華思忖有頃，緩緩說道，「晚生向先生托底了！孫將軍是天下名將孫武子的六世孫，先祖父孫機是衛國相國，陛下伐衛時，上將軍公子卬在平陽屠城，孫門舉家為衛室盡忠，獨孫將軍倖免於難。後來，孫將軍與大將軍龐涓結義進山，共拜鬼谷先生為師。大將軍學藝不精，各方面均不如孫將軍，因嫉成恨，在陛下面前陷害孫將軍，處孫將軍臏刑。孫將軍已成廢人，大將軍仍不放過，將其軟禁府中。孫將軍被逼無奈，只好裝瘋。若是先生診出孫將軍是在裝瘋，孫將軍勢必性命不保！孫氏一門，唯留孫將軍一人，而孫將軍生死，眼下繫於先生一言。先生，最大的醫德是救人危難，先生一言，既活孫將軍，又無損大將軍毫髮，晚生竊以為，如此兩全之事，非但無損於醫德，反倒是一樁功德，還望先生三思！」

黃醫師沉思有頃，抬頭望向公子華：「聽聞孫將軍是個好人，龐將軍也是個好人。他們之間的事，誰也說不清，更不關老朽事！不過，公子所言也不無道理。既然老朽一言可活孫將軍，又無損於龐將軍，老朽在先祖面前也就有個解釋！這樁事情，老朽可以應允！」

公子華拱手謝道：「晚生代孫將軍謝先生救命之恩！」

「老朽雖說應允公子，可大將軍是否來請，也未可知！因而，公子先不忙謝，定金也請拿回！」

公子華再謝道：「先生放心，晚生一言，駟馬難追。若是大將軍不請先生，十金就算晚生孝敬先生的！若是大將軍來請，只要先生不去說破，晚生另有十金相報！」

「這……」黃醫師思忖有頃，「公子執意不肯，金子老朽暫先留下，待事過之後，再行奉還！」

公子華起身告辭，黃醫師送至門外，望著車馬遠去的背影，搖頭長嘆一聲，走回店中。

同一日裡，西街專治瘋病的中年醫師接到外地求診，被客人連夜用車馬載至數百里之外出診去了。

送走梅公主之後，龐涓再次悶坐於書房，苦苦思索。孫臏若是裝瘋，必是得知內情。內情唯有白虎可能知曉，而在他的防範下，白虎從未單獨會過孫臏。所有進入小院的人，也都是經過他嚴格挑選過的。范廚？也不可能。范廚既不認識白虎，也未聽說過他們有過任何接觸。唯一的可能就是白起，但一個七歲的孩子，縱使白虎有所交代，那日他的天真樣子卻是裝不出來的。再就是梅公主！梅公主今日這個表現，孫臏再有定力，縱使一個石人，也不可能不露破綻，但……

難道……難道孫臏真的瘋了？龐涓的眉頭越擰越緊。有頃，龐涓眉頭一動，忽然有了主意。瘋與不瘋，瞞不過醫師！孫臏若是裝瘋，裝得再像，也不可能瞞過治瘋病的醫師！

想到這裡，龐涓起身走至門外，使人叫來龐蔥，輕嘆一聲：「唉，蔥弟，看來孫兄之病不是裝的。孫兄甚不容易，今到這個分上，我這個當弟的越想越是難受。不究怎說，有病就得治。你打探一下，大梁城中，可有專治瘋病的醫師？」

龐蔥應道：「蔥弟已探過了。大梁城中，能治瘋病的共有兩個醫師，一個住在西街，一個住在南街。兩人中，唯南街的黃醫師醫術最高，說是五世祖傳，三金包治，不治癒便分文不收！」

龐涓凝眉思慮一陣，斷然說道：「既有兩人，那就全都請來！」

「這……」龐蔥遲疑一下，「回稟大哥，西街那人被人接走，到外地出診去了。說是到韓國什麼地方，看這樣子，三日五日斷回不來的。」

「好吧，既然這個黃醫師醫術最高，就去請他診治！」

龐蔥應過，急急出門去了。望著龐蔥的背影，龐涓苦笑一聲：「呵，倒也邪門！我要兩人會診，偏那一人出診去了！」

不消一個時辰，龐蔥領著黃醫師匆匆走來，龐涓見過禮，引他前往孫臏的院子。尚未走進院中，三人遠遠聽見孫臏正在院中高一聲低一聲地擂鼓。黃醫師示意，三人悄悄止住腳步。黃醫師側耳聆聽一時，抬腿走進院中。

見有人進來，孫臏情緒激動，大聲喊道：「魔頭來了，天兵天將快快列陣，聽本將號令，鼕鼕鼕，鼕鼕鼕，鼕鼕鼕鼕鼕鼕……」

黃醫師細細觀察一陣，問龐蔥道：「此人發病多久了？」

「前後有四日了！」

「發病之前，此人是不是連續頭疼，是不是狂吃猛飲？」

「正是！」

「發病之後，此人一直這樣嗎？」

「時好時壞，有時倒頭大睡！」

「嗯，」黃醫生不無肯定地點了點頭，提高聲音，顯然是說予孫臏聽的，「是瘋症無疑了。待老朽摸摸脈相！」

黃醫師欲摸孫臏脈相，孫臏的鼓聲更急，兩條胳膊拚命揮舞，拳頭亂打。黃醫師無法近身，龐涓用力扭住孫臏，黃醫師摸有一陣，鬆開，眉頭擰緊。

龐涓急問：「黃先生，病情如何？」

黃醫生長嘆一聲，語調沉重地說：「唉，此人所患，是失心瘋！」

「何為失心瘋？」

「回大將軍的話，」黃醫師侃侃說道，「人有二身，一為肉身，一為靈身。二身合一，方為常人。靈身又稱元神，一旦受驚，就會逸出肉身。靈肉分離，肉身無靈，就會失控，常人即成瘋人。靈身何時返回肉身，瘋症何時才得緩解。靈身若是一直回不到肉身，此人就會長期瘋癲！」

龐涓沉思有頃，點頭道：「嗯，黃醫師不愧是名醫。這失心瘋——」

黃醫師接道：「醫理上說，靈身受驚途徑不同，程度不同，病症自也不同。大凡瘋症，可分四種，一為迷心瘋，二為亂心瘋，三為驚心瘋，四為失心瘋。」

龐涓驚道：「聽先生話音，難道失心瘋最是厲害？」

「是的！」黃醫生點了點頭，「通常瘋病，均是迷心瘋和亂心瘋。迷心瘋、亂心瘋可治，驚心瘋或可治，失心瘋不可治，因為失心瘋患者，元神受驚最甚，完全游離肉身，無處可寄。孫將軍之病，莫說是在下，縱使扁鵲在世，怕也難以救治。無論何人，一旦患上失心瘋，此生也就沒了！」

「這……」龐涓目瞪口呆。

「這樣吧，」黃醫師輕嘆一聲，「老朽開出一方，此人若是按時服藥，病情或可有所緩解。但要根治，大將軍尚須另請高明！」言畢，當場開出一方，呈予龐蔥。

龐蔥接過藥方，目視龐涓。龐涓一個轉身，頭也不回地走出小院，將出門時，扭頭道：「賞先生一金，送客！」

龐蔥拿出一金，遞予黃醫師，陪他走出小院，遠遠聽到孫臏的得勝鼓再次響起。

【第三十三章】

聽絕響蘇秦悟治世
償夙願義士戰越王

自蘇秦走後，論政壇再未開過，士子街上現出焦躁情緒，眾士子陸續打點行李，紛紛起程往投他處，秦宮也不加拘留，往日喧囂塵上的士子街漸漸冷清起來。

過完正月十五，竹遠見秦公仍無任何反應，即刻吩咐賈舍人收拾行李，準備回終南山去。其實也沒什麼行李，除去幾身可供換洗的衣冠之外，就是一堆竹簡，是他們幾年來從咸陽或列國士子那兒收集來的。

因竹簡太多，他們叫來兩輛馬車，這陣兒都已停在院中。竹遠看了看一大堆竹簡，又看了看兩輛馬車，估算著仍舊裝不下，再說，即使能裝下，運到寒泉也是個難，於是蹲下來開始挑選。賈舍人將師兄挑出來的竹簡一捆接一捆搬到車上，裝滿一車，擺放齊整，再用麻繩紮牢。

賈舍人捆紮一會兒，抬頭望向竹遠，若有所思地說：「師兄，我們尚未為君上覓到大賢，這就回去，先生豈不責備？」

竹遠仍在挑選竹簡，頭也不抬地長嘆一聲：「唉，該來的，已是來過了！」

話音尚未落地，門口一個渾厚的聲音接道：「不該走的，也想一走了之喲！」

竹遠、賈舍人猛吃一驚，抬頭見是惠文公、樗里疾站在門口，忙跪下叩道：「草民叩見君上！」

惠文公急走過來，扶起他們，微笑道：「兩位先生免禮！」

竹遠、賈舍人謝過，拱手立於一旁。惠文公掃一眼裝得滿滿的軺車，又看了看地上待裝的竹簡和另一輛空著的軺車，轉過頭望向竹遠、賈舍人：「兩位真要一走了之嗎？」

竹遠、賈舍人互望一眼，點了點頭。

「唉，」惠文公輕嘆一聲，「嬴駟此來，本想懇請兩位去做一件大事，不想兩位卻要走了！」

竹遠一怔，目不轉睛地望向惠文公：「君上要草民去做何事？」

「尋訪蘇子，請他再至咸陽！」

竹遠、賈舍人極是震驚，好半天，誰也沒有說話，轉頭望向樗里疾，見他更是一頭霧水。

惠文公微微一笑：「兩位一定在想，蘇子送上門來，寡人棄而不用，蘇子拍屁股走了，寡人卻要費力去追，這不是扔掉皮襖找皮襖，淨找事嗎？」

在場諸人皆笑起來。

惠文公卻斂起笑容，長嘆一聲：「唉，諸位有所不知，不是寡人不用蘇子，而是蘇子與寡人之間，緣分未到啊！」

惠文公對蘇秦態度的一波三折，使樗里疾、竹遠、賈舍人三人均陷於迷霧之中，目不轉睛地望著惠文公。

惠文公掃視他們一眼：「聽聞鄒人孟子說：『天降大任於斯人也，必先苦其心志，勞其筋骨，餓其體膚，空乏其身。』寡人也知蘇子之才，之所以抑而再抑，不過是想挫其銳氣，勵其心志，以俟大用！」

這真是個非常漂亮的託詞。三人互望一眼，再將目光轉向惠文公。

「唉，」惠文公顧自又嘆一聲，「誰想蘇子竟是急性之人，說走即走，倒教寡人措手不及。聽聞蘇子離去，寡人急急使人追請，不料大雪迷茫，未能入願。後使樗里愛卿再尋，得知蘇子已離秦境。近日寡人追想此事，蘇子所獻帝策雖說過於操切，治國卻是大才。寡人欲請二位辛苦一趟，設法請回蘇子，可對他說，寡人願以國事相託！」

竹遠慢慢將目光移向賈舍人，舍人點了點頭。

竹遠抱拳道：「君上遠慮，草民今日方知。君上如此器重蘇子，當是蘇子之幸。清明將至，草民欲回寒泉為師祖掃墓，尋訪蘇子之事交由舍人去辦，君上以為妥否？」

惠文公轉向賈舍人，拱手道：「既如此說，有勞賈先生了！」

賈舍人回揖道：「舍人願效微勞！」

*　　*　　*

二月陽春，天氣回暖，草木萋萋。

軒里村北頭的蘇家打穀場邊，天順領著地順、妞妞及鄰家的兩個孩子唧唧喳喳地在幾個秸草垛邊捉迷藏。該天順藏時，他飛步跑向旁邊的窩棚，準備鑽入窩棚的草堆裡去。不料剛到門口，阿黑猛然竄出，本待撕咬，見是天順，趕忙搖搖尾巴，橫在他的前面。天順繞過牠，又要進門，阿黑卻一口叼住他的褲角，復繞回來，將身子堵於門口，橫豎不讓他進去。眼看留給他躲藏的時間所剩無幾，天順一急，用力推開阿黑，衝進門裡。

然而，就在此時，天順陡然住腳，似是驚呆了。在草棚靠牆角的一堆乾草旁邊，頭髮蓬鬆、面色青黃的蘇秦像一尊塑像一樣端坐於地，背對著他，手捧竹簡，正在苦讀。許是讀得過於入神，門口發生的一幕他竟沒有任何察覺。

一陣睏意襲來，蘇秦眼皮下沉，身子一晃，竹簡差一點從手中滑落。蘇秦穩住身子，順手抄起放在旁邊的一把錐子，「噌」的一聲刺入大腿。見那錐子直扎下去，天順打個寒噤，急急閉上眼睛。待他再次睜開眼睛，見蘇秦已將錐子放到地上，手捧竹簡又在攻讀。天順朝下一看，蘇秦的腳踝上鮮血流淌。再細看那隻腳踝，上面凝著道道紫色血汙，不用說，他的黑色褲管早被血汙浸染了，只不過看不出而已。

天順顧不上躲藏，掉轉頭撒腿就跑。幾個孩子剛好尋到門口，見他出來，歡叫著正要撲上去抓他，天順卻將他們一把推開，撒丫子跑回家中。

「奶奶，奶奶——」快到門口時，天順又驚又乍地大喊起來。

「天順，你叫個啥哩？」正在院中篩米的姚氏晃動篩子，頭也不抬地問道。

「奶奶，仲叔他……他……」天順跑到椿樹下面，倚在樹上，大口喘氣。

「你仲叔怎哩？」姚氏打個驚愣，放下篩子，抬頭望向天順。

「仲叔他……他用錐子扎……扎大腿哩！」天順連喘帶說。

「天順，你胡說個啥？」正在房中做針線活的蘇厲妻聞聲趕出來，半是風涼地說道，「你仲叔精怪著呢，啥活不做，白吃白喝不說，還要人天天將好吃的送到口邊，哪能自己扎自己？」

「娘！」天順急道，「我哪敢胡說！這是真的，我親眼看到仲叔拿錐子……」學蘇秦的樣子在大腿上猛地一扎，「噌就是一下，血順腿流，腳……腳脖子上一道道的淨是血印子！」

「我的兒啊！」姚氏一驚，啥話也顧不上說，扔下篩子，跌跌撞撞地跑出院子。

腆著個大肚子的蘇代妻亦走出來，見姚氏這個樣子，急問道：「大嫂，這是怎哩？」

「還能怎哩？」蘇厲妻朝院門外剜一眼，「娘的寶貝兒子拿錐子自己扎自己呢！」

「自己扎自己？」蘇代妻驚道，「這……這……這二哥怎成這樣了？」

「哼！」蘇厲妻恨恨地說，「都是讓娘寵壞了，偏心佬！」略頓一下，「妹子妳說，好端端的地讓他賣了，賣給誰都中，偏又賣給姓劉的里正！妳知道不，那塊地他只賣三十金，似這等便宜事，只有傻蛋才幹得出來，阿大好端端的身子，生生讓他氣成個癱子！這且不說，我聽說，他用那三十金換來高車大馬，裘衣錦裳，到處顯擺。還有那個阿黑，也是他拿一塊金子買回來的！妳說說看，哪條狗能值一金？不瞞妳說，自打知道這樁事我就氣悶，早晚見到阿黑，我……氣就不打一處來！妹子妳看好了，有朝一日，大嫂非把牠宰掉不可！」

聽到要宰阿黑，天順急了，撲通一聲跪於地上：「娘，不要宰阿黑，求妳了！」

「滾滾滾！」蘇厲妻衝他劈頭罵道，「你個小東西，知道個屁！好好跟你阿大學犁地去，種不好地，就得跟你仲叔一樣，敗家破財不說，還得拿錐子扎大腿，看不疼死你！」

天順吃她一罵，再不敢提阿黑的事，爬起來悄悄溜出院門。蘇厲妻的話使蘇代家的想起了錐子一事，不由泣道：「二哥這樣子，都怪我了！」

蘇厲妻愣了一下：「傻妹子，他這樣子，怎能怪妳哩？」

「前幾日娘說她的錐子鈍，不好使了，向我要錐子。是我把錐子借給娘，娘又借給二哥用了！這……這不是我害了二哥？」蘇代妻依舊在抹眼淚。

蘇厲妻怔了一下，撲哧笑道：「好了，好了，這都啥時候了，妹子怎能哭呢？妳要是哭，娃子準能聽見。娃子見娘傷心，也要傷心哩。娃子就要出世了，這時候傷心，可不是美事！」

經她這一說，蘇代妻立即止住哭泣，驚道：「嫂子，妳說的可是當真？」

「嫂子哪能騙妳？來來來，讓嫂子聽聽，娃子在忙啥哩？」蘇厲妻一邊說，一邊嘻嘻笑著將耳朵湊到蘇代妻的大肚子上。

「大嫂，他在踢騰呢！」蘇代妻破涕為笑。

蘇厲妻聽有一時，抬起頭來呵呵樂道：「嗯，妹子說的是，他是在踢騰呢。這小子看來是個小頑皮！」略頓一下，似又想起什麼，「咦，麻姑為妹子算出來的是哪個日子？」

蘇代妻不假思索：「要照麻姑算的，再過三日就要生哩！」

「那就是了，」蘇厲妻讚道，「麻姑算的真是神哩！不瞞妳說，天順與妳那個妞妞，跟麻姑算的前後差不過三日，地順就更神了，與她算的是一絲不差，差只差在時辰上！」

「嗯，」蘇代妻贊同道，「大嫂說的是！這幾日蘇代要我哪兒也不許去，只在床榻上躺著，娘卻要我在院裡走動走動，我都不知道該怎辦了！」

蘇厲妻笑道：「蘇代懂個屁，這事得聽娘的！」

蘇代妻嗯了一聲，也笑起來。妯娌倆妳一言我一語，正在自家屋椽下納鞋底子的小喜聽個分明，兩手漸漸僵在那兒，頭勾下去，淚水止不住地淌下眼瞼。

* * *

天順溜出院門，在門外愣怔一會兒，拔腿再次跑向村北的打穀場，剛到場邊，見地順、妞妞幾個正候在草棚門口，伸著脖子朝門裡張望。阿黑在門口晃尾巴，見他跑來，飛快迎上來，舔他手指。想到娘說早晚要拿菜刀宰牠的事，天順鼻子一酸，彎腰撫摸阿黑，阿黑將條尾巴越發搖得歡實。

天順正要起身，忽見地順幾個齜牙咧嘴地朝門外退去，不一會兒，就見姚氏手中拿著那枝嚇人的錐子，抹著淚走出房門。

姚氏在門口立有一陣，拿袖子抿去淚水，顫巍巍地走向天順，同時朝地順幾個招手。地順等忙跟過來，姚氏朝他們逐個掃一眼，嘆口氣道：「唉，天順，還有你們幾個，打這陣兒開始，誰都不許再進草棚！」

天順幾個點了點頭。

「也不許在這場地上玩！村子地方大哩，你們哪兒不能玩去？」

聽到不讓在打穀場裡玩，幾個小孩誰也不說話了。

「聽到了嗎？」姚氏晃動一下手中的錐子。

看到那尖尖的錐子，幾個孩子異口同聲道：「聽到了！」

* * *

軒里蘇秦早已是洛陽城郭、鄉野的話題。出奔六年回來，立即析產賣地、高車赴秦卻落荒而歸之事，更是鄉間茶坊的談資。此番又拿錐子扎大腿，經過蘇厲妻的張揚，頓時像一陣風般傳遍周圍的鄉邑。

古城河南位於洛水西岸，是西周公的封邑。這日後晌，在河南南街的一個茶坊裡，一群閒人圍坐在坊中大廳裡，邊品茶邊聽座中一人胡說。

那人約四十來歲，個頭精瘦，兩手比畫，眉飛色舞：「諸位聽了，這年頭當真是啥個奇事都有。你們聽說不，伊水東有個伊里邑，伊里邑北有個軒里村，村中有戶姓蘇的，喚作蘇虎……」

有人插話道：「說這麼細幹啥，不就是軒里蘇虎家的那個二百五嗎？他又怎了？」

「怎了？」瘦男人白他一眼，「你要知道，你來說！」

那人咂咂舌頭，不再吱聲。

瘦男人壓住他的話，品了口茶，掃視眾人一眼：「你們誰還知道？」

「知道啥哩？」門外走來一人，劈頭問道。眾人回身一看，是附近一個闊少，趕忙起身揖禮。精瘦男人哈腰笑道：「是啥風把陸公子吹到這處貧寒地方來了！」

陸公子呵呵一笑，擺手道：「免禮了，免禮了！坐坐坐！」撩起錦袍，揀了顯要位置坐下，望向瘦男人，「你方才說啥來著？」

眾人皆坐下來，瘦男人揖道：「回公子的話，小人在說，軒里村蘇家那個二公子，讀書讀瘋了！」

「哦？」陸公子大感興趣，趨身問道，「是怎個瘋的？」

「這……」瘦男人欲言又止。

陸公子從袖中掏出一把銅錢，啪的一聲擺在几案上，對小二道：「小二，上茶，今兒本公子請客，這些權作茶錢！」

小二收過銅錢，為他沏上一壺茶。眾人再次揖禮，陸公子回過禮，再將目光轉向瘦男人：「說下去，那小子怎個瘋了？」

瘦男人這才呷一口茶，不無誇張地打手勢道：「呵，要問怎個瘋的，公子聽我細細道來。蘇家二公子，名喚蘇秦，打小就是個怪人，整日吊兒郎當，不務正業。六年前，他阿大好不容易為他娶房媳婦，這小子呢，剛拜完堂，還沒入洞房，人卻尋不到了。此人一走就是數年，去年總算回到家裡，蘇老漢以為他回心轉意，滿心歡喜，分家析產，誰想他拿到地契，一轉手就將自己名下的十五畝地賣了。聽說是賣給里正劉家，得金三十。各位聽聽，那地是周天子賞賜蘇家祖上的，全是好地，那小子卻賣三十金，只有二百五才幹這事。這小子用三十金置買高車大馬、裘衣錦裳，風光無限地前往秦國，結果呢，前後不過三個來月，高車大馬不見了，裘衣錦裳不見了，那小子穿著老秦人的舊棉襖，背了個破行李卷又回來了，把個蘇老漢氣得當場中風，這不，成個癱子了。」連連搖頭，長嘆一聲，「唉，人哪！」

陸公子怔了一下：「聽這半晌，那小子沒瘋呀！」

「沒瘋？」瘦男人瞪眼說道，「有好房子不住，娶來新媳婦不睡，整日裡跟一條黑狗住在露著天的草棚裡，臉也不洗，衣也不換，一個月來從不出門，要嘛傻坐，要嘛自說自話，一眼看上去，頭髮亂蓬蓬，鬍子黑碴碴，三分像是人，七分像是鬼。這且不說，我剛聽說，他還拿鐵錐子扎大腿，扎得兩腿血淋淋的，公子你說，不叫瘋叫啥？」

「那……」陸公子急問，「他為啥拿錐子扎大腿？」

瘦男人想了一想：「聽說是他在捧讀竹簡，讀得睏了，就拿錐子扎！」

「嗯，」陸公子連連點頭，「這個故事好！待會兒回到家裡，講給老頭子聽去。老頭子一天到晚逼我讀書，我要叫他看看，讀書讀成這個樣子，究竟有個啥好？」頓有一下，似是陡然想起什麼，拿眼掃一圈，「聽說這幾日茶坊裡來個琴手，他要彈琴，連牛羊都流眼淚，可有此事？」

瘦男人點了點頭。

「他……人呢？」陸公子四處張望。

瘦男人朝門口處呶了呶嘴，眾人也都不約而同地望向那兒。陸公子抬眼一看，果見那裡蜷縮一個衣裳襤褸的老人。老人的眼皮眨動幾下，掙扎著站起身子。

見是一個老乞丐，陸公子眉頭微皺，自語道：「我道是個體體面面的琴師呢，怎能是個討飯的？」轉頭望向瘦男人，似是不相信，「那個琴師可是此人？」

瘦男人再次點了點頭。

陸公子眉頭再皺一下，張口叫道：「嘿，老傢伙，本公子只顧聽這一樁奇事，差點將正事忘了。我家老頭子聽說你彈琴彈得神，叫本公子請你府上彈幾曲，」從袖中摸出一把銅錢，揚手拋到老人跟前，「這是賞錢，你數好了！」

琴師似是沒有聽見，睬也不去睬他，更沒有看那一地的銅錢，只是佝僂著身子，吃力地站起來。瘦男人匆匆起身，趕過去扶住琴師。琴師看他一眼，彎腰拿起琴盒，抱在懷裡，吃力地走向外面。

陸公子急了，起身追上幾步：「老傢伙……不不不，老先生，你站住！」

琴師仍未睬他，顧自朝前走去。陸公子又追幾步，大叫道：「老先生，本公子賞你一金！不，三金！」

琴師仍舊沒有頓住步子。陸公子一怔，猛一跺腳，朝琴師的背影「呸」地啐出一口：「我呸！你個老東西，不識抬舉！」

* * *

真還應了麻姑的估算。到第三日上，天剛放亮，蘇代妻就捂住肚皮哎喲起來。蘇代急了，急喊姚氏。姚氏也早聽到叫聲，走到門口了。

「代兒，快叫麻姑來，聽這聲音，是要生哩！」姚氏吩咐道。

蘇代二話沒說，拔腿就向門外跑去。蘇厲妻、小喜也都聞聲趕來，姚氏吩咐小喜燒水煮飯，讓蘇厲妻與她守在屋裡，做些應急準備。蘇厲見眾人忙活，自己插不上手，更是聽不得弟媳婦的呻吟，索性拿上農具，下田幹活去了。

不消一刻，麻姑風風火火地跟著蘇代走進院子，進門就叫：「老姐兒哩！」

聽到麻姑的聲音，姚氏鬆下一口氣，笑呵呵地迎出來：「是他嬸兒來了，快快快，屋子裡請！」

麻姑笑道：「不瞞老姐兒，天不亮時妹子做個好夢，生生笑醒了。妹子起身走到院裡，正在思忖著夢裡的美事，妳家三公子可就上門來喊了！」嘴上說笑著，腳下竟是未停步子，噌噌幾下走進裡屋，來到蘇代妻的榻邊，摸摸她的肚子，又聽一陣，笑道：「是著哩，小傢伙這陣兒憋不住了，要出世哩！」

聽到麻姑的聲音，眾人一下子輕鬆許多，蘇厲妻的呻吟聲也低緩下來，衝她微微笑道：「麻姑，妳一來，我就安心多了！」

麻姑拍拍她的肩膀，呵呵笑道：「好閨女，有麻姑在，妳就一百二十個放心！不瞞妳說，這方圓幾里，哪一家的後生小子、黃花閨女不是打麻姑這雙手裡來到世間的？」

眾人齊笑起來。

大家折騰半晌，小傢伙卻似並不著急，一直鬧到卯時，仍不肯露頭。蘇代妻也似倦了，呻吟聲高一聲低一聲，顯得有氣無力。

麻姑安撫她道：「好閨女呀，妳莫要哼了，閉上眼睛，把力氣攢下來，待會兒生娃子用！」扭頭吩咐蘇厲妻，「蘇厲家的，妳把水再熱一熱！」轉對姚氏，「老姐兒，妳去燒碗蛋湯，放十顆大棗，棗子要煮爛一點！」略頓一時，似是想起什麼，「咦，怎麼不見小喜呢？」

蘇厲妻接道：「二妹子在灶房裡燒火呢！」

「叫她過來！」麻姑似在下命令。

蘇厲妻出門，不一會兒，引著小喜走進蘇代家的院子。聽見腳步聲，麻姑迎出來，

劈頭嗔道：「我說小喜呀，麻姑啥時候得罪妳了，來這麼久，也不見妳打個照面？」

小喜囁嚅道：「我……我……這不來了嘛！」

「來，閨女，讓麻姑看看！」麻姑不由分說，上前一把拉過小喜，將她上下打量一遍，衝她道，「張嘴，伸舌頭來！」

小喜不知所措，張嘴伸出舌頭，麻姑看看舌苔，怔道：「這是怎哩，二公子回來這麼久了，竟是沒個動靜！」換過口吻，呵呵笑幾聲，「閨女呀，這兒沒有外人，對麻姑說說，妳這肚子，啥時候用得上麻姑？」

此話自是戳在小喜的傷處，但眼下是喜悅時刻，她不好哭，也無法落淚，只好低下頭去，咬牙不語。

麻姑似也明白過來，罵蘇秦道：「二公子真不中用，閨女嫁他六、七年了，縱使一塊沙荒地，也該長出顆苗子來！」

「麻姑呀，」蘇厲妻呵呵一笑，陰陽怪氣道，「妳可不能往小處瞧人。二妹子要嘛不生，要生就是龍鳳胎！」

「這敢情好！」麻姑也笑起來。

小喜臉上實在掛不住，兩眼一溼，勾頭走出門去。出得門來，小喜一溜兒跑進自家院裡，伏在榻上，將被子蒙住頭，使勁哭泣一陣。

在這當兒，蘇代妻大聲呻吟起來，羊水流出。麻姑、姚氏全力以赴，不消半個時辰，終於聽到嬰兒的啼哭聲。

一直在大椿樹下來回踱步的蘇代聽到啼哭，驚喜交集，三步併作兩步走進自家院中，正欲進屋，差一點撞到從內室走出來的蘇厲妻。

蘇代趕忙止住步，心裡一急，話也說不好了：「大嫂，生了沒？」

蘇厲妻白他一眼：「娃子都哭了，還能沒生？」

蘇代木訥地撓了撓頭，尷尬地笑笑：「是是是，大嫂，代弟想問，是跟小弟一樣呢？還是跟他娘一樣？」

蘇厲妻撲哧一笑：「就說是男娃女娃得了，這還拐彎抹角哩！跟你說吧，大嫂早說是個官人，還能有錯？」

蘇代拱手，長揖至地：「謝大嫂了！」揖畢，不無興奮地朝地上猛力一跺，扭身就朝堂屋奔去，一口氣跑到蘇虎榻前，跪下急道：「阿大，喜了，是個男娃兒！」

蘇虎咧嘴笑了幾聲：「代兒，聽出來了！那哭聲一出，阿大就知道是個扶犁把子的！」呵呵又笑幾聲，「代兒，告訴你娘，給你媳婦多打幾顆蛋，將那隻不生蛋的母雞也殺了，燉給她喝！」

自中風以來，這是蘇虎首次現出笑臉。望著阿大開心的樣子，蘇代的聲音有些哽咽，點頭道：「代兒記下了。阿大，娃兒等著您給取個名字呢！」

蘇虎呵呵一樂，笑道：「阿大早想好了，天順了，地順了，這個娃子就叫年順吧！」

蘇代念叨幾聲：「年順？年順！」樂得直搓手，「嗯，這個名兒好！」

* * *

蘇代妻雖把娃子生下來，奶水卻未趕上。年順噙住奶頭，吸吮半日，吃不到奶水，開始哭鬧起來。

小喜伏在榻上，年順每哭一聲，小喜的肩膀就跟著抽動一下。年順越哭聲音越高，小喜終於忍受不住，擦去淚水，掀開門簾，走出院子，探看幾下，拐入灶房。

姚氏按麻姑所囑，正在灶房裡為蘇代妻煮紅棗湯，再用煮好的清湯燉蛋。煮棗不能用急火，姚氏就將灶堂裡塞上碎柴末子，火倒是小了，煙卻多起來，整個灶房煙霧騰騰，嗆得她淚水直流，連聲咳嗽。

小喜卻是不顧濃煙，一步一步挪進灶中，紅著眼圈怔怔地望著姚氏。姚氏揉揉眼，抬頭見是小喜，趕忙放下一把柴火，吃驚地望著她：「小喜？」

小喜撲通一聲跪在地上，失聲哭道：「娘──」

姚氏一下子明白了小喜的心事，伸手撫摸小喜的頭髮，長嘆一聲：「唉！」

小喜將頭埋在姚氏的膝頭，嗚嗚咽咽地抽泣一陣，抬頭求道：「娘，我……我想生個娃娃，生個娃娃……」

「唉，」姚氏又嘆一聲，淚水亦流出來，「閨女，妳起來！」

小喜卻不動彈，抬起淚眼望著婆婆。姚氏站起身子，從案板下取過一只籃子，遞給小喜：「這只籃子妳拿去，趕天黑時，秦兒的飯仍由妳送！」

小喜哽咽道：「他……他……他不想見我……」

姚氏又嘆一聲：「唉，娘也沒有別的法子！」略頓一頓，鼓勵她，「他要責怪，妳就說，是娘讓妳送的！喜兒呀，妳苦，秦兒也苦。妳要知道，他的傷比妳深哪！去吧，人非草木，孰能無情？秦兒是個知情知義的人，眼下正在難處，妳對他好，他會記上的！」

小喜含淚點頭。

* * *

太陽落下山去，天色蒼黑。

蘇秦在草棚裡來回走動，步子越來越快。阿黑蹲在地上，兩眼直盯著他，黑黑的狗頭隨著蘇秦的走動而來回扭動。走有一刻，蘇秦的步子陡然間緩慢下來，走至鋪上，盤腿坐下，輕聲叫道：「阿黑！」

聽到叫聲，阿黑忙站起來，擺著尾巴走過來。蘇秦伸手拍拍牠的腦袋：「阿黑，來，坐下，聽我說會兒話！」

阿黑極其聽話地在蘇秦的對面蹲坐下來，兩隻眼睛直盯蘇秦。

「阿黑，」蘇秦緩緩說道，「先生說：『就而不用者，策不得也。』這些日子我反覆研讀，再三思索，說秦之策完全合乎先生所授的捭闔之道，你說，秦公為何棄而不用？」

阿黑似是知道蘇秦正在對牠說話，口中發出嗚嗚聲。

小喜走到草棚外面，正欲進屋，突然聽到裡面傳出蘇秦在與人說話，大吃一驚，閃於門側。

「唉，」蘇秦長嘆一聲，「你是不是說，你也沒弄明白？什麼？你已弄明白了，你是說君心難測？是的，君心難測！我觀秦公所作所為，知其胸有大志。君王大志，莫過於一統四海，君臨天下。我以一統之策說之，理應正中下懷才是，不想卻是一敗再敗，是何道理？」

阿黑「嗚嗚」連叫兩聲。

「什麼？」蘇秦吃驚地盯住阿黑，「你是說，我說錯了，秦公沒有一統天下之心？」思忖有頃，發出一聲長笑，「謬哉，謬哉！我觀天下久矣，楚、魏、齊三王或無此心，列國之君或無此心，唯獨秦公，此心必矣！」

也幾乎是在同時，蘇秦心中猛然一動，眼睛連眨數下，連聲重複：「唯獨秦公，此心必矣！是的，此心必矣！此心必矣……」聲音越說越慢，而後閉上眼睛，陷入沉思。

有頃，蘇秦猛然睜開眼睛，一下子從地上跳起，大笑數聲：「哈哈哈哈，我得之矣！我得之矣！阿黑，我得之矣！」

看到蘇秦如此興奮，阿黑跟在他的身邊狂搖尾巴，口中嚶嚶直叫。

蘇秦仍然興奮不已，繼續說道：「秦公之心，必在併吞天下。先聖曰：『將欲歙之，必故張之；將欲弱之，必故強之；將欲廢之，必故興之；將欲取之，必故與之。』」陡然怔在那兒，有頃，重複道：「『將欲歙之，必故張之』，也就是說，『將欲張之，必故歙之。』」

蘇秦突然間如撥雲見日，一拳擂在牆上：「將欲張之，必故歙之！蘇秦哪蘇秦，你的聰明哪裡去了？先聖曰：『魚不可脫於淵，國之利器不可以示人。』秦公吞併天下之心，豈可大白於天下？」

蘇秦苦思數月，一朝得之，半是興奮，半是懊悔自己在秦的蠢行，將頭連連撞在牆上，口中不斷重複：「蘇秦哪蘇秦，你真是個蠢人，秦公之心，豈容你大白於天下！」

小喜越聽越覺得不對勁，認定蘇秦瘋了，一把推開房門，抬腳闖進屋子，睜大眼睛怔怔地望著蘇秦。

望著不期而至的女人，蘇秦陡然一怔。二人對視。有頃，蘇秦平靜下來，望著她緩緩說道：「妳……妳怎麼來了？」

看到蘇秦並無異樣，小喜一下子怔了，也在陡然間意識到自己過於魯莽，不無尷尬地結巴道：「奴……奴家……為夫君送……送飯……」

蘇秦冷冷地望著她：「我不是說過，只讓娘送嗎？」

小喜漸也平穩下來：「娘……娘脫不開身，讓……讓奴家來送！」

蘇秦冷冷說道：「拿回去吧，我不餓！」

小喜突然跪下，流淚乞求：「夫君——」

蘇秦不耐煩地擺了擺手：「好了好了，飯留下來，妳快走吧！」

小喜卻似鐵了心，只不動身，泣道：「夫君——」

蘇秦皺了皺眉頭：「說吧，還有何事？」

小喜連連叩頭，泣不成聲：「蘇代家的生……生……生了個娃娃！」

「哦，」蘇秦點了點頭，「知道了！」

小喜只將頭叩在地上，依然不肯動身。

蘇秦怔了一下：「知道了，妳該回去了！」

小喜再次叩頭，聲音越發哽咽：「夫……夫君，蘇……蘇代家的……生……生了個娃……娃娃！」

蘇秦陡然間明白了小喜的意思，大是震驚。思忖有頃，蘇秦眉頭一緊，點亮油燈，研好墨，拿起筆，尋來一片竹簡，伏在那兒寫字。寫有一時，蘇秦細看一遍，點了點頭，遞予小喜：「妳拿上這個，就可以生娃娃了！」

小喜接過竹片，因不識字，大睜兩眼望著它問：「夫君，這是什麼？」

「是休書！」蘇秦淡淡說道，「妳拿上它，明日趕回娘家，要妳阿大為妳另尋一戶人家，不就生出娃娃了嗎？」

「夫君——」小喜慘叫一聲，昏絕於地。

＊　　＊　　＊

夜深了，蘇家大院裡一片昏黑。

姚氏卻沒有睡。姚氏悄無聲息地守在蘇虎的榻邊，兩隻耳朵機警地豎著，傾聽院子裡的動靜。蘇代家的奶水於後晌來了，小年順吃個盡飽，睡得甚是香甜。其他人等，也都入了夢鄉。

「他大，」姚氏陡然推了一把蘇虎，「這陣兒幾更了？」

「過三更了！」

「嗯，看這樣子，像是成事哩！」姚氏高興起來。

「唉，」蘇虎長嘆一聲，「這個二小子，讓我死不瞑目啊！」

「他大，秦兒不是沒心人。」姚氏辯道，「前幾日聽說他拿錐子扎大腿，我嚇得要死，以為他發瘋了，可進去一看，他在那兒唸書，看哪兒都是好好的。我問他為啥拿錐子扎腿，他說扎幾下就不犯睏了。唉，你說這個秦兒，整日待在那屋裡，又沒個啥事，犯睏了睡一會兒不就得了，偏拿自己的大腿作踐，我怎想也想不通！」

「錐子呢？」

「讓我拿回來了！」

「這小子不見棺材不掉淚，都成這樣了，心還不死，仍在做那富貴夢，妳說急人不？」

「要是今晚他跟小喜好上了，興許一了百了，啥都好了！」

「嗯，」蘇虎點了點頭，「小喜嫁到咱家，不究怎說，總得給人家個交代。我估摸著，這小子又不是神，憋這麼久，也該通點人性。要是這事成了，小喜有個喜，我縱使死了，眼也闔得上！」

姚氏正待回話，聽到院裡傳來腳步聲。姚氏知是小喜回來了，屏住呼吸，用心傾聽。腳步甚是沉重，似是一步一挪。姚氏一怔，看一眼蘇虎，見他也在豎耳聆聽，小聲道：「他大，你聽，怎走這麼慢？」

「別是傷著了吧？」蘇虎若有所思地說。

「去去去！」姚氏啐他一口，「都是二十大幾了，又不是個孩子，能受啥傷？」

「妳想哪兒去了？」蘇虎白她一眼，辯解道，「我是說她的那隻跛腳！」

說話間，小喜已經挪回自家院中。姚氏想想不放心，悄悄下榻，打開房門，走至小喜的院子。院門開著，姚氏伏在門口一聽，房中傳出悲泣聲，繼而是一陣撕帛聲。姚氏正在思忖她為何撕帛，裡面再次傳來「匡通」一聲，顯然是什麼硬物什翻倒於地了。姚氏憑藉直覺，陡然意識到發生了什麼，急奔過去，用力推門，門並未上閂。姚氏撲到裡屋，見小喜脖子上套著絲帛，人已懸在梁上。姚氏急趨一步，一把抱起她的兩腿，顫聲驚叫：「閨女呀，妳……快來人哪——」

姚氏拚盡力氣托住小喜，蘇代、蘇厲、蘇厲妻等也都聽到叫聲，急衝過來，七手八腳將小喜救下。由於姚氏托得及時，小喜只不過憋了個面色漲紅，並未絕氣，手中緊緊地握著一塊竹片。蘇代取過一看，正是蘇秦寫給她的休書。

姚氏將小喜扶到榻上躺下，再也不敢離去，當晚與小喜一道歇了。

蘇代、蘇厲見此事鬧大了，只好走進堂屋，跪在蘇虎榻前，將小喜尋死一事扼要說了。蘇代遲疑一下，從袖中摸出蘇秦的休書，擺在榻前几案上。蘇虎望一眼休書，臉色烏青，大口喘氣。好一陣，蘇虎緩過氣來，閉上眼睛，老淚橫流：「唉，不把老子氣死，他……他是不甘心哪！」

「阿大，」蘇代遲疑一下，「二哥怕是……」

蘇虎睜開眼睛，目光落在他身上。

「外面風傳，二哥怕……怕是走火入魔，得上癔症了！」

蘇虎又喘幾下，連連點頭，扭頭轉向蘇厲：「厲兒！」

蘇厲應道：「厲兒在！」

「唉，」蘇虎長嘆一聲，「看樣子，二小子真還就是這個病。趕天亮了，你到王城走一趟，尋個治癔症的醫師，不究怎說，有病就得治！」

「阿大放心，厲兒天亮就去！」

翌日晨起，蘇厲早早起床，拿上乾糧，出村逕投王城。剛過伊水，迎頭碰到從河南茶館裡一路趕來的琴師。琴師步履艱難，越走越慢，陡然間一個趔趄，歪倒於地。蘇厲急步上前，將琴師扶起。琴師兩手顫抖，似是走不動了。

蘇厲扶他坐到旁邊的河堤上，小聲問道：「老人家，您不要緊吧？」

琴師望他一眼，搖了搖頭。蘇厲觀察一時，從袋中掏出一張烙餅：「老人家，您想是餓壞了，吃塊餅吧！」

琴師再次望他一眼，點了點頭，用顫抖的手接過烙餅，吃力地咬上一口。蘇厲忙從腰中解下水葫蘆，打開塞子：「老人家，來，喝口水沖沖！」

琴師連喝幾口，感覺上好一些，朝他打一揖道：「年輕人，老朽謝你了！」

蘇厲回過一揖，見他已是老弱不堪，懷裡卻抱一個大盒，不無擔心地問道：「老人家，您……您這是去哪兒？」

「老朽欲去軒里，聽說是過去伊水就到了！」

蘇厲指著河對岸偏南一點的軒里村：「老人家，您看，那個村子就是軒里！」

琴師望了望那個村子，點頭道：「謝你了！」

蘇厲看看身後的伊水，又看看琴師：「老人家，這陣兒水淺，沒有擺渡，我送你過河吧！」

琴師又打一揖，謝道：「年輕人，謝你了！」

琴師復啃幾口餅，喝幾口水，蘇厲拿過他的盒子，扶著他走下河堤，來到水邊。蘇厲脫去鞋子，挽起褲管，背上琴師，拿上琴盒，蹚下水去。因是二月，河水雖冷，卻是極淺，最深處也不過沒膝。不一會兒，蘇厲已將琴師背過河去。

過河之後，蘇厲本欲返身而去，又實在放心不下老人，略想一下，軒里村也就到了，乾脆送他到家，再去王城不遲。這樣一想，蘇厲穿上鞋子，打一揖道：「老人家，您到誰家，晚輩送您去吧！」

「這……」琴師甚是感動，「有個蘇公子，說是住在此村！」

軒里村只他一家姓蘇，蘇厲聽出他問的必是蘇秦，拱手問道：「老人家說的可是蘇秦？」

琴師點了點頭。

「真碰巧了，蘇秦正是晚輩舍弟！」

琴師怔了一下，喜道：「是碰巧了！聽說蘇公子病了，可有此事？」

蘇厲略顯驚訝地望他一眼，點頭道：「嗯，舍弟是生病了，晚輩就是打算前去王城求請醫師的。老人家，您是……」

琴師微微一笑：「你不必尋了，老朽此來，為的就是診治公子！」

蘇厲驚喜，跪在地上，朝他連拜數拜：「晚輩替舍弟謝老人家了！」

「蘇公子現在何處？」

「就在村北打穀場邊的草棚裡！老人家，先到家裡喝口熱湯，再治病不遲！」

「不了！」琴師搖了搖頭，「老朽想對你說，欲治蘇公子之病，你得依從老朽一事！」

「老人家請講！」

「你不要告訴家人，也不要告訴蘇公子，只須指給老朽是那處草棚，再幫我在河邊尋個偏靜場地，這就夠了！」

蘇厲略怔一下，點頭道：「就依老人家！」

* * *

窩棚裡，蘇秦席坐於地，冥思苦想。一只陶碗盛滿稀飯，碗上擺著兩顆饅頭和兩棵大蔥。饅頭、稀飯早已涼了。

阿黑蹲在離他不遠的地方，眼巴巴地望著饅頭。

蘇秦緩緩睜開眼睛：「阿黑！」

阿黑「嗚」地歡叫一聲，擺尾巴走到前面。

「蹲下！」

阿黑蹲坐下來。

「我對你說，我苦思數日，總算想明白了。說秦不成，未嘗不是一件好事。」

阿黑「嗚嗚」兩聲，歪著腦袋望他。

「什麼？你不明白？我知道你不明白，這不是在對你說嗎？聽好！」

阿黑依舊歪頭望著他。

「在鬼谷之時，先生曾說，治世始於治心，治心始於治亂。方今天下，治亂之道唯有兩途，或天下一統，或諸侯相安。天下諸侯各有欲心，使他們相安甚難，因而我與張儀之志，皆在一統。縱觀天下，能成此功者唯有秦國，我本想輔助秦公成此大業，然而，咸陽一行使我如夢初醒！阿黑，你可知曉其中緣由？」

阿黑嗚嗚又是幾聲。

蘇秦站起來，在房中一邊踱步，一邊繼續嘮叨：「秦人崇尚武力，以商君之法治國。商君之法過於嚴苛，不行教化之功，毫無悲憫之心。如此恃力恃強之邦，即使一統天下，亦必以強力治國，如何能行天道？不行天道，如何能服人心？天下一統而人心不服，一統又有何益？」

阿黑搖搖尾巴，眼睛瞄向擺在碗上的饅頭，又是舔舌頭，又是流口水。蘇秦撿起一顆饅頭，扔給阿黑。阿黑「嗚」的一聲噙住，興奮地衝蘇秦直甩尾巴。

蘇秦望著阿黑，苦笑一聲，搖頭道：「唉，你個貪嘴的阿黑啊，一統之路既走不通，你說我該怎麼辦呢？天下諸侯個個如你，一塊骨頭足以讓他們打成一團，如何才能去除他們的欲心，讓他們妥協、和解，和睦相處，彼此不爭呢？或至少讓他們暫先擱置爭議，放下刀槍，平心靜氣地坐下來共商未來呢？」

阿黑不再睬他，蹲在那兒津津有味地吞吃饅頭。蘇秦輕嘆一聲，搖了搖頭，盤腿復坐下來，閉上眼睛，再入冥思。

天色黑沉下來，繁星滿天，月牙斜照。蘇秦正在冥思，遠處忽然傳來一聲琴響，復歸靜寂。雖只一聲，蘇秦的身心已是一顫，急忙屏息聆聽。不一會兒，琴音斷斷續續地隨風飄過來，時遠時近，時高時低，如顫如抖，如飄如緲，如絲如縷，似一股清涼之風灌人肺腑，直入心田。

蘇秦耳朵微微顫動，整個身心完全被這飄渺的琴聲壟斷。有頃，琴弦陡然一轉，如泣如訴，聲聲悲絕。隨著琴音，蘇秦的眼前漸漸浮出一幕幕鮮活的場景：

——空曠的原野，乾裂的田園，呼嘯的北風；一個飽經風霜的老藝人拖著沉重的步履，身背一把古琴，艱難地跋涉；

——黃土坡上，一個骨瘦如柴的婦女吃力地蹶起屁股在挖野菜；村頭，一個半大的孩子領著幾個餓得直哭的弟妹，站在一處高坡上，盼望他們的娘親早點歸來；

——村頭，衣不遮體的一老一少挨門乞討，每到一家門前，他們就會跪在地上，不停地磕頭；

——市場上，兩個半大的女孩子背上各插一根稻草，一個婦人守在旁邊，一刻不停地抹淚；

——幾個老人推開一扇破門，從裡面抬出一具死去多日的孤老屍體；

——挺著大肚子的新婦望著靈堂上嶄新的丈夫牌位，哭昏於地；

——戰場上，屍體橫七豎八，無人掩埋，一群群的烏鴉低空盤旋，紛紛落在腐屍上，呱呱直叫，爭相搶食；

——村莊的空場上，里正徵丁，村人聚集，多是老人、婦女和兒童；里正一個接一個地念著名字，從人群中走出的幾乎全是半大的孩子或年過花甲的老人……

就在蘇秦的心眼隨著悲憫、淒婉的琴音浮想聯翩時，琴聲卻在一聲撕心裂肺的悲鳴之後，戛然而止。

蘇秦陡然一驚，猛然睜開眼睛，大聲叫道：「先生，先生——」急急翻身爬起，推開房門，衝到穀場上，衝曠野裡大喊：「先生——」

四周靜寂無聲，彷彿這裡根本不存在琴聲似的。阿黑似是明白蘇秦在尋找什麼，噌地一下急躥出來，汪汪叫著，衝向一個方向。蘇秦緊緊跟在阿黑身後，邊跑邊喊：「先生，先生，你在哪兒？」

回答他的只有風聲和跑在前面的阿黑的汪汪聲。蘇秦撒開兩腿，跟阿黑一陣猛跑，跑有一時，猛聽前面再次傳來「砰」的一聲弦響，繼而又是靜寂。

阿黑叫得更歡了。蘇秦急奔過去，終於在幾里之外的伊水岸邊，尋到了琴師。在堤邊的土坡頂上，琴師兩手撫琴，巍然端坐。

蘇秦放緩步子，在離琴師幾步遠處，跪下來，拜過幾拜，輕聲叫道：「先生！」琴師一動不動，也不回答。

「先生！」蘇秦又叫一聲，琴師仍舊端坐不動。

蘇秦起身，走前幾步，再次跪下，叩道：「先生，晚生叩見！」仍然沒有任何回覆。蘇秦一怔，跪行至琴師跟前，見他兩眼緊閉，已經絕氣。方才那聲沉悶的「砰」聲，正是他用生命彈出的絕響。

蘇秦跪在地上，泣道：「先生——」

一輪新月彎彎地掛在西天上。夜風拂來，並無一絲寒意。蘇秦回家尋到一把鐵鏟，

返回來，在坡上一鏟接一鏟地挖下去。

月牙落下去，天色昏暗，陰風習習。蘇秦越挖越深，一直挖至丈許，方才攀上來，抱起琴師，復跳下去，再將那架陪伴他多年的老琴也抱下去，擺在他的面前，讓他永遠保持撫琴的姿勢。蘇秦在墓中朝他又拜三拜，復跳上來，一鏟一鏟地培土。及至東方發白，一座新墳已是突起於坡上。

蘇秦回到草棚，尋到一塊木板，研墨取筆，鄭重寫下「天下第一琴」五個大字，將之插上墳頭。

做好這一切，蘇秦面對木牌，復跪下來，對琴師訴道：「先生，這是您選定的地方，請安歇吧！」又跪一時，復拜幾拜，聲音哽咽，「先生，您的訴說，晚生已知。您所看見的，蘇秦也看見了！您所聽到的，蘇秦也聽到了！」

蘇秦再拜幾拜，慢慢地站起來，轉身走去。然而，蘇秦剛走幾步，忽聽身後傳來一陣沙沙的風聲，接著是一聲更響的「啪嗒」。阿黑似是看到了什麼，狂吠起來。蘇秦一驚，回頭急看，他所立下的那塊木牌竟被一股不期而至的旋風拔起，遠遠地擱在一邊。見阿黑仍在狂吠，蘇秦急急喝住，不無驚異地走過去，拾起牌子，朝著漸去漸遠的旋風深揖一禮：「先生，您不必過謙！蘇秦昨晚聽到的，堪稱天下第一琴音！」言訖，重新回到墳前，將牌子插回墳頭，再拜幾拜。

然而，不及蘇秦起身，又一陣更大的旋風再次襲向木牌。因蘇秦插得過深，木牌雖然未被拔起，卻被吹得歪向一側。蘇秦思忖有頃，抬頭一看，見不遠處有一根約雞蛋粗細的枯樹枝，走過去彎腰拾起。蘇秦手拿樹枝，走到木牌前面，比量一下，兩端握牢，朝膝頭猛力一磕，只聽樹枝「喀嚓」一聲脆響，折成兩截！

蘇秦一手拿住一截枯枝，掂量著用哪一截支撐木牌更合適一些。看著看著，蘇秦眼中忽然現出一絲靈光，迅速起身，將折好的兩截樹枝合併在一起，再朝膝頭猛力磕去。許是用力過猛，蘇秦手捣膝頭，疼得齜牙咧嘴，手中的兩截樹枝卻是依舊如故。

蘇秦再怔一會兒，一陣狂喜，扔掉一截，只磕其中一截，樹枝再斷。蘇秦發瘋般四處搜尋，撿來一大堆粗細不等的枯樹枝，如法炮製，先單個折，再兩截合起來折，再三截一起折，再四截一起折，再五截折。即使最細的樹枝，只要合併在一起，力量陡添一倍，合併到一定程度，即使用盡全力，竟也折它不斷！

蘇秦心中如同注進一束光亮，這些日來的所有迷茫盡在這一悟中悄然化解。他興奮地抱起被折成一截截的枯樹枝，用力朝空中拋去。一段段枯樹枝隨著晨風飄落於墳前墳後。蘇秦朝墳頭再跪下來，連磕幾個響頭：「謝先生示我以天下相安之道！」

拜畢，蘇秦起身，「呸」的一聲朝手心裡吐口唾沫，搓上幾搓，掄起鐵鏟將墳頭上的新土扒開，復將「天下第一琴」的木牌深埋進去，再將土細心堆起。蘇秦看了一看，甚覺滿意，復跪下來，再拜道：「先生，即使鬼谷先生在此，也會許您這個牌子！既然您不想張揚，晚生這也順從您的意思，將牌子埋入土中，讓它永遠陪您！」

蘇秦在墳頭又跪一時，起身拍了拍手，邁開大步，信心十足地走向不遠處的村落。

當蓬頭垢面的蘇秦精神煥發地走進村子時，阿黑在他的身前蹦前跳後。一群孩子正在村邊玩耍，一個大孩子遠遠看到蘇秦過來，大喊一聲：「快跑喲，瘋子來嘍！」

眾孩子見到蘇秦，作鳥獸散，唯天順怔在那兒，怯生生地望著蘇秦。阿黑跳到天順跟前，舔他，圍著他撒歡。天順卻不理牠，只將兩眼眨也不眨地盯著蘇秦。蘇秦走過來，蹲下來，張開胳膊，小聲叫道：「天順！」

「仲叔！」天順走前一步，不無膽怯地小聲叫道。

蘇秦朝他微微一笑，抱他起來：「天順，走，跟仲叔回家去！」

那個大孩子飛也似地跑向蘇家院落，邊跑邊叫：「不好嘍，瘋子把天順抱跑了！」地順、妞妞及另外兩個孩子則不怕他，跟在後面，不遠不近地保持著距離。

蘇秦抱著天順還沒走到家裡，左鄰右舍早已圍上來，沒有人說話，大家無不大睜兩眼，直盯盯地望著叔姪二人。正在院中修理農具的蘇厲、蘇代聞聲走出院門，未及說話，蘇厲妻聽到喊聲，從灶房裡衝出來，看到蘇秦將天順抱在懷裡，竟是傻了，愣怔半晌，朝地上一跪，不無驚恐地結巴：「他……他仲叔，您別……天順，快……快下來！」

天順見娘這麼跪下，不知發生何事，就從蘇秦懷中出溜下來，向娘走來。蘇厲妻一見，飛身撲出，將天順一把摟在懷裡，好像他剛從虎口裡脫險似的。

蘇秦望她一眼，神態自若地走過來，對蘇厲揖道：「大哥！」

蘇厲見他瘋病已好，回揖道：「二弟！」猛然想起昨日那個老人，「老人家呢？」

「老人家？」蘇秦聽出他指的是琴師，反問道，「大哥如何知道他？」

蘇厲怔了一下，只好說道：「是大哥引他過河來的。」

「謝大哥了！」蘇秦朝蘇厲再揖一禮，不無憂傷地緩緩說道，「老人家……走了！」

「二弟，」蘇厲急道，「你怎能讓他走呢？他專為診治二弟而來，二弟病好了，無論如何，我們都得好好謝謝老人家！」

蘇秦低下頭去，默默走進院中。蘇厲妻不無狐疑地掃一眼蘇秦，一手拉上天順，一手拉上地順，拐到別處去了。蘇代亦看出蘇秦的病似是完全好了，急追兩步，興奮地說：「二哥，告訴你個大喜事！」

蘇秦拱手賀道：「三弟喜得貴子，二哥恭賀了！」

蘇代甚是驚訝：「二哥，你……你啥都知道？」

「是的，」蘇秦微微一笑，「昨兒尚不知道，今兒啥都知道了！」

看到蘇秦癔症全除，姚氏喜不自禁，站在灶房門口直拿衣襟抹淚珠。蘇秦走過去，跪地叩道：「娘——」

姚氏淚出：「秦兒，你……你總算回來了！」

「娘——」

姚氏拉起他：「秦兒，快，快看看你阿大去！」

蘇秦點了點頭，走進堂屋，掀開門簾，來到蘇虎榻前，緩緩跪下。一個多月未見，蘇虎越顯蒼老，兩眼也失去光采，看上去渾濁不堪，有些呆滯了。

蘇秦連拜數拜：「不肖子蘇秦叩見阿大！」

蘇虎將目光慢慢聚向蘇秦，點了點頭，轉對站在他身後的姚氏：「燒鍋熱水，讓秦兒洗個澡！」

姚氏「嗯」了一聲，抹著淚轉身走出。蘇秦平生第一次感受到慈父的關愛，心中一酸，眼圈頓時紅了，顫聲道：「阿大——」

蘇虎凝視蘇秦，似已看透他的五臟六腑：「看樣子，你是又要走了！」

蘇秦遲疑一下，堅定地點了點頭。

蘇虎將臉邁向裡側，許久，在一聲沉重的嘆息之後：「去哪兒？」

你拿去吧！」

「邯鄲！」

又過好久，蘇虎再嘆一聲：「唉，你的這股心勁，阿大拗你不過！」用那隻尚能動彈的手吃力地伸進枕下，摸出一張地契，遞過來，「這是二十畝旱地，阿大無力種了，你拿去吧！」

蘇秦驚異的目光望著父親，不敢相信這是真的。蘇虎重複一句：「拿去吧！」

蘇秦雙手接過地契，小心將它折好，遞還父親，朝蘇虎又是三拜。蘇虎驚訝地望向蘇秦：「秦兒，腰裡無銅，不可出行。邯鄲遠在千里之外，你兩手空空，如何能成？」

「阿大放心，」蘇秦堅毅地望著父親，「此番出去，秦兒兩手雖空，內中卻是實的。邯鄲再遠，只要秦兒有兩條腿，終能走到！」

蘇虎沉思半晌，將田契塞入枕下，點了點頭：「好吧，你不想拿，阿大暫先收著。不究何時，待你這片心死絕了，這點薄田仍歸你種！」

「阿大——」蘇秦的聲音有些哽咽。

「唉，」蘇虎長嘆一聲，「秦兒，阿大……」眼望蘇秦，欲言又止。

蘇秦大睜兩眼望著父親。

蘇虎苦笑一聲，搖了搖頭：「算了，不說也罷！」

蘇秦知道，此番出去，極有可能再也見不到阿大了，心中更是難過，淚水珠兒般滾出眼瞼，泣道：「阿大，您心裡有話，就說出來吧。秦兒帶在路上，早晚也好有個念想！」

「唉，」蘇虎輕輕搖頭，「秦兒，今兒五更，阿大又一次夢到天子了。天子微微笑著，緩緩走到阿大跟前，親手扶起阿大，連聲誇耀阿大，說阿大的莊稼種得好，你說，阿大這……」又是一聲苦笑。
蘇秦泣淚道：「阿大，秦兒求您再候三年！三年之後，秦兒一定回來迎接阿大，陪阿大進宮，覲見周天子！」
「真是一個好夢啊！」蘇虎再次苦笑一下，搖了搖頭，眼中滾出兩行老淚，沉吟許久，點頭道，「秦兒，你……去吧！」
蘇秦走出阿大的房門，蘇代已將熱水備好，請他洗澡。蘇秦洗過，跳出澡桶，換上原來那套雖然陳舊卻被小喜洗得乾乾淨淨的士子服，走進院子，見村裡的理髮師早已候在大椿樹下，顯然是不聲不響的蘇厲不知何時領進來的。前後不到半個時辰，蘇秦上上下下全被打理得煥然一新。
姚氏端上早飯，蘇秦匆匆吃完，備好乾糧，將鬼谷子臨別贈予的那捆竹簡及旅行物什翻找出來，整出一個包裹，復進堂屋別過蘇虎，又至院中別過姚氏、蘇厲、蘇代等，謝過眾人，動身正欲出走，忽見小喜提著一只搭袋，一跛一跛地從她住的小院子裡走出。蘇秦想起來沒有向她告別，略顯尷尬地望著她。小喜跛到蘇秦跟前，撲通一聲跪下，垂下頭去，一句話不說，只將那只搭袋舉過頭頂。
蘇秦怔怔地望著搭袋。有頃，接過來，打開一看，裡面是兩雙新做的布鞋和一個繡有龍鳳圖案的錢袋，內中放著一百多枚大周銅幣。
蘇秦不無驚異地問道：「這些錢是哪兒來的？」
小喜的聲音低得無法再低：「是奴家紡紗織布養蠶，一枚一枚攢下來的！」
望著這個只在名義上屬於自己的樸實女人，蘇秦心裡一陣酸楚，長嘆一聲，解開包裹，將搭袋塞進裡面，重新包起，大踏步走出院子。

走至院門時，蘇秦陡然扭回頭來，望著依舊跪在地上的小喜大聲說道：「妳……聽著，蘇秦今生欠妳的，來生還妳！」扭頭又走幾步，復走回來，再次望著小喜，拍了拍一直不離腳邊的阿黑，「還有，衝妳做的這兩雙新鞋，衝妳是個好女人，蘇秦認妳！聽著，阿黑就是我，妳可守在家裡，陪著阿黑，好好服侍阿大，照料我娘，替我盡孝！」

小喜再拜幾拜，連連點頭，兩隻淚眼望著蘇秦在蘇厲、蘇代、阿黑三個的陪同下消失在院門外面，聽著他們雜亂的腳步聲漸去漸遠。

* * *

越王無疆率舟、陸二十一萬大軍浩浩蕩蕩地渡過淯水，直逼漢水。前三個月中，越人因有舟師的運糧船數百艘，兵精糧足，有恃無恐，一心強渡漢水，擒獲內方山上的楚王熊商。楚王則以屈武的十一萬大軍沿漢水築起堅壘，依地勢擺出一字長蛇陣，無論越人舟船於何處搶灘，均遭迎頭痛擊。

越人連攻數月，損兵數萬，折將十數員，卻無尺寸突破。眼見秋日將至，越人糧草不繼，無疆使阮應龍親率舟師出夏口運糧，發現夏口已為楚人所占。夏口為漢水入江水處，地勢狹窄，宛如瓶頸。昭陽親駐夏口，擺兵三萬，沉船打樁阻斷江底，又在江面水下攔起數道鐵鏈，鐵鏈上掛滿銅刺、漁網，岸上備下鐵蒺藜、連弩及油松、硫磺、乾柴等易燃之物，專候越人舟師。阮應龍急了，棄船登陸，強攻夏口，欲在控制兩岸後，拆除江上障礙。楚人卻占據地利，越人連攻數日，再次折兵萬餘，毀船十數艘，無功而返。

直到此時，無疆方才意識到中了楚人的誘敵之計，急急引軍撤退，卻是遲了，昭陽早沿淯水東岸擺下銅牆鐵壁。無疆連攻數日，眼見無法突破，只好鳴金收兵，苦思破圍良策。

看到越人攻勢漸竭，楚威王傳旨，使屈武分兵五萬，東渡漢水，屯於大洪山、京山一線，阻斷了越人的北上之路，將越人完全包圍在溳水、漢水、雲夢澤、大洪山之間方圓不過兩百里的荒蠻區域。除南面為沼澤遍野、一望無際又無法行舟的雲夢澤外，東西北三面皆有楚人重兵把守。

無疆見狀，擔心楚人乘勢攻襲，也擺出決戰姿態，將越人兵分三處，呈鼎足之勢據守要隘。然而，直至秋季過去，冬日降臨，楚人仍是只守不攻，似有將越人困死之意。

初時，越人不以為然。然而，隨著冬日降臨，越人的噩夢也就開始了。越人伐楚時正值四、五月分，著的多是春秋裝，未備冬服。越人久據東南沿海，即使冬日，氣候也相對溫溼，不似雲夢澤邊，陰冷不說，進入臘月之後，竟是連下數日大雪。北風呼嘯，大雪紛揚，越人缺衣少食，漢水裡雖有大魚，越人卻也未帶漁具。兵士們原還能在雲夢澤裡摸些小魚小蝦度日，不料澤上結下一層薄冰，最後的食糧也算斷了。無疆無奈，只好傳旨三軍在兩百里範圍內自行覓食。越人掘地三尺，莫說是飛禽走獸、蛇蚓魚鱉，即使塊莖、草根也未能倖免。到後來，連樹皮也被越人揭下煮食。

一個冬季下來，在草木吐芽，天氣轉暖之前，楚人未費一兵一卒，越人已是自行減員數萬，士氣低迷，墳塚處處，吳歌越調聲聲悲哀。

越王無疆看在眼裡，聽在耳裡，疼在心裡。這日後晌，無疆悶悶地坐在中軍帳裡，兩眼微閉，似入冥思。迎黑時分，一名侍從端上一鍋肉湯，裡面有一根馬骨頭，另一衛士端進一個托盤，上面是一小塊馬肉。二人在几前跪下，分別將湯、肉擺在几上。

無疆微微睜開眼睛，掃一眼二人，輕聲道：「撤下！」

二人面面相覷，正欲說話，司劍吏走進來，跪下叩道：「大王，倫國師不行了！」

無疆大驚，轉對兩位侍衛：「快，端上它們，隨我去看倫國師！」

司劍吏與兩位侍從陪著無疆走向國師倫奇的軍帳。帳外軍士見是越王，急入稟報，不一會兒，賁成、阮應龍及幾員戰將走出營帳，在外叩迎，無疆將他們一一扶起，步入帳中，坐在倫奇榻前。

倫奇果是只有出的氣，沒有入的氣了。睜眼見是無疆，倫奇掙扎幾下欲見禮，被無疆按住。倫奇的眼中滾出淚水，聲音小得幾乎無法聽到：「微臣不能侍……侍奉大王了！」

無疆示意，侍從端來肉湯，無疆親手舀過一杓，送入倫奇口中：「倫愛卿，來，喝一杓，喝一杓就好了！」

倫奇微微啟口，輕啜一下，謝道：「謝大王美羹！大王自用吧，微臣喝不下了！」

無疆放下湯杓，淚水流出：「唉，是寡人害了你，害了眾卿，害了越國臣民啊！」

倫奇重重地吸入一氣，輕嘆一聲：「唉，是天要亡越，大王不必自責！」

無疆握住倫奇的手道：「倫愛卿，你說，寡人眼下該往哪兒走？」

「學先王句踐，與楚人議和，俯首稱臣，然後再……臥……臥薪嘗膽！」倫奇的聲音越來越弱。

無疆神色微凜，沉思有頃：「寡人聽到了，倫愛卿，你好好休息！」緩緩起身，走出帳外。走有幾步，轉對司劍吏，「召上大夫呂棕大帳覲見！」

呂棕聞詔，急急走進大帳，叩道：「微臣叩見大王！」

無疆掃他一眼：「張子仍無音訊？」

「這……」呂悰的聲音微微發顫，「微臣前後派出十幾撥人與張子聯絡，多為楚人所擄，返回來的人也未尋到張子！」

「事急矣，」無疆說道，「你可做為寡人特使，動身前往楚營，明與楚人議和，暗中聯絡張子，看他是何主意？」從几案上取過一封書信，「若是得見張子，你將此信轉呈於他，另外告訴他，就說寡人口諭，若他能助寡人滅掉楚國，寡人封他為侯，領荊地兩千里！」

「微臣遵旨！」

* * *

在內方山深處的湫淳別宮裡，張儀正在陪威王對弈，內臣急進：「啟稟陛下，越王使上大夫呂悰前來議和！」

「哦？」楚威王略略一怔，「越人議和來了？人在何處？」

「在宮外候旨！」

張儀推局，拱手道：「陛下招待貴客，微臣告退！」

「愛卿見外了，」威王呵呵笑道，「與越人議和，愛卿當是好手，怎能避讓呢？」

「陛下當真要與越人議和？」

「這……」

「陛下，」張儀微微一笑，再次拱手告退，「堅果指日可吃，微臣觀陛下心思，斷不肯議和！既然陛下不肯議和，微臣在此就有不便，還是避讓為好！」

楚威王豁然開朗：「好好好，愛卿自去就是！」轉對內臣，「傳越使覲見！」見內臣領旨出去，張儀眼望威王：「待會兒越使來了，敢問陛下如何應對？」

威王覺出張儀話中有話，問道：「愛卿之意如何？」

張儀起身走至威王身邊，在他耳邊低語有頃，威王先是一怔，繼而連連點頭：「嗯，好一齣苦肉計，寡人依你就是！」凝神醞釀一時，佛然變色，猛力將棋局掀翻，大聲喝叫，「來人，轟他出去！」

張儀也如演員一般臉色煞白，在威王前面跪下叩道：「微臣告退！」再拜三拜，步履沉重地退出宮門，早有兩個持戟力士候在門外，押送他緩緩走出殿門。

別宮建在山上，宮門距殿門尚有數十丈高，幾百級臺階。呂棕在內臣的引領下拾階而上，遠遠望到張儀被兩個持戟甲士押送著走下臺階，大吃一驚，頓步望向內臣：「請問大人，此人為何被人押送出來？」

內臣也怔一下：「這……在下也是不知！」

呂棕佯作不識，再次問道：「敢問大人，他是何人？」

「回使臣的話，」內臣望著張儀，「此人是客卿張儀，方才奉旨與陛下對弈！」轉身拱手，「特使大人，請！」

呂棕心裡打著小鼓，跟在內臣後面登上臺階，迎著張儀三人走去。走到近旁，見張儀一直哭喪著臉勾頭走下，呂棕咳嗽一聲，頓住步子。張儀自也頓住步子，見是呂棕，望著他連連搖頭，長嘆一聲，勾頭繼續走去。

呂棕心中發毛，跟內臣走上臺階，趨入宮中，叩道：「越使呂棕叩見大王！」

楚威王滿面怒容，喘著粗氣，手指對面的客席：「越使免禮！」

呂棕謝過，忐忑不安地起身走至客席，看到一地狼籍，棋局掀翻，黑白棋子四處散落，尚未說話，楚王已衝內臣罵道：「你眼瞎了，還不快點收拾，讓客人恥笑？」

內臣急急跪在地上，俯身收拾棋局。威王呼呼又喘幾下粗氣，抬頭轉對呂棕，竭力平下氣來，抱拳說道：「寡人久聞呂子大名，今日始見，就讓呂子見笑了！」

呂棕亦抱拳道：「不才呂棕謝大王抬愛！敢問大王因何震怒？」

「還不是因為那個不識趣的張儀？」威王的火氣立時又被勾上來，指著殿外責道，「寡人念他弈得一手好棋，拜他客卿，封他職爵，賞他金銀美女。今日寡人煩悶，使人請他弈棋解悶，誰知此人不識好歹，非但不為寡人解悶，反來添堵！」

呂棕賠笑道：「哦，敢問大王，張子如何添堵了？」

「哼，」楚威王逼視呂棕，怒道，「寡人正要詢問呂子你呢！幾十年來，楚、越兩國睦鄰友好，井水不犯河水，寡人左思右想，自承繼大統以來，未曾得罪過你家大王，可你家大王既不發檄文，又不下戰書，陡興大軍二十餘萬，犯我疆土，辱我臣民，燒殺奸搶，無惡不作，致使我大楚臣民生靈塗炭，血流成河，復演當年吳禍。寡人與無疆勢如水火，不共戴天，可張儀這廝不知得到無疆什麼好處，竟然吃裡扒外，拐彎抹角地力勸寡人與越人議和，還要寡人割昭關以西二十城予越人，你說這……這這這……這不是明擺著與寡人作對嗎？」

呂棕本為議和而來，聽聞此言，面色煞白，兩膝微微顫動，連聲音也走調了：「大……大王……」

「哦！」楚威王迅速變過臉色，拱手說道，「呂子此來，可有教寡人之處？」

呂棕穩住心神，亦還一揖：「我家大王誤信讒言，失禮伐楚，已是追悔，今日特遣呂棕懇請大王，願與大王睦鄰而居，永結盟好！」

「哼，這陣兒追悔已是遲了！」楚威王怫然變色，「特使大人，寡人請你轉告無

疆，大丈夫敢作敢當，既然敢來，就當在疆場上一決高低。他來這裡，還沒有決戰呢，就做孬種，莫說是寡人，即使楚地的三尺孩童也瞧他不起，談何英雄？」

「大……大王……」

楚威王拱手逐客：「請問呂子還有何事？」

「這……」

楚威王作勢起身：「呂子若無他事，寡人要去歇息了！」轉對內臣，「送客！」

呂棕走出殿門，悵然若失地步下臺階，剛剛拐出守衛甲士的視線，就有聲音從旁傳來：「呂大人！」

呂棕扭頭一看，正是荊生，大喜道：「荊先生！」

荊生噓出一聲，輕道：「呂大人不可吱聲，快隨我走！」

呂棕跟隨荊生七彎八拐，走進一處院落。荊生讓呂棕留步，自己進去，不一會兒，張儀大步迎出，朝呂棕深鞠一躬，不無欣喜地說：「在下張儀見過呂大人！」

呂棕亦還一禮：「呂棕見過客卿！」

張儀輕聲道：「呂大人，此處不是說話之處，廳中請！」

二人步入廳中，分賓主就坐已畢，呂棕拱手道：「大王未得張子音訊，甚是焦慮，特使在下以議和為名，尋機聯絡，不想真還巧了！」

「唉，」張儀長嘆一聲，「在下使人聯絡大王，不想昭陽那廝防守甚密，嘗試多次，三位壯士事洩自殺，兩位壯士無功而返。今日之事，呂大人想也看到了！」

呂棕連連點頭：「張子赤心，在下回去一定稟報大王。大王有密書一封，還請張子惠閱！」從襟下密囊中摸出一塊絲帛，遞予張儀。

張儀拆開看完，將書置於几上，沉思有頃，長嘆一聲：「唉，不瞞呂大人，大王所求，著實讓在下為難啊！」

呂稼急道：「大王還有一言，望張子考慮！」

「在下願聞！」

「大王親口告訴在下，只要張子助大王滅楚成功，大王即封張子為侯，領荊地兩千里！」

「大王美意，在下萬死不足以報！只是……」張儀拱手謝過，「眼下時機尚不成熟，還望呂大人轉奏大王，再候一些時日，待在下……」

「敢問張子有何為難之處？」

「唉，」張儀又嘆一聲，「呂大人有所不知，在下買通殿下，得見楚王，本欲尋機為大王做些事情，不想昭陽那廝不知從何處打探出是在下招引越人伐楚，當即奏報楚王，楚王震怒，考問在下，虧得在下臨機應變，矢口否認，反誣昭陽，昭陽也拿不出實證，好歹蒙混過關，保全一命。不過，自此之後，楚王再也不信在下，只將在下視作弄臣，於煩悶之時召去弈棋聊天，遇有軍務大事，只與昭陽、屈武兩位柱國謀議，莫說是在下，即使殿下也不讓參知！不僅如此，昭陽更對在下心存芥蒂，」壓低聲音，「不瞞呂兄，院裡院外，這會兒沒準就有他的耳目呢！」

「這可如何是好？」呂稼急得跺腳。

「哦？」張儀探身問道，「敢問呂大人因何急切？」

「唉，」呂稼嘆道，「事情緊急，在下也瞞不得張子了！軍中早已斷糧，大王那兒一日也耽擱不起了！」

張儀佯吃一驚：「這……這怎麼可能呢？大王難道不知『兵馬未動、糧秣先行』這一用兵常理嗎？」

呂棕再嘆一聲：「唉，去年伐楚之時，大王只想早日攻入郢都，行軍過快，輜重未及趕上，這陣兒又被昭陽絕去後路，斷糧已有一冬了！」

張儀表情憂慮，陷入長思，有頃，抬頭亦嘆一聲：「唉，在下被封死音訊，此等大事，竟是一絲不知。只是……在下尚有一事不解！」

「張子請講！」

「大王當是英主，賁成熟知兵法，阮將軍也不是尋常之輩，倫國師更是老成持重，當初伐楚之時，為何沒有兵分兩路，使舟路沿江水襲奔郢都，使陸路強攻漢水。若此，楚人必遭兩面夾擊，漢水亦必不守。大王只要突破漢水，郢都指日可得。郢都若得，楚王遭擒，荊人群龍無首，當是不戰自敗！」

「原本也是這個計畫，後來大王聽說楚王駕臨內方山，也是求成心切，就……唉，都是往事了，不說也罷！」

「那……即使強渡漢水，大王也該派駐重兵鎮守夏口，確保糧秣無虞才是！」

呂棕勾下頭去，半晌無語，末了又是一聲長嘆：「唉，說什麼都是遲了。請問張子，眼下可有權宜之計？」

張儀再次陷入沉思，許久，抬頭望向呂棕：「既然這樣了，在下就勸大王暫時退兵！」

呂棕搖了搖頭：「不瞞張子，楚人完全截斷退路，十幾萬大軍外無救兵，內無糧草，早已陷入絕地，縱使想退，也無退路啊！」

「眼下看來，大王若要取楚，時機未到；若要退兵，倒是不難！」

呂稼兩眼放光：「哦，張子有何良策？」

張儀尋到一塊木板，拿筆在上面畫出形勢圖，拿筆頭指圖：「呂大人請看，這是湞水，這是陪尾山。此山南北二百餘里，東西僅三十餘里，是天然屏障，楚人防守甚弱。山中有一捷徑，名喚羊腸峽，長不過四十里，甚是險勝。大王可引領大軍從此處填平湞水，攻克河防，突入此谷，控制兩端谷口，不消兩個時辰，大軍即可橫穿陪尾山，突出重圍。楚人重兵均在夏口、湞水一線設防，山東或無兵馬。大王只要衝破眼前防線，即可長驅東下，沿柢琪山北側退向昭關。過去昭關，就是大王的地界了！」

呂稼點頭道：「張子果是妙計，只是……」

「呂大人有何顧慮？」

「如此險勝之地，楚人必設重兵防守，我已疲弱不堪，如何突破？」

「呂大人放心，陪尾山守將景翠與在下甚厚，在下可說服他網開一面，讓出一條通路。」

「太好了！」呂稼又驚又喜，旋即又現憂色，「我等雖可脫身，卻置景將軍於不義之地，如何是好？」

「你說的是！」張儀想了想道，「這樣吧，你讓大王組織精銳，全力拚殺，景將軍再使老弱守於谷口，兩軍交接，勝負立判，景將軍佯作敗退，陛下責怪時也好有個交代！」

「這……景將軍那兒……」

張儀似知呂稼欲說什麼，微微笑道：「呂大人大可不必為景將軍操心！昭、景兩家

素有怨恨，前番與魏戰，昭陽借龐涓之手害死景合，景將軍百戰逃生，與昭陽結下殺父之仇！此番昭陽一心建立奇功，景將軍自是不願讓他得逞！」

呂棕點頭道：「嗯，若是此說，倒是可行！敢問張子，何時突圍方為適宜？」

「夜長夢多，事不宜遲。明日午夜，就在子時吧！」

呂棕連連拱手：「在下代大王謝過張子，謝過景將軍了！」

「呂大人不必客氣！」張儀亦拱手道，「大王聽信在下之言，方才掉頭伐楚。今有這個結局，實非在下所願！呂大人回去之後，務請轉呈大王，就說在下心中有愧，懇請大王寬諒！」

「是天不助越，張子不必自責！」

張儀沉思一時：「此地凶險，在下不便久留呂大人！」轉對荊生，「荊兄，你送呂大人回去，千萬小心！」

荊生應道：「老奴遵命！」

呂棕拱手別過張儀，隨荊生走出院門。

就在他們走出不久，不遠的陰暗處果有一條黑影輕輕躥出，悄悄尾隨在他們的身後。黑影跟有一程，見呂棕與荊生拱手作別，大步走入越國使臣歇腳處，亦轉過身來，一溜煙似地跑入一個院落。

院內廳中，秦國上卿陳軫端坐於席，兩道挑剔的目光眨也不眨地射向美女伊娜。她正在跳一曲富有西域情趣的獨舞，幾個樂伎絲管齊鳴，全神貫注地為伊娜伴奏。

觀賞一時，陳軫眉頭緊皺，陡然叫道：「停！」

眾人停下，詫異的目光無不投向陳軫。舞至興處的伊娜更是不知所措，僵在那兒。

陳軫轉對幾個樂伎：「改奏楚調！」

幾個樂伎改奏楚樂。陳軫轉對伊娜：「去，換上紗衣，露出肚皮，就依此調跳妳那日所跳的肚臍舞！」

伊娜愣怔片刻，走回內室換衣服。正在此時，跟蹤荊生的黑雕急趨進來，陳軫揮退樂工，黑雕將整個過程詳述一遍。陳軫沉思有頃，對黑雕道：「多放幾個人，盯牢張儀、荊生等人，不可驚動他們！」

黑雕領命而去。陳軫陰陰一笑，自語道：「好你個張儀，在下正在尋思破綻，你倒自己送上門來！」不無得意地輕敲几案，脆聲喝叫，「伊娜、樂工，歌舞侍候！」

* * *

越軍中軍帳裡，無疆聽完呂棕詳陳，長思有頃，嘆道：「唉，不瞞愛卿，這些日來，張子如泥牛入海，音訊全無，寡人心中一直在犯嘀咕，別是張子居心不良，刻意誘騙寡人。今日看來，是寡人誤會張子了！」

呂棕附和道：「大王說的甚是！微臣心裡原也存有這個想法，今見張子，方知誤解了！」

無疆又嘆一聲：「唉，張子說的是，此番伐楚失利，過在寡人。當初若依阮將軍之言，兵分兩路，前後夾擊，郢都早破。即使不分兩路，寡人也該使重兵據守夏口。唉，都怪寡人過於自負，只想早一日破楚，全然不留後路，方至今日啊！」

呂棕勸道：「大王不必自責！留得青山在，不怕無柴燒。只要大王全身而退，改日再來復仇不遲！」

「呂愛卿，張子既然定於明日子夜突圍，時辰也不多了，你去召請賁將軍、阮將軍進帳聽令！」

「微臣領旨！」

見呂棕退出帳外，無疆輕叩几案，司劍吏走進。無疆望他一眼，從腰中解下越王劍，又從几案下拿出越王玉璽，遞予他手，拍手召來四位貼身侍衛，久久凝視五人，緩緩說道：「你等五人皆是寡人心腹，寡人也以心腹之事相託！諸位聽旨！」

見越王如此凝重，司劍吏與四位劍士面面相覷，跪地叩道：「微臣候旨！」

「依你們五人之力，楚人斷然攔截不住。你們馬上動身，向北突圍，尋隙殺入大洪山，經桐柏山東下返越。三個月之內，寡人若是安然回返，也就算了。若是寡人有所不測，你五人當同心協力，輔立太子為王，承繼越祠！凡不服者，皆以此劍斬之！」

司劍吏與四劍士泣道：「我等誓死守護大王，與大王共存亡！」

「唉，」越王長嘆一聲，「寡人與社稷，不能兩顧了！」

五人再拜相泣，只不肯離去。正在此時，帳外傳來馬蹄聲，越王知是賁成他們到了，急道：「寡人將社稷交付你們，你們……」猛一揮手，「還不快走？」

五人泣淚，再拜數拜，起身離去。不一會兒，呂棕領著賁成、阮應龍二人走來。無疆見二人各穿麻服，知是倫奇沒了，泣道：「國師幾時走的？」

「剛剛走的！」阮應龍泣道。

「走了也好！」無疆抹去淚水，轉向賁成、阮應龍，「兩位愛卿，眼下能走路的還有多少？」

「十三萬三千人！」賁成應道。

「馬呢？」

「二千九百匹！」

無疆沉思有頃：「將馬全部宰殺，讓將士們吃飽肚子，吃不下的，帶在身上，殺回家去！」

賁成怔了一下，望向阮應龍，阮應龍也是一愣。這是僅存的戰馬了，二人本欲用牠們保護越王，率先衝出重圍的。

「去吧，」無疆斷然說道，「傳令三軍，今夜吃飽喝足，明日睡上一日，養足精神，迎黑時分，向陪尾山進擊！」

賁成、阮應龍叩道：「微臣遵旨！」

翌日傍黑，吃足馬肉的十幾萬越人悄悄拔起營帳，向陪尾山進發。及至溳水，已近子夜。越人將早已拆下的船板丟入河水，鋪成數條通路，眾將士井然有序，踏過溳水。因聲響過大，不久即為楚人察覺，戰鼓齊鳴，人喊馬嘶。賁成身先士卒，率數十劍士頭前殺去。那些楚人果如張儀所述，淨是老弱之輩，越人卻是精銳在前，個個奮勇。不消一刻，楚人丟下數百具屍體，倉皇遁去。阮應龍引兵在溳水東岸布置防守，賁成則從俘虜口中探出羊腸峽谷口所在，引眾殺入谷中。

賁成使人察看，果如張儀所言，谷中並無伏兵。谷道時寬時狹，最窄處僅容五人通過，越人只好排成一字長蛇形蜿蜒行進。將至黎明，前鋒已近東端谷口，後尾仍在西端谷外。直到此時，楚將景翠似也「猛醒」過來，引領大軍撲殺過來。負責殿後的阮應龍一面加快組織部眾入谷，一面率眾迎上廝殺。景翠似是再次「不敵」，眼睜睜地看著阮應龍等且戰且退，鑽入谷中，而後引眾在谷外築壘。阮應龍亦使人於谷口築壘，兩軍對峙。

在前開路的賁成引眾率先衝出谷口，果然未見楚人。賁成大喜，即與眾劍士保護無疆，尋路東去。大軍呈一字長蛇形緊隨其後。

行不過一里，身後忽然傳來密集的戰鼓聲和衝殺聲，一彪軍從附近林中斜刺裡殺出，以排山倒海之勢將越人攔腰衝斷，死死封牢谷口。無疆大驚，頓住腳步，回首急視，遠遠望見晨曦中現出一面旗幟，上面赫然寫著一個「昭」字。

無疆大驚，返身就要殺回，卻被賁成、呂棕及眾劍士死死攔住。無疆細看過去，楚兵足有數萬之眾，顯然是有備而來。越人多在谷中，再多再勇也衝不出那個狹小的谷口。無疆忖知大勢已去，只好長嘆一聲，在眾人的護衛下扭頭東去。

無疆、賁成等奔走一程，看到楚人並未追趕，遂頓住腳步，計點人數，見只衝出兩千餘人。前面現出一條叉道，無疆正與賁成、呂棕商議走向何處，一條叉道上塵土飛揚，又有一彪軍殺出，領頭一將，卻是屈丐。眾人不及商議，逕投另一條道而去。楚人斜刺裡追殺一陣，賁成分出人眾殿後，且戰且退。及至天黑，眾人退至坻琪山，再次計點，僅餘五百人眾。

又走一程，賁成看到前面有個村落，使人殺入，村中並無一人，亦無糧米。連續奔走數百里，無疆見眾人早已疲乏，傳令歇息。呂棕領人在村中四處尋覓，竟然找到一個藏糧的地窖，使人挖出糧食，將各家各戶的鍋灶全用起來，眾人填飽肚子，人不卸甲，劍不離手，沉沉睡去。

不及天明，又有楚軍殺至。賁成等人倉促應戰，率眾劍士保護無疆，從東南方殺出。楚人追趕一陣，也自去了。

這一日甚是辛苦。無疆一行本欲沿江水南下，然而，無論他們走至哪兒，總是遭遇規模不等的楚人襲擊。賁成提議改走山路，無疆贊同，眾人向北拐入大別山，晝伏夜行，果是一路無阻。眼見將至東陵塞，無疆回視左右，見跟在身邊的僅有賁成、呂棕及十幾個劍士，且人人疲乏，個個飢睏，步履越走越重，顯然無法再走下去，又想到二十一萬大軍僅餘眼前幾人，禁不住潸然淚出。眾人見越王流淚，紛紛叩拜於地。

無疆拿衣襟拭去淚水，長嘆一聲：「唉，諸位勇士，是無疆害了你們哪！」

「大王——」眾人泣不成聲，連連叩頭。

無疆正欲說話，前方忽又傳來一陣異響，急抬頭望，又見一隊楚人蜂擁而來。眾人也都扭過頭來，無不瞠目結舌，因為前方數百步處，黑壓壓地站著無數楚卒。中間現一華蓋，華蓋下面昂首而立的竟是楚王熊商。左右兩側各有一軍，將者分別是太子熊槐與客卿張儀。張儀身邊雖無楚卒，卻有數十褐衣劍士，排在最前面的是公孫蛭、香女和荊生。

楚人漸漸趨前。無疆不退反進，引眾人直迎上去。距五十步遠時，雙方各停下來。張儀依舊是赴越時的打扮，只是手中多出一把羽扇。張儀將手中羽扇輕搖幾下，因天氣不熱，這個動作就顯得分外扎眼。越王、賁成及眾劍士似乎對所有楚人都視而不見，獨將目光轉向張儀。呂棕更是目瞪口呆，手指張儀，驚道：「張……張子……你……」張儀袖起羽扇，在車上深深揖道：「中原士子張儀見過大王！見過賁將軍！見過呂大人！」

賁成如夢初醒，持劍怒道：「張儀，越國與你無冤無仇，你……你緣何連設毒計，陷害我們？」

張儀再揖一禮：「回賁將軍的話，是越人自取其辱，怎能說是受儀所害呢？」

賁成氣結：「你你你……你真是個無恥之人！分明是你蠱惑大王棄齊伐楚，為何反說是越人自取其辱？」

「賁將軍息怒，」張儀又是一揖，侃侃說道，「容儀辯解一言！」

賁成怒道：「你……你這個反覆無常的小人，休再鼓噪，吃我一劍！」仗劍正欲衝出，無疆伸手攔住，淡淡說道：「賁愛卿，他說的是，的確是寡人自取其辱！」轉向張儀，揖道，「張儀，無疆淪至此境，並不怪你。不過，寡人尚有一事不明，請張子指教！」

張儀回揖道：「大王請講！」

「假使無疆不聽張子之言，一意伐齊，結局將會如何？」

「就如眼前，只不過站在大王前面的是齊人，而不是楚人！」

無疆先是一怔，繼而沉思有頃，微微點頭：「嗯，寡人信了！寡人還有一問，請教張子！」

「大王請講！」

「照張子之說，既然伐齊、伐楚結局都是一樣，張子為何不使齊人成此大功，而獨施惠於楚人呢？」

張儀略略一怔，拱手再揖：「大王既有此問，儀不得不答！在儀看來，方今天下，能夠掌握湛瀘的不是齊王，而是楚王，故儀助楚而不助齊！」

無疆勾下頭去，沉思許久，抬頭又道：「你願助楚，助楚也就是了，為何卻又繞道琅琊，巧言利詞，謀陷寡人？」

「非儀謀陷大王，實大王自陷也。」

「此話怎講？」

「大王若是偏安於東南一隅，或可自保。可大王偏偏不自量力，興師勞民，征伐無罪，以卵擊石，豈能無敗？今日天下，早非昔日句踐之天下，大王卻在刻舟求劍，一味追尋昔年句踐稱霸之夢，是不知天時；大王離開吳越山地，轉而逐鹿平原，如虎入平陽，是不明地利；大王無端興師，盲目攻伐，是不知人和。天時、地利、人和三者大王皆不占，唯逞匹夫之勇，豈不是自取敗亡？」

無疆面色轉怒：「寡人知你是大才，甚是器重於你。你既知必有此敗，卻又不諫，不是謀陷，又是何故？」

「大王息怒，容儀一言！」張儀侃侃說道，「大王試想，去歲仲春，大王謀劃數年，盛氣凌人，集三軍二十一萬於琅琊，勢如張弓搭矢，不發不為盡興。當其時也，儀若勸大王收兵回越，苟安於東南一隅，大王勢必不聽，亦勢必興兵伐齊，而伐齊必敗。儀想，大王與其敗於齊，何如敗於楚呢？儀是以勸大王伐楚！」

「你……」無疆氣結，突然將目光轉向身邊的呂棕，面目猙獰，伸手摸向腰間的寶劍。

一切發生在眨眼之間。眾人幾乎沒有看到無疆拔劍，也未看到他回劍入鞘，呂棕就已人頭落地。越王劍術之高，令在場者無不驚嘆。楚王更是大吃一驚，不由自主地後退幾步，兩員偏將閃出來，擋在他的前面。數十名弓弩手彎弓搭箭，一齊瞄向越王。張儀擺手，眾弓弩手放下弓箭，但仍保持極度警惕。

張儀再次轉向越王，深揖一禮：「儀有一言，還望大王垂聽！」

無疆亦不還禮，冷冷說道：「講！」

「大王雖說無緣於湛濾，仍不失為一代劍士！大王若識時務，放下武器，束手就擒，儀願求請楚王，為大王在甬東覓一寶島，大王可在那兒與眾劍士修練劍道！」

聞聽此言，楚威王亦分開戰將，跨前一步，深揖一禮，朗聲道：「熊商見過越王！熊商准允張子所請！」

「哈哈哈哈！」無疆陡然爆出一聲長笑，竟然不睬楚王，衝張儀抱拳道，「天既不容無疆，無疆何能苟活於世？無疆別無他願，只求死在張子劍下，還望張子成全！」

「這……」張儀面呈難色。

無疆急道：「難道無疆之首不配張子試劍嗎？」

「回稟大王，儀劍術不精，何能加刃於大王？」

「你……」無疆怔有一時，不無悲哀地長嘆一聲，「唉，張子，寡人視你為高士，信你為知交，臨終求你一劍，竟不肯賜嗎？」

張儀揖道：「大王既抱死志，儀只好順從！」

無疆忙還一禮：「謝張子成全！」

「儀劍術雖然不精，卻願向大王推舉一位真正的劍士，或可稱大王心意！」張儀說完，朝站在身邊的公孫蛭深揖一禮。

公孫蛭跨前一步，朝越王揖道：「草民見過越王！」

望著這位從未謀面的老人，無疆驚道：「你……你是何人？」

「公孫蛭！」

「公孫蛭？」無疆目視賁成及眾劍士，見他們亦是惶惑，只好轉向公孫蛭，「無疆孤陋寡聞，敢問老丈是何方高人？」

「大王不知草民，可知公孫雄否？」

「公孫雄？」無疆大怔，「你是……」

「草民乃公孫雄六世孫，今替先王雪恥來也！」言訖，公孫蛭再次朝前跨出數步。

無疆聞聽此言，又想一陣，似是明白過來，再爆一聲長笑，亦跨前幾步，朝公孫蛭深揖一禮：「死在公孫雄後人劍下，無疆亦當瞑目！公孫先生既來雪恥，敢問是何雪法？」

「聽聞大王劍術高超，草民不才，願與大王一比高下！」

「此誠無疆之願也！公孫先生，請！」

無疆話音剛落，賁成急叩於地：「大王，請准允微臣先走一步！」眾劍士見狀，紛紛跪地拜求。

「諸位愛卿！」無疆將眾人一一扶起，自己席坐於地，點頭笑道，「好，生死跟前，你們願陪寡人，寡人甚慰！諸位愛卿，誰先出戰？」

即有三位劍士跨至前面，公孫蛭的劍士看到，亦跳出三人。雙方飛身至場中心，互見過禮，各自拔劍擺勢，發聲喊，鬥成一團，但見劍影，不見人形，頃刻間，場上倒下五具屍體，另有一人身負重傷，強撐著拱手作勢，眾人視之，卻是公孫蛭手下的劍士。

眾人上前將屍體拖至一邊，雙方再出三名劍士。因無疆的劍士連殺數陣，又走數日，體力早已不支，未及幾合，全都戰死。這邊剛剛戰死，無疆身後就又飛出三個劍士接戰，不一會兒，又全部戰死，公孫蛭這邊也戰死兩人。

雙方又戰數場，無疆手下劍士無一退縮，全部赴難，公孫蛭手下的死士也陣亡八人，場上仍立三位。

該到賁成了。賁成朝無疆跪下，一拜再拜：「大王，微臣先走一步了！」

無疆點了點頭，微微笑道：「賁愛卿，去吧！」

賁成緩緩起身，飛身入場。雙方見過禮，三名褐衣劍士將他圍在中間，擺開架式。賁成與他們周旋幾圈，發聲喊，陡然出劍，但見一片劍光，一團人影，眨眼工夫，三名褐衣人已呈品字形橫屍於地。

又有三名褐衣劍士飛出，眨眼間竟又橫屍於地。賁成微微冷笑，將劍入鞘，屹立於場。無疆讚道：「賁愛卿，好劍法！」

眾褐衣劍士面面相覷，正欲再出，荊生擺手止住，朝公孫蛭拜過，飛身而出，衝賁成揖道：「在下荊生向賁將軍討教！」

賁成亦還禮道：「聽聞荊先生大名，賁成領教了！」

二人見過禮數，各擺架勢，開始出劍相鬥。賁成劍術原本高於荊生，因此時身困力乏，又連戰數場，顯然不濟，二人你來我往數十合，竟成平手。

又過數合，賁成奮起神威，一劍刺中荊生左腿，荊生反手一劍削斷賁成右手。賁成頓時血流如注，寶劍脫落。雙方各退一步，荊生將賁成的劍撿起，遞還賁成。賁成謝過，左手持劍，再次見禮，二人復戰，賁成失血過多，體力不支，荊生右腿重傷，行動不便。數合之後，荊生見賁成一劍刺來，竟是不避，挺身迎上，復一劍刺去。兩劍各入對方胸部，二人緊緊貼在一起，倒於地上。

香女哭叫一聲：「荊叔——」飛身就要撲出，被公孫蛭扯住衣襟。眾兵士上前，將場地上的屍體盡數拖開。

看到場地清空了，一直端坐於地的越王無疆緩緩站起身子，一步一步走入場中。公孫蛭亦迎上去，二人目光如電，相互對視著走向對方，各距五步站下。

無疆朝公孫蛭揖道：「公孫先生，您是長者，請出劍吧！」

公孫蛭亦還一揖：「大王是尊者，老朽身賤，不敢先出劍！大王請！」

無疆又揖一禮：「觀公孫先生麾下劍士，確是了得，無疆今日開眼界了！」

「謝大王褒獎！大王請！」公孫蛭退後三步。無疆亦退後三步。

這是一場頂級劍士之間的較量，全場靜寂無聲，所有目光無不凝聚在二人身上，楚威王更是兩眼圓睜，不肯漏掉一絲細節。香女似已力不能支，靠在張儀身上，緊張得全身發顫。張儀緊緊地攬住她，眼睛一眨不眨地緊盯場中。

無疆與公孫蛭相對而立，各按劍柄，誰也沒有出劍，但站在最前排的軍士似已經受不住他們身上的逼人劍氣，不自覺地退後數步。

一刻鐘過去了，兩刻鐘過去了，二人依舊屹立於地，猶如兩根木樁，誰也沒有移動半寸。他們的較量，只在眼睛上。

眾人越發緊張，連汗毛都豎起來了。

又一刻過去了。場上眾人大多眼神疲勞，心力用盡，有人竟已忘掉這是在角鬥，開始打起哈欠。楚威王的眼睛似也看累了，抬手揉眼。

幾乎就在此時，無疆、公孫蛭陡然騰身飛起，如兩隻大鳥一般在空中掠過。一切發生得太突然，也太快捷，如迅雷不及掩耳，待眾人抬眼看時，兩人已經交換過位置，各自站於對方所立之處，且在空中旋身，相向屹立不動。

眾人驚愕了，各睜大眼盯住二人，生怕錯過下一個回合。

然而，在公孫蛭與越王無疆之間再也沒有下一個回合了。眾人又候一時，看到一股汗血從無疆的口中湧出。再看公孫蛭，也是如此。
香女陡然慘叫一聲：「阿大——」飛身撲向公孫蛭。張儀、楚威王、太子槐及眾將士也似明白過來，急趕過去，果見二人均已氣絕，兩柄寶劍不偏不倚地插在他們各自的心窩上，至於他們是何時又如何出劍並插向對方心窩的，在場諸人沒有一個看得清楚，說個明白。
「這……」楚王簡直不敢相信自己的眼睛，走到這邊瞧瞧，又走到那邊看看，轉對張儀道，「他們就……就一合？」
「回稟陛下，」張儀神色木然，淡淡說道，「真正的高手，一合也就夠了！」俯身抱起昏絕於地的香女，按住她的人中。
不一會兒，香女悠悠醒來，望著張儀，淚如泉湧：「夫君——」
張儀拿袖管擦去她的淚花：「香女，阿大、荊兄夙願得償，妳該高興才是，哭個什麼？」
「夫君——」香女越發傷心，將頭深深埋入張儀的懷裡。

* * *

在越人悉數鑽入羊腸峽後，昭陽、屈武率軍將陪尾山四面圍住，兩端谷口更被堵死。眼見大勢已去，阮應龍飲劍自盡。越人群龍無首，又耐不住腹中飢餓，成群結隊地走出谷口，繳械降楚。
中軍大帳裡人來人往，昭陽端坐主位，神采飛揚地聽取眾將稟報戰果。就在此時，陳軫隨從眾將步入帳中，因未著甲衣，昭陽瞥見，吩咐眾將帳外等候，亦不起身，手指客位道：「軍帳之中，就不見禮了。上卿請坐！」

陳軫席地坐下，微微拱手道：「將軍百忙之中，陳軫前來打擾，實是冒犯了！」

昭陽亦拱一下手：「上卿一向無事不登門，今日來此，必有大事！」

「嗯，」陳軫點了下頭，「將軍真是神了。在下此來，真有兩件事情！」

「上卿請講！」

「一是道喜，二是報憂！」

「哦？」昭陽笑道，「敢問上卿，在下喜從何來，憂在何處？」

「將軍全殲越人，功莫大焉，陛下必有重賞，在下是以道喜！將軍功敗垂成，在下是以報憂！」

「功敗垂成？」昭陽一怔，「在下愚笨，請上卿明言！」

「將軍全殲越人，卻讓越王無疆走脫。若是不出在下所料，無疆必為張儀所獲。請問將軍，得無疆與得越卒，何功為大？」

昭陽似是從未想過這個問題，撓頭道：「這……」思慮有頃，恨恨地點頭，「嗯，上卿說的是，難怪張儀要在下放走無疆，原為奪此頭功！」

「再問將軍，」陳軫接道，「和魏滅越，謀出於何人？困越絕糧，圍而不打，計出於何人？」

「這……」昭陽臉色微變。

「還有……」陳軫緊追不放，「這一年之中，何人常伴陛下？殿下身邊，何人常隨左右？」

昭陽臉色大變。

「將軍再想，將軍奮鬥數年，究竟在為什麼？張儀棄越赴楚，建此奇功，難道只為

這一區區的客卿之位？」

昭陽倒吸一口涼氣，冷汗直出，急抬頭道：「上卿有何妙計，快快教我！」

陳軫趨前，在昭陽耳邊私語有頃，昭陽連連點頭：「嗯，上卿之計果是絕妙，在下這就動身，面奏陛下！」

陳軫退回原位，拱手道：「在下恭候佳音！」

陳軫辭後，昭陽一刻不敢耽擱，備車朝東馳去，於翌日黃昏趕至龜峰山，聞報楚王從東陵塞凱旋而歸，急迎上去。沒走多遠，果見威王車隊轔轔而來，忙將車馬驅至道旁，跪叩於地。

楚威王聞報，喝叫停車，喜道：「昭愛卿免禮！快上車來，與寡人同輦！」

昭陽謝過，跳上王輦，將陪尾山戰事扼要講述一遍，尤其提到只圍不攻，以饅頭、米飯代替刀槍的新式戰法，迫使阮應龍自殺，越人全部投降。末了，昭陽說道：「微臣已安排景將軍、屈將軍等撥糧十萬石，將越人二十等分，每五千人一營，遷往一地，使他們彼此分開，以免作亂！」

這些措施皆是張儀戰前與他擬定好的，此時經昭陽之口說出，效果就全變了，所有功勞盡被他攬於一人之手。

「嗯，」威王讚嘆有加，「愛卿如此處置，寡人甚慰。無疆逆天背道，自絕越祠，所有越人自也就是寡人的子民，能少殺一個，就少殺一個！經此一冬，這些越人定也餓壞了，你這樣安排，必能服心！」

「謝陛下褒獎！」昭陽抱拳謝過，輕聲問道，「敢問陛下，怎麼不見張子呢？」

「張愛卿在東陵塞籌備葬禮呢！」

「葬禮?什麼葬禮?」

威王將無疆之死約略說完，嘆道：「唉，寡人原以為越王無疆是個莽漢，不想竟也是個明白人。寡人念他俠腸鐵骨，詔令張愛卿以王侯之禮厚葬！」

昭陽略怔一下：「如何厚葬?」

「據張愛卿說，無疆曾經提過兩個夙願，一是死於高手劍下，二是葬於大海深處。他的第一願已經實現，他的第二願，寡人也已准允他了！」

昭陽想了一下：「陛下是想讓張子前往甬東?」

威王點了點頭。

昭陽長出一口氣，再次抱拳道：「微臣也是為此急見陛下的！」

「哦?」威王略顯驚訝，「愛卿請講！」

「我雖殲滅越軍，只能說是功成一半。越地廣袤，越民蠻悍，無疆雖死，其子仍在。陛下雖服越人，其心未服，微臣恐其日後有變！」

「愛卿所言甚是，」威王聽到是這事，當下鬆出一口氣，「不過，愛卿所慮，張子早已想到了。這幾日來，張子與寡人日日商議治越之事，計畫將越地一分為三，設江東郡、會稽郡、南越郡，厚葬越王，輕徭薄賦以安撫越人！」

昭陽暗吃一驚：「陛下意下如何?」

「寡人深以為善，已准允他了！怎麼，愛卿可有異議?」

「陛下聖斷，微臣並無異議，只是……微臣以為，眼下就將越地一分為三，不利於協調。微臣以為，陛下最好循序漸進，暫不分郡，先設會稽一郡，待越地徹底平復，再分而治之！」

「嗯，」威王點頭道，「愛卿所言甚是，越人未治先分，心必不服，不服，或生禍亂！寡人准你所奏，暫設會稽一郡！」

「陛下聖明！敢問陛下欲使何人為會稽令？」

「以愛卿之見，可使何人？」

「非張子不可！」

威王不無讚許地點了點頭。

「陛下，眼下越人群龍無首，最易安撫，時不我待啊！」

威王閉目沉思有頃，轉對內臣：「停車，召太子來！」

不一會兒，站在王輦後面一輛戰車上的太子槐跳下戰車，急步走至，朝威王拜道：「兒臣叩見父王！」

「傳旨，在越地設會稽郡，封張儀為會稽令，封景翠為守丞，刻日起兵，招撫越人！」

「兒臣領旨！」

旬日之後，在郢城一側的江水岸邊，一溜並排數十艘戰船，船上旗號林立，遠遠可見「會稽令」、「張」、「景」等字。

張儀、景翠別過前來送行的太子槐、昭陽、屈武等人，率大軍八萬，分舟、陸兩路向越地進發。

【第三十四章】

趙肅侯託國十齡童
奉陽君塞耳聽大賢

趙國都城邯鄲的東南隅有一處萬畝見方的水澤，水面浩瀚，名曰洪澤，距趙國宮城三里左右。澤邊有土山，趙室先君在土山上築一別宮，名之曰洪波臺。

二月陽春，正是萬物復甦、乍暖還寒時節。趙肅侯興致勃發，在宦者令鞏澤的陪伴下移駕洪波臺賞春觀波。不料剛剛住下，未及賞遊，就有一人匆匆上臺，呈送鞏澤一份密報。鞏澤見是趙、燕邊境發來的急報，立即稟報肅侯。肅侯拆開一看，面色立變，復將密報遞予鞏澤。

鞏澤細細讀完，思忖一會兒，小聲問道：「君上，臣實在看不明白，趙、燕一向睦鄰，中山近日也無異動，相國大人為何頻調大兵，陳於代地？六萬大軍，不是小數呢！」

肅侯眉頭緊皺，面色冷凝，有頃，緩緩說道：「不只這個！近來他與燕國公子武成君互有信使，交往不斷。看樣子，趙成沉不住了！」

「君上？」

肅侯閉眼又是一番長思，冷笑一聲，微微睜眼：「召太醫！」

「臣領旨！」

*　　　　*　　　　*

洪波臺上森嚴壁壘。

一隊甲士護衛一輛八駟大車自西馳來，在臺前停下。趙肅侯三弟、相國奉陽君趙成跳下車子，擺手止住從人，疾步登上通往洪波臺的臺階。肅侯八弟公子范下階迎入，導引奉陽君直趨肅侯寢宮。

肅侯躺在龍榻上，面色通紅，兩眼緊閉，手臂微微痙攣。幾個太醫表情嚴肅地跪在

榻前，一個中年太醫將包著冰塊的裹帶敷在肅侯額頭，一個花白鬍子的老太醫聚精會神地將手搭在肅侯的脈搏上。肅侯四弟、安陽君公子刻跪於榻前，神色緊張地望著老太醫。

過有一會兒，老太醫鬆開脈搏，步至外廳。安陽君緊跟出來，正欲問話，見公子范引奉陽君急步走入，趕忙拱手相迎。

奉陽君顧不上回禮，照頭問道：「四弟，君兄怎麼了？」

安陽君搖了搖頭：「聽說君兄病倒，小弟這也剛到！」

「這……」奉陽君略怔一下，「君兄前日還好好的，怎麼說病就病倒了呢？」目光轉向老太醫，「快說，君上何病？」

「回稟相國，」老太醫拱手揖道，「君上脈相虛浮，六經不調，寒熱相生，時迷時醒，據老奴所知，當是厥陰症！」

「厥陰症？」奉陽君眉頭微皺，「何為厥陰症？」

安陽君解釋道：「厥陰症就是傷寒！」

奉陽君白老太醫一眼：「傷寒就是傷寒，什麼厥陰厥陽的，故弄玄虛！」

「老奴知罪！」

奉陽君急問：「此病……沒有大礙吧？」

「若在七日之內退去高熱，當無大礙！」

「嗯，」奉陽君面色陰鬱，微微點頭，「知道了，快開方子去！」

老太醫應聲「喏」，起身至一旁的几案上寫方。就在此時，鞏澤從內室走出，朝奉陽君、安陽君揖道：「兩位大人，君上有請！」

公子范見肅侯沒有宣他，臉色陡然一沉，不無尷尬地走出殿門，揚長而去。奉陽君、安陽君跟著翟澤趨入內室，在肅侯榻前叩道：「臣弟叩見君兄，祝君兄龍體安康！」

趙肅侯朝二人苦笑一下，顫著兩手，指了指旁邊的席位：「二位賢弟，請坐！」

二人卻不動彈，互望一眼，仍舊跪叩於地。

趙肅侯轉對翟澤：「宣雍兒！」

不一會兒，翟澤領著年僅十歲的太子雍緊步趨入。太子雍幾步撲至榻上，跪地泣道：「君父——」

趙肅侯伸手撫摸太子雍的腦袋，緩緩說道：「雍兒，來，給二位公叔跪下！」

趙雍起身，朝奉陽君、安陽君跪下，叩道：「雍兒叩見兩位公叔！」

安陽君伸手扶起趙雍：「雍兒免禮！」

「兩位賢弟，」趙肅侯望著兩個弟弟，再次苦笑一聲，緩緩說道，「寡人這身子原跟鐵板似的，誰知這……說不行可就不行了，唉，此所謂『天有不測風雲，人有旦夕福禍』啊！」

奉陽君叩道：「君兄只不過是一時之恙，萬不可存此念想！」

「唉，」肅侯又嘆一聲，「謝賢弟吉言了。兩位賢弟，寡人的身子，寡人知曉。今召兩位賢弟來，是有要事相託！」

奉陽君、安陽君再拜於地：「臣弟聽旨！」

趙肅侯輕輕咳嗽一聲：「看來，寡人此病一時三刻是好不了的。寡人忖思，待過幾日，暫由雍兒臨朝，煩勞兩位賢弟操持！」不及二人回話，將目光望向奉陽君，「三弟！」

奉陽君叩道：「臣弟在！」

「朝中諸事，你就多操心了！」

「臣弟領旨！」

趙肅侯將頭轉向安陽君：「宮中諸事，這也拜託四弟了！」

安陽君泣拜：「臣弟領旨！」

「去吧，寡人困了！」

二人叩安告辭，走下洪波臺。奉陽君別過安陽君，快馬加鞭趕回府中，邊脫朝服邊衝跟腳而進的家宰申孫道：「速召公子范、御史、司徒、五大夫、司寇諸位大人來府議事！」

「奴才遵命！」申孫口中應過，腿卻不動，「啟稟主公，有貴客到訪！」

「來者何人？」

申孫湊前一步，在他耳邊低語數聲，奉陽君急道：「哦，是季子，快請！」

申孫出去，不一會兒，外面走進一人，跪地叩道：「燕人季青叩見相國！」

奉陽君拱手揖道：「季子免禮，坐！」

季青再拜謝過，起身於客位坐下，從懷中摸出一封密信，雙手呈上：「主公親書一封，請相國惠閱！」

奉陽君接過書信，拆開信封，細細讀過。季青忖其讀完，接道：「在下臨行之際，主公再三叮囑，要在下懇請相國，再加兵馬於代，越多越好！」

奉陽君沉思良久，點頭道：「本府知道了。你可轉告公子，本府許他信中所託，也望他大功成後莫忘承諾！」

季青起身再拜：「在下定向主公轉達相國金言！」

* * *

趙肅侯病重、託國於稚子一事，早被秦國黑雕探個明白，飛馬報知秦宮。惠文公思忖有頃，急召公孫衍、樗里疾、司馬錯、甘茂諸臣進宮，同時召請與趙人有過多年交道的公叔嬴虔，共議趙宮劇變。

「諸位愛卿，」惠文公開門見山，「幾日前趙語突發惡疾，太子雍臨朝主政，國事盡託於奉陽君與安陽君……」頓住話頭，目光掃過眾人，落在嬴虔身上，微微一笑，「知趙國者，莫過於公叔了，還是由公叔說吧！」

「你說啥？公叔聽不清，請君上大聲一點！」自不問朝事之後，僅只幾年工夫，嬴虔似是老了許多，耳朵也背了，傾身湊上前來，大聲問道。

望著公叔的花白頭髮，惠文公心裡一酸，趨身向前，在他耳邊大聲道：「趙語生病了，太子主政，國事盡託於奉陽君，駟兒這想聽聽公叔有啥想法？」

「哦？」嬴虔眼睛一亮，「你說趙語他……病了？」沉思有頃，連連點頭，「嗯，好好好，此人生病，晉陽可得矣！」

「請問公叔，如何可得？」

「十幾年前敬侯駕崩，趙語繼位，公子渫不服，串通趙成謀逆。趙成見公子渫不足以成事，舉事前倒戈，向趙語洩渫之謀。渫見事洩，倉促亡鄭，不久被人追殺。經這麼一倒騰，趙成非但無過，反而有功，被趙語封為奉陽君，拜為相國，權傾朝野。趙成在趙一手遮天，早生謀位之心，今日天賜良機，必不坐失。若是不出公叔所料，趙宮必生內亂！趙宮一旦內亂，我則有機可乘矣！」

「嗯，」公孫衍點頭道，「微臣贊同太傅所言！若得晉陽，我們就可在河東紮下根基，北逼趙、燕，西迫義渠，南壓魏之河東！」

「唉，」嬴虔望惠文公長嘆一聲，「君上，說起晉陽，歷代先君，從穆公到孝公，都曾伐過。遠的不說，單自獻公以來，秦、趙在此已血戰三場，我雖二勝，城卻未拔！」

惠文公抬起頭來，不無堅定地掃視眾臣一眼，語調雖緩，卻字字有力：「寡人欲得此城，諸位愛卿可有妙計？」

眾人陷入深思。有頃，公孫衍抬頭：「臣有一計，此城或可唾手而得！」

「哦？」惠文公抬頭望向他，「愛卿請講！」

「據微臣探知，燕公長子公子魚屯兵於下都武陽，圖謀大位。近年來，奉陽君暗結公子魚，以圍逼中山為藉口，調大軍六萬，兵分兩路，一路屯於武遂，一路入代，出泰戲山，直逼武陽，欲助公子魚奪太子之位。趙人陳大兵於境，自也引起燕人警覺，燕公親使大將子之領兵六萬，分兵拒之，以備不測！」

「這……」司馬錯撓了撓頭皮，「敢問大良造，奉陽君為何欲助公子魚奪位？」

「公子魚一旦執掌燕柄，定會舉國聽命於奉陽君。奉陽君若得燕人助力，就可逼宮了！」

「此言差矣！」司馬錯駁道，「奉陽君既然權傾朝野，官員任免、邊塞防務必決於他。此人若想逼宮，直接調兵圍攻邯鄲就是，何須借助燕人？」

公孫衍卻不睬他，只將目光轉向惠文公，緩緩說道：「君上，既然趙侯龍體……」打住不說了。

惠文公眼中一亮，陷入深思，有頃，抬頭望向樗里疾：「嗯，公孫愛卿所言甚是，秦、趙一衣帶水，休戚與共。趙侯龍體有恙，寡人自當問安才是！」轉向樗里疾，「樗里愛卿，你準備一下，問聘邯鄲，代寡人向趙侯請安！」

樗里疾似也心領神會：「微臣領旨！」

* * *

在宮中太醫的「全力搶救」下，肅侯終於挺過頭七日，性命雖是無虞，仍是不見康復，時而「盜汗、胸悶、咳痰」，龍體日見消瘦。太醫幾番診視，斷為「癆症」，不讓見風，只讓在內宮靜養。太子趙雍與生母田夫人（齊王田因齊胞妹）日夜守候在洪波臺裡，半步不離肅侯。又過十餘日，肅侯病情「略有好轉」，吩咐廷尉肥義、宦者令鞏澤安排趙雍臨朝理政。

翌日晨起，上朝鐘聲響起，太子雍誠惶誠恐地在鞏澤的陪伴下登臨主位。趙雍從龍位上俯視下去，竟見偌大的信宮裡只跪候安陽君公子刻、廷尉肥義、中大夫樓緩、御史等十幾個朝臣。這日是大朝，按理說中大夫以上朝臣均應上朝，少說當有三、四十人。趙雍心頭一沉，正不知說什麼好，站在身後的鞏澤輕咳一聲。這是事先排演好的，趙雍也就學著肅侯的聲音緩緩說道：「諸位愛卿，平身！」

眾卿謝過，起身回到各自的席前，盤坐下來。趙雍掃視一眼，見朝堂上二十餘個空位擺在那兒，臉上終是掛不住，轉向鞏澤大聲問道：「今日大朝之事，可都傳諭眾卿了嗎？」

鞏澤躬身奏道：「回稟殿下，老奴昨日已經傳諭中大夫以上諸臣了！」

趙雍陰黑著臉轉向安陽君，佯作不懂的樣子，指著奉陽君的首席空位問道：「四叔公，今日雍兒臨朝，三叔公為何不來呢？」

安陽君拱手奏道：「回稟殿下，微臣不知！」

趙雍將目光轉向廷尉肥義，又轉向中大夫樓緩，二人亦無應聲。正自冷場，御史起身叩道：「啟奏殿下，相國昨日偶感風寒，臥病在榻，無法上朝，特託微臣奏報殿下！」

「其他眾卿呢？」趙雍將小手指向其他空位，「他們也都風寒了？」

御史不再作聲。

趙雍正欲再問，樓緩拱手奏道：「回稟殿下，既然是相國大人貴體有恙，眾卿必是探視去了！」

趙雍臉色紅漲，正欲責怪，站在他身後的蛩澤急用膝蓋輕輕頂了一下他的後背，趙雍會意，忍住火氣，屏息有頃，改口笑道：「既然是三叔公有恙，眾卿當去探視！廷尉？」

肥義跨前一步：「微臣在！」

「退朝之後，本宮也欲探望三叔公，你安排吧！」

「微臣遵命！」

趙雍抬頭望向眾臣：「君父龍體欠安，本宮暫代君父臨政，諸位愛卿可有奏本？」

樓緩拱手啟奏：「啟奏殿下，秦國使臣樗里疾來朝，正在殿外候見！」

趙雍微微點頭：「宣秦使上朝！」

不一會兒，樗里疾走上朝堂，叩道：「秦公特使樗里疾叩見殿下！」

趙雍擺手道：「秦使免禮！」

「謝殿下隆恩！」樗里疾再拜，「秦公聽聞趙侯龍體欠安，特備薄禮一份，使微臣前來問聘，恭祝趙侯早日康復，萬壽無疆！」雙手呈上禮單，蛩澤接過，呈予趙雍。

趙雍掃過一眼，將禮單置於几上，抬頭望向樗里疾：「趙雍代君父謝秦公美意，順祝秦公萬安！」

「微臣定將殿下吉言轉呈君上。秦公還有一請，望殿下垂聽！」

「趙雍恭聽！」

「秦、趙一衣帶水，脣齒相依，和則俱興，爭則俱傷。今暴魏失道，龐涓肆虐，鄰邦無不以虎狼視之。秦公欲與趙室睦鄰盟誓，共伐無道之魏，懇請殿下恩准！」

趙雍思忖有頃，將目光轉向安陽君，安陽君朝奉陽君的空位呶一呶嘴，趙雍會意，轉對樗里疾道：「秦、趙睦鄰結盟，當是趙國幸事，本宮可以定下。共伐強魏一事，關乎趙國安危，本宮稚嫩，不能擅專，請秦使暫回館驛安歇，待本宮朝議過後，稟過相國，奏明君父，再行決斷！」

看到趙雍小小年紀，初次臨朝，竟能應對得體，樗里疾大是驚異，免不得朝他多看幾眼，點了點頭，伏身再拜：「微臣恭候佳音！」

* * *

奉陽君府的龐大客廳裡，文武百官及抬著禮物的僕從進進出出，申孫笑容可掬，點頭哈腰地站在廳門處迎來送往。

將近午時，府中客人漸少。申孫打個懶腰，正欲尋個地方坐下稍歇，河間令申寶使人抬著一個大禮箱走進院中。申孫哈腰再迎上去，剛要揖禮，卻見申寶撲通一聲跪下，在地上朝他連拜數拜。申孫大吃一驚，飛身上前扶起，急道：「申大人，這這這……主公不在此處，在下何敢受申大人如此大禮？」

申寶起身，朝申孫再揖一躬，一本正經地說：「家老客氣了！天下申門無二姓，下

官聽聞家老宗祠原在楚地，就知家老必是打申地來的。下官祖上也在申地，今兒在此斗膽攀親，與家老也算是同門同宗了。按照申門輩分，下官當是孫輩，孫輩見了祖輩，莫說是個響頭，縱使三拜九叩，也是該的！」

申孫呵呵笑道：「不瞞大人，自申國絕祠，申氏一門四散五裂，滿天下都是了。不究怎說，但凡姓申的，一見面就是親人。不久前韓相申不害過世，在下還使人前往弔唁呢！」

申寶揖道：「家老能認下官，真是下官的福分！」從袖中摸出禮單，雙手呈上，「聽聞相國貴體有恙，下官甚是憂慮，昨夜一宵未眠，今兒一大早，在下四處採辦這點薄禮，不成敬意，只盼相國大人能夠早日康復！」

申孫接過禮單，略掃一眼，心頭一怔，抬眼瞟向禮箱。申寶忙站起來，走至箱前，打開箱蓋，裡面現出一排排的金錠。

申孫斂起笑臉，臉色微沉，轉對申寶，不慍不火地說：「說吧，一家子的，你送如此厚禮，想是有所欲求了！」

申寶賠笑道：「家老有問，下官亦不敢有瞞。下官家廟、父老盡在晉陽，如今父母年事已高，下官甚想調回晉陽，一來為國盡職，二來也好全個孝道。下官不才，這點私念，還望家老看在先祖面上，予以成全！」

「我說你個中大人哪！」申孫面色稍懈，重現一笑，攤開兩手道，「晉陽是趙國根基，君上陪都，豈是誰想去就能去的？再說，以大人之才，河間令已是足任，大人此來，一張口就是晉陽令，豈不是讓主公為難嗎？」

申寶從袖中再次摸出一只錦盒，雙手呈上。申孫接過，打開錦盒一看，裡面是一只工藝考究的玉碗，抬頭望著申寶笑道：「嗯，是個寶物！哪兒來的？」

申寶低聲道：「此為下官祖傳之物，是特意孝敬家老大人的！」

「這……」申孫臉上現出為難之色，將錦盒闔上，遞還過來，「此碗既為申大人鎮宅之寶，在下安敢奪愛？」

申寶兩腿一彎，跪地又叩：「家老若是不受，下官就不起來了！」

申孫收起錦盒，輕嘆一聲：「唉，申大人如此客氣，在下只好收下！不過……」將錦盒納入袖中，彎腰扶起申寶，「大人所求之事，在下雖可盡力，但成與不成，還要看大人的造化！」

申寶連連拱手：「下官謝家老栽培！」

申寶走後，申孫又候一時，看到再無客人，吩咐僕從清點禮品和禮金，安排入庫，自己親手整出一個清單，納入袖中，抬腿走向後花園。

後花園的東北角有一片竹林，竹林裡隱著一處密宅，宅邊是個荷花池，只是眼下時令不到，荷葉尚未露頭，水面上冷冷清清，一眼望去，多少有點落寞。門楣上是奉陽君親筆題寫的三個大字——聽雨閣。這兒安靜、空暢，既是奉陽君的書齋，也是他私會友人的地方。

廳堂正中，奉陽君閉目端坐，公子范、左師、司徒、趙宮內史等七、八個朝臣侍坐於側，御史正在繪聲繪色地講述這日的朝堂情勢。

侍御史收住話頭，公子范喜不自禁，對奉陽君大笑道：「哈哈哈哈，果然不出小弟所料，只要君兄不去上朝，朝堂之上就不會有人！」

眾臣皆笑起來。

司徒附和道：「公子所言極是，朝中百官，沒有不聽主公的！」

見眾人止住笑，奉陽君輕輕咳嗽一聲，掃眾人一眼，目光落在御史身上：「安陽君沒說什麼？」

「回主公的話，」御史拱手道，「說了！殿下詢問主公為何不來上朝，安陽君說，」略頓一下，輕咳一聲，學舌安陽君，「『回稟殿下，微臣不知！』」

因他學得極像，眾人復笑起來。奉陽君再次擺手，探身急問：「後來呢？」

御史搖了搖頭：「後來就不吱聲了。微臣見朝堂冷場，這才稟報主公偶感風寒，貴體欠安之事，殿下當即吩咐肥義前去安排，說要親來探視主公！」

「哦？」奉陽君一怔，探身問道，「殿下何時前來探視？」

「微臣不知，想是後晌吧！」

奉陽君思忖一時，點頭道：「嗯，他能來更好！」轉對公子范，「八弟，我威逼中山，引起燕人不滿，燕公已派大將子之引三軍六萬備我，我想再調晉陽守軍兩萬協防代郡，鎮住燕人。待會兒殿下來，我就向他討要虎符，八弟親走一趟晉陽，不知意下如何？」

「舍弟謹聽三兄！」

「還有，」奉陽君從袖中摸出一道諭旨，遞給公子范，「到代郡之後，你可傳我口諭，暫攝主將之位，節制三軍。待大事成日，趙國大將軍之職就由八弟繼任！」

聽到奉陽君委此重任，公子范激動得聲音都有些沙啞，跪地叩道：「微臣領旨！」

奉陽君親手將他扶起：「八弟快起！」轉向旁側的一個宦臣，「君上近日如何？」

宦臣顯然是特意從洪波臺趕來的，見奉陽君問他，忙拱手道：「回主公的話，君上高燒未癒，這又患上癆症，聽太醫說，至少還要靜養三月！癆症甚是嬌氣，看那樣子，奴婢在想，君上怕是走不下洪波臺了！」

「三個月？」奉陽君捋鬚有頃，點頭道，「嗯，能有這點時間，也就夠了！」抬頭對眾人，「諸位愛卿，爾等各回府中，自今日起，務要謹小慎微，靜候本公旨意，不可擅發議論，不許捅出亂子。待大事定日，本公自有厚報！」

眾臣叩道：「微臣領旨！」

眾人退出，奉陽君又坐一時，緩步走出戶外，對著荷花池裡零星散布的殘枝敗葉凝視有頃，開始活動腿腳。就在此時，申孫打遠處走來。奉陽君見他走到跟前，停下腿腳，問道：「客人都來過了？」

申孫點了點頭，從袖中摸出一個帳簿，雙手呈上：「回稟主公，下大夫不說，中大夫以上大人計二十四員，這是禮單！」

奉陽君接過禮單，一邊翻閱，一邊說道：「你去擬個條陳，凡上此單之人，可視原職大小，晉爵一級。沒有實職的，補他實缺！」

「老奴已擬好了！」申孫說著，從袖中又摸一塊絲帛，雙手呈上。

奉陽君接過，看也未看，順手納入袖中，仍舊翻那帳簿。翻至最後，奉陽君的目光突然凝住，轉向申孫：「二百五十金？這個申寶是誰？為何送此大禮？」

「回主公的話，此人原係肥義手下參將，見主公勢盛，去年託司徒門路投在主公麾下。今見主公有恙，藉機再表忠誠而已！」

「嗯，」奉陽君點了點頭，「我想起來了。好像已升他什麼令了？」

「河間令！」

「對對對，是河間令！他幹得如何？」

「老奴探過了。河間原本盜匪叢生，僅此一年，聽說已是路不拾遺，夜不閉戶了！」

「哦？」奉陽君點了點頭，「果真如此，此人倒是奇才，可堪一用！」

「主公聖明！」申孫忙道，「此人不但是個人才，對主公更是忠誠不貳。依奴才之見，可否讓他守駐晉陽？」

「晉陽？」奉陽君微微皺眉，「河間不過一個縣邑，晉陽卻是邊疆大郡，統轄四縣八邑。若用此人，總得有個說法。再說，萬一有失，豈不誤了本公大事？」

申孫眼珠一轉：「正是因為晉陽是大郡，主公更須倚重可靠之人！」湊近一步，聲音壓低，「晉陽守丞趙豹向來不服主公，申寶若去……」

「好吧，」奉陽君約略一想，點頭允道，「先使他到晉陽做一年都尉，俟有功績，再行升拔！你可吩咐申寶，要他多睜一隻眼，不可與趙豹硬爭，只要做到心中有數就行！」

「老奴遵命！」

申孫的話音剛落，前堂主事飛也似地跑來，跪地稟道：「報，殿……殿下來了！」

奉陽君一怔，急對申孫道：「去，迎殿下入堂，一刻過後，帶他前去寢宮！」

申孫領命而去。一刻過後，在申孫的引領下，廷尉肥義陪太子雍逕去奉陽君的寢宮，進門就見奉陽君斜躺在床榻上，頭上纏一白巾，榻前放著一只藥碗，碗中是半碗湯藥。

申孫唱道：「殿下駕到！」

太子雍、肥義走進，房中眾僕跪地迎候，奉陽君吃力地撐起一隻胳膊，看那樣子是想下榻行禮，太子雍急步上前，扶他躺下。

奉陽君欠身拱了拱手，苦笑一聲：「雍兒，三叔公這……」

太子雍坐在榻沿，望著奉陽君道：「聽聞三叔公貴體欠安，雍兒急壞了，下朝即來探看！三叔公，這陣兒您好些了吧？」

奉陽君再次苦笑一聲：「謝殿下惦念。些微風寒，不礙大事！」

太子雍泣淚道：「君父臥榻不起，雍兒少不更事，朝中大事唯倚三叔公和四叔公，誰想三叔公您也……」

奉陽君神色微凜，故作不知：「聽殿下語氣，朝中有事了？」

太子雍拿袖拭去淚水，點頭道：「秦使樗里疾來朝，欲與我結盟伐魏。結盟伐國，均是大事，雍兒不知如何應對，還望三叔公定奪！」

「哦？」奉陽君佯作不知，驚訝地說，「秦人又來結盟伐魏了，安陽君可有應策？」

太子雍搖了搖頭：「雍兒詢問四叔公，四叔公說，典章禮儀、宮中諸事、柴米油鹽可以問他，邦交伐國、外邑吏員任免，當問三叔公！」

奉陽君心中不禁一顫，因為太子雍此話，無疑是在向他申明權限。他雖為相國，卻只掌管趙國外政，趙國內政，尤其是三司府，即司徒、司空、司馬三府，直接由安陽君節制，趙肅侯始終不讓他插手。近年來司徒雖說投在他的門下，然而，若無安陽君的封印，他連一車糧米也不敢動用，否則，就是謀逆之罪。

奉陽君迅速鎮定下來，輕嘆一聲：「唉，君兄讓我與你四叔公共輔殿下，不想一遇棘手之事，你的四叔公竟然推個一乾二淨，自己去圖清閒！」

太子雍長揖至地：「國中大事，有勞三叔公了！」

「唉，」奉陽君又嘆一聲，「如此看來，也只有三叔公勉為其難了！」伸手摸碗，太子雍順手端起，捧至奉陽君手中。奉陽君輕啜幾口，拿袖子抿下嘴唇，「殿下，要叫三叔公說，秦人最不可信！眼下大敵，不是魏人，而是中山。近幾年來，中山招兵買馬，屯糧積草，暗結魏、齊，擾我邊民，如果任其坐大，我將如鯁在喉，寢食難安啊！」

太子雍面呈憂慮：「三叔公意下如何？」

「魏、齊扶持中山，欲借中山之力擠兌趙、燕。三叔公以為，殿下可許秦人睦鄰，暫解西北邊患，而後調晉陽守軍入代，威服中山！」

肥義又是咳嗽，又是踩太子雍的腳尖，太子雍假作不知，當即允道：「就依三叔公！」

「只是，」奉陽君遲疑一下，「調防邊地守軍必驗虎符，虎符又由君上親掌。眼下軍情緊急，君上卻……」

太子雍點頭道：「三叔公勿憂。既然軍情緊急，雍兒回去即奏請君父，討來虎符，交予三叔公就是！」

「如此甚好！」奉陽君長出一口氣，從枕下摸出一個長長的名單，「還有，這是一些吏員的職缺調防，也請殿下准允！」

太子雍接過名單，細細審看一陣，微微一笑，將單子放下：「此為三叔公職內之事，不必奏請，自去辦理就是！若需雍兒印鑑，三叔公可使人至信宮加蓋！」

奉陽君沒有料到太子雍如此爽快地答應了他的所有請求，稍稍一怔，欠身謝道：「老臣謹聽殿下！」

太子雍亦起身道：「三叔公身體不適，雍兒就不多擾了！」

奉陽君再欠一下身子：「殿下慢走！」
返宮途中，肥義兩腿夾馬，緊趕幾步，與太子車乘並齊，大聲問道：「殿下，晉陽守軍怎能擅自調離呢？」
趙雍掃一眼肥義：「為何不能調離？」
「殿下！」肥義急道，「晉陽為河東重鎮，趙國根基，斷不可失啊！」
「豈有此理！」趙雍瞪他一眼，「三叔公久治國事，難道連這點道理也不知嗎？」
「哼，什麼久治國事！」肥義不服，強自辯道，「相國此舉根本就是包藏禍心！殿下看出來沒，奉陽君他……壓根就是裝病！」
趙雍似是沒有聽見，反問肥義：「你認識一個叫申寶的人嗎？」
「認識！」肥義應道，「三年前，此人曾在末將手下做過參軍！」
「哦？」趙雍似是不無好奇，「此人如何？」
肥義從鼻孔裡哼出一聲：「小人一個！只要給金子，連親娘老子他都敢賣！不過，此人也是精怪，見在微臣身邊沒有出路，就去舔奉陽君家宰申孫的屁股，竟然真還升了官，當上縣令了！怎麼，殿下問他何事？」
趙雍心中咯登一沉，面上卻是不動聲色，淡淡說道：「此人又升官了，是晉陽都尉！」
肥義一下子呆了，大睜兩眼望向趙雍，正欲詢問，趙雍淡淡一笑，吩咐他道：「廷尉大人，你若是不放心此人，可以安排幾個人，看看他究竟在幹什麼？」
肥義一下子明白了趙雍的用意，點頭應允。回到宮裡，天色已暗，肥義召來一個中尉，要他領人喬裝改扮，盯住申寶。

申寶在邯鄲有一處宅院，中尉幾個剛到那兒，遠遠望見申寶跳上軺車，一溜煙而去。因在城中，馬車走得並不快，中尉留下一人守住宅院，與另外兩人急跟上去。

申寶的軺車連拐幾個彎，在一家客棧前停下。三人上前，見匾額上寫的是「夜來香客棧」，裡面燈火輝煌，甚是熱鬧。中尉又留一人在外，與一人緊跟進去，已不見申寶。小二迎上，笑著招呼道：「客官可要住店？」

中尉從袖中摸出一枚刀幣，塞給小二，悄聲問道：「方才那人何處去了？」

小二接過刀幣，探他一眼，悄聲問道：「客官問的可是申爺？」

中尉點了點頭。

「請隨我來！」

小二領著中尉步入後院，拐過一個彎，指著一進院子，悄聲道：「客官要找申爺，可進那個院裡！小人告辭！」

中尉點了點頭，見小二走遠，指著牆角對從人道：「你守在這兒，有人進來就咳嗽一聲！」言訖，躡手躡腳地走近那進院子，在門口停下。

房門緊緊關著。中尉抬眼四顧，見旁有矮牆，縱身一躍，飛身上去，小心翼翼地爬上屋頂，沿屋頂移至小院，望見客廳裡燈光明亮，申寶與一人相對而坐，各舉酒爵。旁站一人，顯然是那人的僕從。

不一會兒，那人舉爵賀道：「在下恭賀申大人榮升晉陽都尉！」

申寶亦舉爵道：「若不是特使大人解囊相贈，在下何來今日？」

聽到「特使」二字，中尉陡然意識到那人是秦國特使樗里疾，大吃一驚，屏住呼吸，急忙伏在瓦上，側耳細聽。

樗里疾笑道：「申大人客氣了！以尹大人之才，晉陽都尉一職，已是屈了！待大事成就，在下一定奏請秦公，封大人為河東郡守，統領河東防務！」

申寶眼睛睜圓，放下酒爵，起身拜道：「只怕在下才疏學淺，難當大任！」

樗里疾起身，親手扶他：「申大人客氣了！大人之才，莫說是在下，縱使秦公，也早聽說了。在下此來，也是慕名求請啊！」

申寶又拜幾拜：「謝秦公抬愛！謝上大夫提攜！」

* * *

在通往邯鄲的鄉野小道上，風塵僕僕的蘇秦邁開大步，邊走邊啃乾糧。蘇秦連啃幾口，從身上摘下一個葫蘆，打開塞子，咕嚕咕嚕連灌幾口涼水，將塞子復又塞上。

正走之間，蘇秦突然頓住腳步，蹲下身去，脫下小喜為他做的最後一雙布鞋，拿在手裡端詳一陣，見鞋底已經完全磨穿，苦笑一下，搖了搖頭，啪的一聲甩到旁邊的草叢裡，從背囊裡取下一雙草鞋穿上，試走幾步，邁開大步繼續前行。

走有兩個時辰，蘇秦拐入一條大道，路上行人漸多起來。蘇秦抬頭望去，見遠方現出一道城牆和一座甚是雄偉的城門，知是邯鄲，咧開大嘴笑了。

蘇秦加快步子，不消半個時辰，已抵達邯鄲南門。門大開著，等候進城的人排成長龍，等待守卒盤查。因去年曾經來過這兒，蘇秦熟門熟路，不費任何周折就通過了盤查，信步走在邯鄲的大街上。

蘇秦沿街走向趙宮方向，將近宮城時，蘇秦放慢腳步，兩眼瞄向兩旁的客棧，希望能尋到一家便宜點的。

正在此時，一個賣燒餅的挑著擔子照面走來，邊走邊唱：「賣燒餅嘍，正宗鄭記燒餅，香脆麻辣，一個銅板兩隻，不好吃退錢！」

燒餅的香味吸住了蘇秦。他走上前去，想也不想，從袖中摸出一枚銅板：「賣燒餅的，來兩隻！」

賣燒餅的接過銅板，拿出兩隻燒餅。蘇秦顯然餓壞了，轉身就是一口。不料剛走幾步，賣燒餅的突然朝他大聲叫道：「官家，請留步！」

蘇秦聽出是在叫他，趕忙頓住步子，回頭望他。賣燒餅的急步趕上，將銅板遞還給他：「官家，錢錯了！你這錢是大周銅幣，小的只收趙幣！」

蘇秦方才想起自到趙國後，尚未兌過錢幣，忙賠笑道：「賣燒餅的，在下是周人，剛至此地，身上只有周幣，沒有趙幣！」

賣燒餅的急道：「掌櫃交代，小人賣餅，只收趙幣，不收其他錢，客官這是周幣，不是趙幣，小人這餅不賣了！」

蘇秦看了看已被咬去一個大缺口的燒餅：「這……」

賣燒餅的打眼一看，頓足叫道：「這……這可如何是好？小人回去，還不被掌櫃罵死？你這客官，快賠小人的燒餅！」

大街上一起爭執，就有眾人圍觀過來。被這樣一個小商販纏上，蘇秦頗覺尷尬，站在那兒抓耳撓腮，正自苦想如何擺脫，有人從袖中摸出一枚趙幣遞給賣燒餅的：「小伙子，這是趙幣，你可以回去交代了！」

賣燒餅的接過一看，連連揖道：「小人謝官家了，謝官家了！」

蘇秦抬頭一看，又驚又喜：「賈兄！」

賈舍人揖道：「舍人見過蘇子！」

蘇秦忙還一禮，不無興奮地說：「真沒想到會在這兒遇到賈兄！」

「在下候你多時了！」賈舍人呵呵樂道，「不瞞蘇子，你一踏進南門，在下就覺得像，只是蘇子這身衣冠，在下不敢冒認，又不忍錯過，只好跟在後面。若不是遇到這樁事，在下真還吃不準呢！」

蘇秦審視一眼自己的破舊衣冠，笑道：「賈兄也以衣冠取人？」

賈舍人大笑起來：「既然是人，能無衣冠乎！」

「咦！」蘇秦似是想起什麼，收住笑容，「賈兄方才說，賈兄在此候有多時了，在下愚痴，敢問此話何解？」

賈舍人避而不答，笑問：「蘇子可有歇腳之處？」

「在下剛至邯鄲，尚未尋到可意店家！」

賈舍人手指前方：「在下寄身豐雲客棧，房舍還算寬綽。蘇子若不嫌棄，權且與在下同住如何？」

蘇秦正因囊中羞澀而犯愁下榻之處，趕忙揖道：「承蒙賈兄關照，在下恭敬不如從命了！」

賈舍人還一揖道：「蘇子，請！」

「賈兄，請！」

二人來到豐雲客棧，賈舍人引蘇秦走入自己租居的小院，安置好蘇秦的住室，召來小二，要來幾盤小菜，一罈陳酒，倒滿兩爵，舉爵道：「蘇子一路辛苦，在下聊以薄酒一爵，為蘇子接風！」

蘇秦執爵於手，卻不舉爵，問舍人道：「在下方才所問，賈兄尚未回覆呢！」

「不瞞蘇子，」賈舍人放下酒爵，緩緩說道，「自蘇子走後，秦公甚是懊悔，特使在下趕赴洛陽尋訪蘇子。旬日之前，在下尋至軒里，見到令弟蘇代，他說蘇子前一日剛走。在下問詢蘇子去向，他說你奔邯鄲來了。在下急追，竟是未能追上。在下思忖，蘇子是步行，必走小路，在下乘的是車馬，走的是大道，自是無緣碰上。在下只好快馬加鞭，先至邯鄲，住下這家客棧，日日趕至南門口守候，果真守到蘇子了！」

蘇秦舉起酒爵：「有勞賈兄了！」

賈舍人亦舉爵道：「蘇子，請飲此爵！」

二人飲畢，蘇秦放下酒爵，望著賈舍人：「看這樣子，賈兄是要在下重回咸陽嘍？」

賈舍人點了點頭：「是秦公之意。秦公要在下務必尋到蘇子，請蘇子再去咸陽，願舉國相託，以成蘇兄壯志！」

蘇秦微微一笑：「若是此說，賈兄怕是要白跑一趟了！」

賈舍人一怔：「蘇子不願再去咸陽了？」

蘇秦點頭。

賈舍人小酌一杯，輕聲嘆道：「唉，錯失蘇子，當是秦公終生之憾！」

蘇秦又是一笑：「秦公若用蘇秦，亦當是蘇秦終生之憾了！」

「哦？」賈舍人驚道，「蘇子何出此言？」

蘇秦搬起酒罈倒滿兩爵，舉爵道：「在下與秦公，志不同，道不合，何能共謀？」

「這……」賈舍人越加迷茫，「蘇子志在一統天下，秦公之志亦在一統天下，緣何卻說志不同、道不合呢？」

「賈兄有所不知，」蘇秦緩緩說道，「秦公之志只在一統，蘇秦之志，一統不過是個開啟！」

「此話怎解？」

「不瞞賈兄，」蘇秦小啜一口，眼光從賈舍人身上移開，轉向戶外，「說秦失利之後，在下冥思數月，總算悟出一條治亂正道！」

賈舍人兩眼大睜：「請問蘇子正道何在？」

蘇秦收回目光，轉望賈舍人：「賈兄可否先答在下幾問？」

「蘇子請問！」

「百家之學，皆為治亂。敢問賈兄，諸子皆欲治亂，目的何在呢？」

賈舍人思忖有頃：「使天下相安，回歸太平聖道！」

蘇秦點了點頭：「再問賈兄，如何可使天下相安？」

賈舍人略略一怔：「蘇子在咸陽時不是說過這個嗎？天下相安之道，唯有兩途，一是諸侯相安，二是天下一統！」

「是的！」蘇秦再次點頭，「在下還說過，諸侯各懷私欲，難以相安，若要治亂，天下唯有一統！」

「蘇子之論，舍人深以為是！」

「謝賈兄肯定。再問賈兄，天下七強，終將歸於誰家？」

「以蘇子在咸陽所論，天下或歸於秦！」

「正是！」蘇秦侃侃言道，「在下的確說過，未來天下，必將是齊、楚、秦三國鼎足而立，逐鹿中原，而最終得鹿者必將是秦！假使在下不幸言中，列國歸秦，四海一統，請問賈兄，這個天下真能相安嗎？太平聖道真能普施人間嗎？」

「這……」賈舍人陷入苦思。

「唉，」蘇秦眼望舍人，長嘆一聲，「現在想來，在下在咸陽時所論，實在天真！所上帝策即使成功，也是治表而不治本。表治而本不治，天下縱使一統，又有何益？」

「蘇子可否悟出治本之道？」

蘇秦凝視著面前的几案，聲音低沉而堅定：「天下不治，在於人心不治。人心不治，在於欲念橫溢。欲治天下，首治人心；欲治人心，首治亂象。治亂不過是手段，治心才是務本正道。若是我等只為治亂而治亂，只以強力統一天下，縱使成功，天下非但不治，只會更亂！」

「蘇子所言甚是，」賈舍人沉思有頃，點頭道，「天下若是只以強弱論之，這個世界真也是永無寧日！」

「是的，」蘇秦附和道，「眼下諸侯逞強紛爭，互不相讓，天下若要一統，必恃強力。以在下眼界觀天下大勢，有此強力一統天下者非秦莫屬。在下若助秦公，或成此功。然而，秦人本就崇尚武力，今又推行商君之法。在咸陽數月，在下細研商君之法，感到可怕。商君之法不行教化，毫無悲憫，唯以強力服人。假使秦人真的以此統一天下，亦必以此治理天下。如此恃強之國，毫無悲憫之人，如何能行天道？天道不行，如何能服人心？天下一統而人心不服，一統又有何益？」

賈舍人垂頭再入冥思，有頃，抬頭望向蘇秦：「看來，蘇子是要摒棄一統帝策，走諸侯相安之路了！」

蘇秦點了點頭。

「可……」賈舍人稍加遲疑，接道，「一如蘇子所言，諸侯各懷私欲，難以相安，蘇子如何才能去除他們的欲心，使他們妥協、和解、和睦相處、彼此不爭呢？」

「合縱！」

「合縱？」賈舍人一怔，「何為合縱？」

「賈兄請看，」蘇秦抬眼一掄，將几案上的碗碟盡數收起，在几案一端的兩側各擺一只大碗，邊擺邊說，「這是齊國，在東面，背後是海；這是秦國，在西面，背後是戎狄；」搬起酒罈擺在几案的另一端，「這一大片是楚國，在南面，有這麼大，占去大半江山；」拿起四盞小碟，依序擺在酒罈的北面，夾在兩個大碗之間，又在其中間隙散布些許乾棗，指著它們，「從這兒到這兒，依次是韓、魏、趙三晉，這盞碟子是燕，越國本在這兒，現在都在這只罈裡；北方諸胡、西方諸戎、南方諸夷、泗上諸侯、中山、義渠等，皆小而軟弱，難成氣候。」兩眼直勾勾地盯著案上的陣勢，好久方才抬頭，「賈兄可否看出名堂？」

賈舍人睜大眼睛，湊前一陣，又仰後一陣，仍是不得其解，搖頭道：「這是天下勢圖，舍人愚笨，看不出玄妙。何為合縱，還請蘇子指點！」

「既然賈兄謙讓，在下只好班門弄斧了。」蘇秦望著几案又審一時，侃侃說道，「方今天下，成敗只以強弱論之。強大則盛，盛必欺人；弱小則怯，怯必受欺。自春秋以降，天下攻伐數以千計，沒有一例是以弱欺強、以小凌大的。」手指几案，「賈兄看這天下大勢，齊、秦、楚三國，就如三隻猛虎，各抱地勢，伏臥於東、西、南三方。三隻猛虎中間是韓、趙、魏三晉。三晉猶如三隻餓狼，犬牙交錯，你撕我咬，唯獨燕國偏安於東北一隅！」

賈舍人又看一陣，仍是一頭霧水地望向蘇秦。

蘇秦又是一笑，緩緩說道：「天下若要長治久安，首治人心；欲治人心，首要治亂。治亂之道唯有兩途，一是一統，二是諸侯相安。一統可謂是以暴治暴，以亂治亂，雖易成功，卻是治表，不能持久。諸侯相安雖難實現，卻是治本，一旦實現，或可長治久安。」

賈舍人似是急於知道答案：「這與合縱何干？」

「賈兄若是細審此圖，」蘇秦望著勢圖，指點三晉，「不難看出天下樞紐所在。天下樞紐何在？在於三晉。賈兄細想，近百年來，天下紛爭雖頻，多在中原，所謂中原逐鹿是也。何為中原？中原也即三晉，也就是這三盞小碟子，或這三隻餓狼。三晉或與秦爭，或與齊爭，或與楚爭，或窩裡相鬥，自與自爭……」

「蘇子是說，」賈舍人恍然開悟，急不可待地接道，「合縱就是三晉合一！」

「正是！」蘇秦點頭道，「古來規制，東西為橫，南北為縱。韓、魏、趙三晉橫貫南北，區分東西，當為天下樞紐。三晉三分，就如一隻隻孤狼，任由周邊三虎欺淩。三晉縱親，三狼成群，縱使惡虎也奈何它不得！」

「妙哉！」賈舍人澈悟，喜不自禁道，「一旦三晉縱親，秦不敢東犯，齊不敢西趨，楚不敢北向，秦、齊遠隔三晉，欲爭不能。楚地雖大，然北是三晉，東北是齊，西北是秦，亦不敢擅動刀兵。大國皆息刀兵，可無爭矣！」

「合縱還應包括燕國。」蘇秦補充道，「三晉合一，外加燕國，其勢天下無敵，秦、楚、齊必不妄動。大國不妄動，小國不起爭，天下紛亂可解，雖分實合。天下合，可無爭，天下無爭，人心可始治矣！」

「如何治心，蘇子可有考慮？」

「是的，」蘇秦緩緩說道，「自周至趙，在下一路上都在思索這個難題！在下在想，人心不古，私欲橫溢，若讓天下人皆如先聖老聃所言的絕欲棄智，回至遠古三聖的真人時代，已無可能；依在下之見，仲尼的仁義禮制，墨翟的天下兼愛，楊朱的人人為我，皆是治心之道，雖說途徑不一，卻是同歸一處，大可起而用之。人心向善不向惡，自古迄今，天下百姓不喜歡殺戮，智者不喜歡殺戮，即使諸侯，也沒有幾人願意殺戮；喜歡殺戮的只有禽獸，禽獸殺戮是因為禽獸要交配、要獵食！人不是禽獸，因為人有良知，有良能，更有良心。人知羞恥，人要穿衣裳，人不會當眾媾合。人有畏懼之心，人畏懼天，畏懼孤獨。畏懼天，就會遵循天道；畏懼孤獨，就會善待他人。人人善待他人，世上就無征伐，就無殺戮，就無爭執，久而久之，欲心也就自然去除了！」說至此處頓下，有頃，苦笑一聲，「在下胡說這些，賈兄是否覺得可笑，是否覺得在下是異想天開呢？」

賈舍人沉思良久，改坐為跪，衝蘇秦行三拜大禮：「蘇子在上，請受舍人三拜！」

蘇秦驚道：「賈兄，你……這是為何？」

賈舍人拜過三拜，方才說道：「非舍人拜蘇子，是舍人代天下蒼生誠拜蘇子！無論蘇子能否成此大業，這顆赤心，亦足以感天地、泣鬼神了！」

蘇秦起身，繞過几案，朝賈舍人對拜三拜，不無感動地說：「有賈兄鼎持，蘇秦一定勇往直前，死不旋踵！」

賈舍人起身，坐下，朝蘇秦打一揖：「非舍人鼎持！蘇子善念，但凡天下良心，皆會鼎持！」略頓一頓，「蘇子既來邯鄲，舍人敢問，合縱大業，可是從趙始起？」

「正是！」蘇秦回一揖道，「魏自文侯以來，一向恃強，今有龐涓、惠施諸賢，國勢復盛，不宜首倡。韓處楚、秦、魏、齊四強之間，形勢尷尬，無力首倡，三晉之中，唯趙合宜，在下是以首赴邯鄲！」

「嗯，」賈舍人點了點頭，「蘇子能夠把握大勢，從高處著眼，小處入手，合縱或成！敢問蘇子，舍人不才，可有幫忙之處？」

「謝賈兄了！」蘇秦拱手揖道，「在下正愁孤掌難鳴呢！在下初來乍到，途中聽聞趙侯病了，可有此事？」

賈舍人將趙宮形勢及近日的聽聞悉數講予蘇秦，蘇秦冥思有頃，抬頭笑道：「真是說來就來，在下今日就要麻煩賈兄了！」

「蘇子但講無妨！」

「依眼下情勢，賈兄可知何人能夠接近趙侯？」

賈舍人不假思索：「安陽君！」

「好！」蘇秦拱手道，「煩請賈兄設法將在下已到邯鄲之事透予安陽君！」

* * *

洪波臺上，太子雍走進宮門，屏退左右，趨至肅侯病榻，叩道：「兒臣叩見君父！」

趙肅侯一忽身從榻上坐起，望他一眼，微微笑道：「雍兒，來，坐在榻邊！」

太子雍謝過，起身坐在榻前。

「雍兒，」肅侯不無慈愛地撫摸著太子雍的頭，「見過三叔公了？」

「嗯！」太子雍仰臉望著肅侯，點了點頭。

「他的病情如何？」

「果如君父所言，他是裝病！兒臣求問朝政之事，說秦公派使臣約盟伐魏，兒臣不敢擅專，請他定奪！」
「他怎麼說？」
「三叔公說，秦人不可信，眼下之急不在魏人，在中山，因而請調晉陽守軍兩萬駐防代郡，並討要虎符。兒臣已按君父所囑，准允他了！」
「他還說些什麼？」
「三叔公拿出一個清單，上面淨是吏員的職缺升降，要兒臣審准！兒臣大體上掃了一眼，凡是去他府上探過病的，全都升了。那日上朝的，除四叔公、御史等外，他能降的全都降了。既沒有上朝也沒有去探望他的，不升不降。兒臣二話沒說，也按君父所囑，照准他了！」
趙肅侯點了點頭。
「不過，」太子雍想了一會兒，小聲說道，「名單上最後一人是河間令申寶，三叔公突然越級升任他為晉陽都尉，兒臣甚感詫異，詢問肥義，得知申寶原為肥義手下參軍，去年升任河間令，此番又升晉陽都尉，連躍數級，簡直就是青雲直上！」
趙肅侯閉上眼去，濃眉緊鎖，有頃，睜眼望著太子雍，笑問：「你如何看待此事？」
「兒臣心中嘀咕，覺得其中或有隱情，安排肥義將軍暗查！」
「哦，他可查出什麼？」
太子雍點了點頭，從袖中摸出一個密冊，遞予肅侯。肅侯看過，輕輕拍了拍太子雍的腦袋，讚許他道：「好雍兒，只幾日不見，你就長高了！衝你這個頭，寡人在這榻上，也能安睡一會兒了！」
「謝君父褒獎！」

「寡人聽說，洛陽有個叫蘇秦的士子已來我邦，眼下就在邯鄲。雍兒可知此人？」

連如此細微之事父王也能知情，太子雍大是吃驚，同時也由衷敬服，微微點頭：「嗯，兒臣年前曾聽肥義提過此人，說他是個狂生，去年赴秦，向秦公晉獻帝策，欲掃平列國，一統天下，所幸未為秦公所用！」

「你可尋空會一會他，看他是何等狂法！」

「兒臣領旨！」

* * *

豐雲客棧裡，蘇秦正在與賈舍人敘談趙宮情勢，店家走來，揖道：「有擾二位了！請問，哪一位是蘇先生？」

蘇秦起身回揖：「在下就是！」

「有位客官尋你！」

蘇秦在邯鄲並無熟人，此時有人來尋，不用問就知是何事。蘇秦瞟了賈舍人一眼，

舍人笑道：「蘇兄快去，好事這就上門了！」

蘇秦抱拳道：「賈兄稍候，在下去去就來！」

賈舍人亦抱拳道：「舍人在此恭候佳音！」

蘇秦隨店家走至門口，一身貴族打扮的肥義趨前問道：「先生可是洛陽蘇子？」

蘇秦回道：「正是在下！」

肥義瞇起眼睛，將蘇秦上下打量一番，點了點頭：「嗯，果是有些氣度！」略一抱拳，「在下肥義見過蘇子！」

蘇秦早已摸清趙宮內情，自然知道肥義是誰，卻也不去點破，抱拳回道：「洛陽蘇

秦見過肥子！」

肥義避至一邊，側身指向街上的車駕：「我家主公久聞蘇子大名，欲請蘇子前去品茗，請蘇子賞光！」

蘇秦點頭道：「恭敬不如從命，肥子請！」

蘇秦跳上車，肥義揚鞭，車馬急馳而去。不一會兒，車駕停在一扇朱門前面。蘇秦細看門上匾額，上面寫著「風雅園」三字。聽見聲響，有人迎出，趕走車馬。肥義引領蘇秦直入大門，走進一進小院，推開一扇紅門，回身朝蘇秦道：「蘇子稍候片刻！」言訖進門，不一會兒，復至門口，「蘇子，主公有請！」

蘇秦趨入，見廳中端坐一個半大少年，觀其衣著，知其是太子，急拜於地，叩道：「洛陽士子蘇秦叩見殿下！」

太子雍亦如肥義一般，圓睜大眼將他上下打量一番，微微頷首，指著旁邊的席位：「蘇子免禮，請坐！」

「謝殿下賜坐！」蘇秦謝過，起身坐下，抬眼打量太子，見他雖然年幼，儀態卻是非凡，斷非尋常孩童可比。

太子雍抱拳道：「趙雍久聞蘇子大名，得知蘇子光臨邯鄲，特使肥義將軍冒昧相邀，有擾蘇子，還望蘇子寬諒！」

蘇秦抱拳還禮：「殿下為草民勞動貴體，草民不勝惶恐！」

「趙雍不才，欲就天下之事求問蘇子！」

「殿下請講，草民知無不言！」

「敢問蘇子，天下列國，何國最強？」

「趙國！」蘇秦幾乎是不假思索，順口答道。

「痛快！」肥義一拍大腿，大聲接道，「此話肥義愛聽！」

太子雍卻是眉頭微皺，略略一頓，抬頭又問：「再問蘇子，天下列國，何國最弱？」

「趙國！」蘇秦依舊是不假思索，回答得乾脆俐落。

肥義不解，勃然變色道：「請問蘇子，趙國既然最強，為何又是最弱？」

「回將軍的話，」蘇秦衝他微微抱拳，「強有強的道理，弱有弱的解釋！」

太子雍卻是興味盎然，身軀前傾：「趙雍願聞其詳！」

「回稟殿下，」蘇秦抱拳，侃侃說道，「趙方圓二千里，人口四百萬，君上振臂一呼，旦夕之間，可集甲士數十萬眾，更有良馬強弩、善技勇士無數。國勢如此之強，假使趙人同仇，將士樂死，列國誰可禦之？蘇秦據此使用最強一詞，當不為過！」

肥義連連點頭：「嗯，此為實情！」

「然而，」蘇秦話鋒一轉，「趙土貧瘠，既無齊、楚漁鹽之利，又無燕、韓銅鐵之藏，更無秦國關中沃野之富，庶民生活尚且艱難，何談國庫積蓄？國無積蓄，何能久戰？這且不說，趙四塞無險可守，四鄰無友皆敵，腹中更有中山巨瘤，圖存尚且乏力，何談開疆拓土？在下據此使用最弱一詞，當不……」

不及蘇秦說完，肥義忿然打斷他道：「照蘇子說來，趙國豈不是連那老燕國也不如了，簡直是信口雌……」見太子雍瞪他，強力憋住，將臉邁向一邊，不看蘇秦。

太子雍回望蘇秦：「蘇子，說下去！」

「在下方才所述尚是外傷，趙國之痛更在內傷！」

太子雍兩眼放光：「請問蘇子，趙之內傷何在？」

「三軍之中，衝鋒陷陣者眾，智勇之將鮮有；朝堂之下，采祿食邑者眾，大賢之才難覓；宮牆之內，終年碌碌忙忙，治國長策不見……」蘇秦陡然打住不說，目視太子雍、肥義。

蘇秦所言，句句屬實，直擊趙國要害，縱使肥義，也聽得傻了，愣在那兒，再無一句反駁的話語，睜大兩眼直盯蘇秦。

「殿下，」蘇秦見時機已至，直抒胸臆，「方今天下，成敗存亡唯以強弱論之。趙國如此之弱，情勢如此之危，倘若君臣仍不自知，甚或如眼前所見之臣重君輕，上下不同欲，同舟不共濟，趙國前景，蘇秦不堪展望！」

「這……」太子雍似從驚悚中醒來，趨身問道，「蘇子既已診出趙之大傷，可有救治良方？」

蘇秦滿懷信心地點了點頭：「回殿下的話，有傷自然有治！」

「蘇子請講！」

「合縱！」

「合縱？」太子雍一怔，沉思有頃，探身再道，「趙雍稚嫩，還請蘇子細細講來！」

* * *

這日午後，一場沙塵暴悄然襲向趙國陪都、位於汾水河畔的西北重鎮晉陽。一眼望去，風裹塵埃，不見天日。

公子范一行十餘輛車馬在漫天飛塵中緩緩駛入晉陽東門。太原郡守兼晉陽守丞趙豹聞訊迎出府門，接到公子范等，見過禮，攜手入府。

公子范從袖中摸出虎符，擺於几上。趙豹亦取出自己的虎符，與之並排。兩塊虎符完美地合為一體。趙豹見到毫無破綻，跪地拜過虎符，起身揖道：「末將謹聽公子！」

公子范從袖中摸出一道詔書，朗聲宣道：「趙豹聽旨：殿下有諭，擢升河間令申寶為晉陽都尉，協防晉陽守備！調撥晉陽步騎兩萬，星夜趕赴代郡！」

趙豹再拜道：「末將遵旨！」

公子范召申寶上前見過趙豹，趙豹亦使人召來將軍韓舉，吩咐他道：「韓將軍，你點兵兩萬，隨公子遠征代郡！」

兩個時辰過後，韓舉引領晉陽精銳步騎兩萬，在暮靄中兵出東門，連夜進發。

第二日晨起，東門剛開，又有幾騎飛馬入城，直馳郡守府求見趙豹，為首一人從袖中摸出一封密函，呈予趙豹。趙豹看過，臉色微變，有頃，冷冷一笑，安排來人歇息，爾後使人召來申寶，引他視察城防。

趙豹引申寶沿晉陽城牆巡視一周，走至西門，指著厚實而高大的城牆、深深的壕溝及各類防禦工事，頗有感慨地對申寶道：「申將軍，三十年來，秦人可是三打晉陽啊！」

申寶恭維道：「將軍神勇，秦人望而生畏，何敢再來？」

「唉，」趙豹緩緩搖頭，「不瞞申將軍，晉陽四縣八邑，方圓數百里，僅有步騎五萬，殿下一下子就調走兩萬，本將心裡，上下撲騰啊！」

「哦？」申寶急問，「趙將軍有何擔憂？」

「唉，」趙豹又是一聲長嘆，意味深長地望著申寶，「申將軍有所不知，在下鎮守晉陽多年，深知秦人無時不在覬覦此城。晉陽為河東第一堅城，城高池深，是趙之根基所繫，萬一有失，趙豹有何顏面再見趙人？」

「將軍放心，」申寶笑道，「在下臨行之時，相國大人親口交代，秦人已與我盟誓伐魏，絕不會攻打晉陽！」

「哦？」趙豹假作驚訝，繼而點了點頭，「相國既有此話，本將心中略有安慰。不過，無論秦人盟誓與否，城防衛戍必須加強。申將軍，你看這樣如何，你初來乍到，形勢不熟，暫時接管西門城防，其餘各門，由本將督查！」

申寶面現不快，本欲發作，又想起申孫要他不可生事之語，也就不敢再說什麼，點頭應道：「末將遵令！」

回到都尉府，申寶思忖有頃，伏案寫就一封密函，召來親隨僕從，吩咐他道：「你速回邯鄲，將此密函呈送樗里大人！」

親隨收起密函，朗聲應道：「小人遵命！」

* * *

洪波臺中，太子雍緩緩奏道：「雍兒已奉旨會過蘇子了！」

「哦！」趙肅侯從榻上微微欠身，笑道，「此人可是狂狷之徒？」

「是的，」太子雍點了點頭，「雍兒見過不少狂人，從未見過似他這般狂的！」

「他是如何狂的？」趙肅侯的笑容漸漸斂起。

「雍兒以為，只怕吳起、商鞅在世，也不及他！」

「雍兒何出此言？」

「吳起、商鞅之才，不過強一國而已。蘇子之才，卻可平息天下紛爭！」

「是嗎？」趙肅侯想是受到震動，身子前傾，「他能平息天下紛爭，倒是夠狂的！你問沒問他，天下紛爭，如何平息？」

「合縱！」

「何為合縱？」

「照蘇子的話說，叫作合縱制衡，也就是說，眾弱相合，與大國抗衡。具體來說，就是三晉結盟合一，東禦齊，西抗秦，南制楚，使三國皆有所忌，不敢妄動刀兵。三國不動，強不凌弱，天下紛爭可解也！」

趙肅侯陷入深思，有頃，眉頭微動，點頭道：「嗯，能夠悟出此道，是個大才，可堪一用。傳旨安陽君，請他薦蘇子予奉陽君，就說是寡人舉薦，要他量器而用！」

太子雍略一遲疑，點頭道：「兒臣遵旨！」

* * *

奉陽君府中，申孫引領司徒沿小徑匆匆走進聽雨閣。聽雨閣裡已坐滿朝臣，有司空、御史、內史、左師及附近郡縣的府尹等，奉陽君端坐於廳中主位。

申孫進門稟過，司徒趨前叩道：「下官叩見主公！」

奉陽君指著身邊一個空席：「坐吧！」見他坐下，微笑著責道，「丁大人，今日怎地遲了？」

司徒抱拳道：「主公有召，下官哪敢遲到半步！只是下官臨出門時，剛巧碰到從代郡一路馳回的軍尉，聽他稟報軍務，耽擱一刻，是以遲了！」

「哦？」奉陽君急問，「是何軍務，這也說說！」

「回稟相國，前日辰時，晉陽的兩萬軍馬已至代郡！眼下代郡兵馬驟多，糧草吃緊，公子使他回來催撥糧草！」

「嗯，你可直接上報安陽君，要他加撥軍糧一萬五千石！」

「下官遵命！」

「燕人那兒可有音訊？」

「公子魚正在武陽招兵買馬，待機起事！」

「嗯，」奉陽君點頭道，「如此甚好。公子魚若能成功，我可得燕。得燕，大事可定矣！」

聞聽此言，御史不無惶惑地望著奉陽君：「下官有一事不明。君上久臥病榻，殿下乳臭未乾，主公在朝一言九鼎，百官敬服，正是舉事良機。依下官愚見，只要主公登高一呼，百官必會群起響應，主公承繼大統當如探囊取物一般，為何卻在這裡捨近求遠，繞如此大的彎子？」

「是啊，」司徒亦道，「主公，機不可失，時不我待啊！」

「唉，」奉陽君看一眼御史，長嘆一聲，「這樁事體真要如你等所說的囊中取物，本公五年前早就舉事了，何待今日？」輕輕咳嗽一聲，「別的不說，單是君上一人，你們就沒有吃透！」

「什麼君上？」御史爭辯，「當年若不是主公幫他，君上何能坐上龍位？這些年來，若不是主公鼎力扶持，南征北戰，君上的龍位何能坐穩？再觀君上，每逢上朝，唯唯諾諾，大小事體全無主張，皆求助於主公決斷，哪裡像是高高在上的君上？」

御史此言一出，眾臣盡皆附和，一片喧譁。奉陽君重重地咳嗽一聲，見眾人止住，搖頭嘆道：「唉，你們這是只看表相，不明內中啊！別看趙語唯唯諾諾，行事卻是柔中帶刺，綿裡藏針。朝中諸事，你們也都看到了，別的不說，單說這幾年，趙語肯聽本公的都是何事？無非是些芝麻蒜皮，但凡大事，諸如邯鄲衛戍、宮城禁軍、糧草輜重、田畝賦稅，他何時聽過本公的？他將瑣事交予本公，卻將要害或交予安陽君，或握在自己手裡，所有這些，你們哪裡知道？」

經他這麼一說，眾臣也都低下頭去。奉陽君抬眼緩緩掃過眾人，目光最終落在御史身上：「安陽君那兒可有動靜？」

「回稟主公，」御史奏道，「微臣前日專程拜訪中大夫樓緩，聽他口氣，安陽君似是傾向於主公！」

「哦？」奉陽君眼睛大睜，「樓緩怎麼說？」

「樓緩對下官說，有一日，他與安陽君論及時局，安陽君閉目有頃，只說四個字：『老馬識途』。」

「老馬識途？」奉陽君思忖有頃，點頭道，「嗯，有意思！」

司徒卻是一頭霧水，抬頭問道：「敢問主公，『老馬識途』有何深意？」

奉陽君微微一笑：「你等有所不知，當年先君駕崩，趙語是太子，剛好出巡晉陽，長兄趙渫陰結幾位諸臣，矯詔謀位，其中有趙范、趙豹、安陽君和本公。趙渫本為太子，因其為人歹毒，舉止輕浮，心狠手辣，被先君廢去太子之位，改立趙語。本公知其為人，也知其不足以成事，決定不跟他蹚這一灘渾水。本公雖然這麼想，心裡卻不踏實，去找安陽君謀議，安陽君即以『老馬識途』作答！」

司徒仍舊不解，撓撓頭皮：「下官愚笨，請主公詳解！」

「你是夠笨的！」奉陽君望著他呵呵笑道，「『老馬識途』就是知時識勢。那年，安陽君既知公子渫難成大事，又見本公不從，當然是跟著本公轉了！他心裡這麼想，話卻不能明說，本公聽了，心中自是有數。果如其然，在本公設法穩住公子渫，暗請趙語回宮之後，安陽君第一個站出來支持太子，然後才是趙豹。公子渫見大家都不支持他，方知大勢已去，倉皇逃出邯鄲，潛往鄭地去了！」

聽奉陽君講出這段往事，眾臣皆是一驚。御史大夫接道：「主公解的是，樓緩本是安陽君的門人，此前對微臣頗有微詞，近日卻是親近起來。微臣認為，裡面定有深意！」

「嗯，」奉陽君微微點頭，「安陽君真要這麼說過，倒有意思！」轉向申孫，「申孫，你速備車，本公望望他去！」

奉陽君驅車馳至，安陽君躬身迎出府門，寒暄過後，攜其手直入後堂。二人分賓主坐定，奉陽君抬頭望向安陽君額角的白髮，似吃一驚：「幾日不見，四弟的額角就有白髮了！」

安陽君笑道：「額角前年就泛白了，三兄是個大忙人，不曾在意就是！」

「是啊，是啊，」奉陽君亦笑一聲，「國事家事一大堆，忙得我暈頭轉向，找不到北哩！這一陣剛說要歇口氣，君兄卻又躺倒了，你說這……唉，真是急死人哪！」

「是啊，」安陽君順口應道，「國事家事打總兒壓在三兄頭上，真也難為三兄了！」

「嘿，說這些幹啥？」奉陽君苦笑一聲，抬頭道，「說起君兄，這些日子我也不舒服，竟是沒有進宮看他。聽說四弟前日去過洪波臺，可知君兄龍體如何？」

「不瞞三兄，」安陽君輕輕搖了搖頭，「君兄龍體時好時壞。聽御醫說，傷寒雖有好轉，痨病卻是重了。百病之中，唯有痨病難治。」略頓一下，長嘆一聲，「唉，君兄也是，身子壯得原本就跟鐵塊一般，誰想這……沒有幾日，說垮也就垮了！君兄一見小弟，甚是傷感，再三叮囑小弟，要小弟多加保養。」意味雋永地又嘆一聲，「唉，人生啊……」

「四弟，」奉陽君正色道，「保重身體固然要緊，江山社稷更是重要。愚兄此來，

就是想與四弟講講此事的！」

「三兄請講！」

「聽四弟這麼說來，君兄之病恐怕撐不了多久。愚兄在想，萬一君兄……愚兄是說，萬一山陵崩，四弟可有考慮？」

安陽君沉思良久，反問他道：「三兄意下如何？」

「唉，」奉陽君輕嘆一聲，「雍兒年幼不說，又生性懦弱，優柔寡斷，不足以處當今亂世。四弟德高望重，甚得臣民之心，」兩眼直盯安陽君，「愚兄這裡存下一念，萬一山陵崩，為趙室社稷計，愚兄決定輔佐四弟承繼大統之位！」

「三兄！」安陽君趕忙拱起雙手推拒，「此事萬萬不可！」

「四弟不必過謙！」奉陽君加重語氣，「我等兄弟皆是先君骨血，君兄可以承繼大統，四弟德才兼具，有何不可？再說，弟承兄位，也不是僭越，是古來慣制！」

「三兄抬愛，愚弟感激涕零！」安陽君再次推拒，「只是三兄有所不知，愚弟雖然不才，卻有自知之明。若論才識，莫說是君兄，我們兄弟中，無論哪一個亦勝愚弟多矣！」

「那……」奉陽君身子趨前，「三弟之意是……」

「萬一山陵崩，四弟唯聽三兄吩咐！」

「謝四弟抬愛！」奉陽君面現喜色，連連作揖，「四弟之言，愚兄記牢了！四弟先忙，愚兄告辭！」起身揖別。

安陽君送到府外，返身回至後堂，剛要坐下，樓緩急急走進，在他耳邊如此這般低語一陣。安陽君眉頭略皺，思忖有頃，點頭道：「既是君上之意，你就安排去吧！」

「主公，」樓緩不解地問，「君上這麼做，豈不是為虎添翼嗎？」

安陽君微微一笑：「為虎添翼，首先也得是個虎呀！」

「主公是說，」樓緩似是仍不明白，兩眼望著安陽君，「相國不是隻虎？」

「要是隻虎，他還能活到今日？」

樓緩兩眼大睜，愣怔半晌，點頭道：「既然他不是虎，君上為何聽任他胡作非為？」

「君上在等時機！」

「時機？」

「是的，」安陽君點了點頭，「君上在等他變成一隻虎！」

樓緩若有所悟：「經主公這麼一說，君上將蘇秦薦予奉陽君，是另有深意了！」

安陽君微微一笑，問道：「你能說說君上有何深意？」

「驕其心志！」樓緩應道，「君上是想告訴他，君上身邊既無人，也不敢擅自用人！」

安陽君又是一笑，不再吱聲。

「主公，」樓緩又道，「奉陽君他……會起用蘇子嗎？」

「要是起用，他就真的是隻虎了！」安陽君說完，轉過身去，緩步走向後側的書房。

*　　　*　　　*

奉陽君正在聽雨閣外面的草坪上舞劍，申孫急走過來，見主人興致正濃，哈腰候立於側。奉陽君又舞一時，收住步子，扭頭望向申孫：「何事？」

「洛陽士子蘇秦求見！」申孫說著，雙手呈上蘇秦的拜帖。

「洛陽士子？蘇秦？」奉陽君連皺眉頭，「此人所為何事？」

申孫跨前一步，在奉陽君跟前低語數句，奉陽君打個驚怔，問道：「如此說來，此人是君上所薦？」

「正是！」申孫點頭，「據樓緩說，殿下已與肥義私底下會過蘇秦，以大賢之才薦予君上。君上未加考問，當即傳旨安陽君，要安陽君薦予主公，要主公量器而用！」

「量器而用？」奉陽君陷入沉思，「依你之見，此人可是大器？」

「據小人所知，蘇秦師從雲夢山的鬼谷子，習遊說之術，去歲入秦，以帝策遊說秦公，欲助秦公一統天下，秦公棄而未用！」

「一統天下？」奉陽君嘿然笑道，「怪道趙語不用，似此狂妄之語只能騙騙趙雍那樣的毛頭娃娃！」

「主公，」申孫似已看出奉陽君心思，「那廝已在廳中等候多時，主公若是不見，小人打發他去就是！」

奉陽君略想一下，擺手止住：「既是君上所薦，不見也得有個說詞。這樣吧，你去對他說，這些日來，本公因為國務煩心，厭惡人事。無論何人，但凡來言人事，一概不見，看他如何說話？」

申孫應聲喏，轉身離去，不一會兒，來到前廳，一進門就拱手致歉：「讓蘇子久等了，實在抱歉！」

蘇秦亦忙起身還禮：「有勞家老了！」

申孫將拜帖遞還給蘇秦，略帶歉意地說：「在下將蘇子求見之事稟報主公，主公說，如果蘇子是為談論人事而來，就請另擇時日！」

蘇秦一怔：「此是為何？」

申孫低聲解釋：「是這樣，近來君上龍體欠安，國中大小事體全由主公一人操持，主公從早至晚為國事煩心，是以厭倦談論人事！」

蘇秦沉思片刻，抬頭道：「煩請家老再去稟報相國，就說在下不言人事，可否？」

申孫大是驚奇：「不言人事，卻言何事？」

「鬼事！」

「這……」申孫遲疑有頃，「蘇子稍候！」拔腿走出，不一會兒，再至廳中，拱手讓道，「蘇子，主公有請！」

蘇秦亦拱手還禮：「家老先請！」

二人一前一後，步出前廳，沿林蔭小徑走入後花園，趨入聽雨閣中。蘇秦叩道：「洛陽士子蘇秦叩見相國！」

奉陽君略略欠下身子，伸手讓道：「蘇子免禮，請坐！」

蘇秦謝過，起身坐於客位。申孫示意，一個奴婢端上茶水，退去。奉陽君將蘇秦上下打量一番，甚是好奇地說：「聽聞蘇子欲言鬼事，趙成願聞！」

「是這樣，」蘇秦侃侃言道，「旬日之前，草民自周赴趙，將近邯鄲時，天色向晚，放眼四顧，方圓竟無人家。草民正自惶惑，突然看到路旁有一土廟，遂踅進去棲身。睡至夜半，草民忽聞人語，乍然驚醒！」

奉陽君驚問：「荒野之地，何人說話？」

「是啊，」蘇秦接道，「草民也覺奇怪，側耳細聽，出人語者原是廟中所供的兩尊偶像，一尊是木偶，另一尊是土偶。」

奉陽君點了點頭：「哦，原是此物，倒也成趣！你且說說，他們所言何事？」

「他們似在爭執什麼，草民聽那話音，已辯許久了，該到木偶說話。木偶長笑一聲，語氣裡不無譏諷：『土兄，你扯遠了。瞧瞧我，要多威風有多威風，要多神氣有多神氣，哪兒像你，橫看豎看不過一個土疙瘩，只需一場大水，就得變成一灘爛泥！』」

「嗯，」奉陽君再次點頭，「此話在理！土偶如何作答？」

「土偶也笑一聲，沉聲應道：『木兄此言差矣！縱使大水沖壞我身，我仍將是此地的一堆黃土。木兄卻是無本之木，大水一來，別無他途，唯有隨波逐流，茫然不知所終！世事無常，如果不是大水，而是一場烈焰，木兄處境，實在不堪設想啊！』」

聽到此處，奉陽君打個驚怔，陡然明白過來，抬眼望向申孫，申孫的嘴巴掀動幾下，竟無一語出口。蘇秦看在眼裡，拱手問道：「草民斗膽請問相國大人，木偶與土偶之言，孰長孰短？」

奉陽君沉思有頃：「蘇子意下如何？」

「蘇秦以為，土偶之言更合情理。無本之木，不能久長啊！」

奉陽君又是一陣思忖，拱手說道：「蘇子所言鬼事，甚是精妙，趙成開眼界了。趙成今日起得早了，甚覺困頓。蘇子若有閒暇，可於明日此時復來，趙成願聽宏論！」

蘇秦起身拜道：「草民告退！」

申孫送走蘇秦後急急返回，見奉陽君仍然坐在那兒，似入冥思，遂哈腰垂首，立於一側。奉陽君頭也不抬，似是自語，也似是在對他說：「『無本之木，不能久長！』蘇秦此話，是喻本公無中樞之位，卻擁權自重，未來命運，就如這木偶呢！」

申孫急道：「狂生妄言，主公不可輕信！」

奉陽君斜他一眼：「你且說說，蘇子如何妄言？」

「主公本是先君骨血，德才兼具，深得人心，絕非無本之木！蘇秦在此危言聳聽，無非是想藉此博取主公器重，謀求錦衣玉食而已！」

奉陽君又思一時，點頭道：「嗯，這話也還在理！不過，蘇秦眨眼之間竟能想出以鬼事求見，還能拿木偶、土偶之事暗喻本公，也算是個奇才！」

申孫眼珠一轉：「依小人觀之，蘇子言詞甚是犀利，主公若用此人，或會受他蠱惑，動搖心志，盡棄前功！」

「這……」奉陽君略顯遲疑，「本公許他明日復來，原是想用他的。若不用他，就不會要他來了。眼下百事待舉，本公哪有閒心聽他瞎扯鬼事？」

「主公若是不願聽他瞎扯，明日待他來時，小人自有打發！」

奉陽君沉思良久，搖頭道：「不妥！本公允諾見他，他又守約而來，本公若是不見，就是食言，這事張揚出去，讓外人如何看我？」

申孫眼珠又是一轉：「小人有一計，可使主公既不食言，又可不聽他的蠱惑！」

「你且說來！」

申孫湊前一步，附耳低語有頃，奉陽君面上漸現笑意，點頭道：「嗯，這倒好玩。明日之事，就依你所言！」

翌日午後，蘇秦如約前來，早有申孫候著，引他直入後花園的聽雨閣裡。奉陽君依舊如昨日一般坐在主位，蘇秦見過禮，於客位坐下，申孫坐於對面席位，奴婢依例端上香茶。

蘇秦品一口香茶，放下茶具，抱拳直抒胸臆：「相國大人，昨日盡言鬼事，今日草

民斗膽言人事，可否？」

奉陽君雙目微閉，面帶微笑，點頭道：「請講！」

蘇秦咳嗽一聲，侃侃言道：「相國在趙，位居一人之下，萬人之上，朝中大事皆由大人裁決，可謂是一呼百應，春風得意。不過……」話鋒一轉，目視奉陽君，打住不說了。

奉陽君的臉上依舊掛著方才的微笑：「請講！」

蘇秦再次咳嗽一聲：「蘇秦以為，月盈則虧，物極必反，此為萬物之理。相國大人雖然位極人臣，卻有大患在側！」再次打住話頭，目視奉陽君。

奉陽君雙目微閉，微笑依然：「請講！」

蘇秦略顯詫異，轉望申孫，申孫微微一笑，緩緩說道：「有何大患，請蘇子明言！」

蘇秦收回目光，再次轉向奉陽君：「眼下趙之大患，不在中山，不在強魏，更不在戎狄，而在虎狼之秦。秦得河西，必謀河東。秦謀河東，必謀晉陽。晉陽若是有失，大人必危！」再度停下，觀察奉陽君。

奉陽君竟是絲毫未為所動，依舊面帶微笑，兩眼微閉。蘇秦甚是惶惑，回視申孫，申孫臉上依舊掛著微笑，反問他道：「請問蘇子，晉陽即使有失，如何又能危及主公？」

蘇秦哂笑道：「依家老見識，不會連這個也看不出來吧！」

申孫面現尷尬，乾笑一聲，抱拳道：「在下愚笨，還望蘇子明言！」

「眼下君上不理朝政，趙國大事盡決於相國大人。相國無視秦人野心，不僅將大軍屯於代郡，更將精兵兩萬調離晉陽。相國此番調動，必為秦人所知。秦人若於此時乘虛而入，晉陽或將不保。趙國臣民視晉陽為立國根脈，晉陽若是有失，國人必會怪罪相國大人。舉國怪罪大人，若是再無君上袒護，大人何能安枕？」

蘇秦一席話，申孫聽得冷汗直出，抬頭急望奉陽君，見他仍與方才一樣，方長吁出一口長氣，輕聲問道：「敢問蘇子，可有應策？」

蘇秦卻不睬他，依舊望著奉陽君：「依眼下趙之國力，西不足以抗秦，東不足以禦齊。因而，蘇秦以為，趙之上策，不在圖謀中山，而在合縱，首合燕國，次合韓、魏。三晉若合，西可圖秦，東可禦齊，南可抵楚。有此大勢，趙可高枕無憂。相國大人若能成此大功，將君上推入合縱主盟之位，上可保趙室萬世基業，下可保黎民安居樂業，中可化解君臣猜疑，近可自身無虞，遠可流芳百世……」

蘇秦侃侃而談，講得動容，奉陽君卻如一根木頭般毫無觸動，依舊是雙目微閉，面呈微笑，表情木訥地望著蘇秦。蘇秦雖覺奇怪，但仍說道：「如果相國大人有此願心，蘇秦不才，願助大人成此大功！」

言訖，蘇秦的目光不無期待地直射奉陽君。候有一時，大出蘇秦意料的是，奉陽君口中吐出的依舊是不痛不癢的兩個字：「請講！」

蘇秦眉頭大皺，甚是狐疑地拱手道：「相國保重，蘇秦告辭！」逕自起身。

奉陽君卻是無動於衷，依然端坐於地，保持著剛才的姿勢。申孫急了，伸手觸了一下奉陽君的衣袖，奉陽君打個驚愣，急急睜眼，見蘇秦作勢欲走，拱手揖道：「蘇子所言，如雷貫耳，趙成受教了！」

蘇秦還過一揖：「謝主公香茶！」

奉陽君卻是答非所問：「請講！」

蘇秦一下子懵了，眼睛轉向申孫。申孫做出送客的動作，拱手笑道：「蘇子實意要

走，我家主公就不留客了！」

蘇秦退出，轉身離去，申孫略怔一下，急追上來，一直送至門口。蘇秦勾頭走出府門，停下腳步，回身揖道：「在下有一事不解，請家老明示！」

申孫心知肚明，只好將話頭挑開：「蘇子是指方才之事？」

「正是！」蘇秦納悶道，「昨日在下言鬼事，相國尚且動容，今日在下言及家國安危，相國卻無動於衷，家老可知其中原委？」

「蘇子有所不知，」申孫略顯抱歉地拱手道，「主公胸有大疾，不宜動心。昨日聽聞蘇子言詞，在下以為過於犀利，恐主公聽之，一則有傷主公貴體，二則恐於蘇子不利，因而力勸主公以棉絨塞耳。此計實為在下所出，不關主公之事，不敬之處，還望蘇子見諒！」

蘇秦聽完，一時竟然愣在那兒，好半晌，方才明白過來，仰天爆出一聲長笑，朝申孫拱了拱手，昂首闊步而去。

* * *

迎黑時分，一個黑衣人匆匆走入列國驛館，對秦使樗里疾耳語有頃，樗里疾甚是驚疑，抬頭問道：「他幾時來的？」

「回大人的話，」黑衣人稟道，「已來半月了！」

「半月？」樗里疾臉上一沉，橫眉責問，「你們是幹什麼吃的，此人已來半月，為何現在才報？」

「小人知罪！」黑衣人跪地叩道，「這些日來，眾弟兄將心思全都用在趙宮及奉陽君府、安陽君府裡了，不曾注意此人。昨日見他突然前去奉陽君府，今日復去，小人急查，方才得知他是蘇秦，急來稟報！」

樗里疾面色少懈：「起來吧。這麼說，也不能怪你！蘇秦住在何處？」

「豐雲客棧。與他同住的還有一人！」

「何人？」

「聽小二說，那人姓賈，也是從外地來的，比蘇秦早到幾日！」

「姓賈，莫非是賈先生？」樗里疾思忖一時，點頭對黑衣人道，「嗯，定是他了！備車，去豐雲客棧！」

車子備好，樗里疾剛欲出門，一個趙人匆匆趕至，嚷著要見特使大人。守衛稟過，樗里疾傳他進來。那人一身便服，大步走進客堂，見到樗里疾，躬身問道：「您是秦國特使樗里大人嗎？」

樗里疾道：「正是在下！壯士是……」

那人跪地叩道：「小人是申將軍門下，奉將軍之命求見大人，有密信呈報！」從袖中摸出一信，雙手呈上。

樗里疾匆匆閱畢，對那人道：「因事關機密，本使不再覆信了。你回去轉呈申將軍，就說一切依他所言，下月初二五更時分，在晉陽西門，舉火為號，風雨無阻！」

樗里疾走到一處，拿出十金，遞給那人：「一路辛苦了，這個算是酒錢！俟大功成日，另有厚賞！」

「小人領命！」

那人叩地謝過，接過十金，匆匆離去。樗里疾見那人走遠，迅速走至案前，寫就一封密函，拿蠟封好，遞給黑衣人：「大事成矣，你速回咸陽，將此密函轉呈君上！」

黑衣人將信揣好，略一點頭，逕出門去。樗里疾也走出館門，跳上軺車，催馬逕朝豐雲客棧馳去。

＊　　＊　　＊

使樗里疾始料不及的是，趙人不是魏人，在列國館驛裡早有肅侯安置的眼線，樗里疾剛一出門，就有人飛身前往洪波臺，將所見所聞報知鞏澤。鞏澤草擬一道密奏，面陳肅侯。肅侯讀過，思忖有頃，吩咐他將此密奏轉呈安陽君。

安陽君看到密冊，當即召來樓緩，將情勢大致說了，吩咐他道：「你速使人告知趙豹，要他留意申寶，依計行事！」

樓緩點了點頭，也從袖中摸出一封奏報，雙手呈上：「司徒府奏報，代郡兵馬陡增，公子范奏請加撥軍糧一萬五千石！」

安陽君看也不看，擺手道：「拖它幾個月，你處理去吧！」

安陽君轉身就要離去，樓緩抬頭笑道：「啟稟主公，還有一件趣事！」

安陽君扭過頭來：「是何趣事？」

「是蘇秦的事！」

「哦？」安陽君饒有趣味地問，「蘇秦怎麼了？」

「昨日後晌，蘇秦遞拜帖求見，奉陽君本欲不見，又恐落下話柄，傳話說，若言人事不見。蘇秦稱他只言鬼事，得以見面。蘇秦以木偶、土偶之事比喻奉陽君眼前的尷尬處境，奉陽君聽出話音，以疲累為由，約他今日復見。今日後晌，蘇秦再去，奉陽君甚是熱情，約他面談半個時辰！蘇秦向他大談合縱方略，認為這是改變他眼前處境的上上之策！」

「他聽進去了嗎？」

樓緩搖了搖頭：「奉陽君沒有聽見！」

「哦？」安陽君一怔，「蘇秦與他面對面談有半個時辰，他怎麼可能聽不見呢？」

「奉陽君拿棉球將兩隻耳朵全塞上了！」

安陽君又怔一時，方才反應過來，苦笑一聲，搖頭嘆道：「唉，塞耳去聽大賢，也虧他想出這等餿主意！」

「下官已經查明，是他的家宰申孫的計謀！」

「唉，」安陽君又嘆一聲，「身邊淨是小人，心卻想得高，趙成簡直是昏頭了！」

「主公，奉陽君不用蘇秦，蘇秦必生去意。依下官觀之，此人是大才，對趙有用。三晉合縱，對趙更是有利無害，我們得設法留住他才是！」

安陽君思忖有頃，搖頭道：「不必驚動他。就眼下情勢觀之，蘇子要想合縱三晉，絕不可能離開趙國！不過，也不能大意，你可告知客棧掌櫃，蘇子若有異動，即刻來報！」

「下官遵命！」

* * *

樗里疾驅車來到豐雲客棧，從小二口中得知蘇秦尚未回來。賈舍人聞報迎出，見是樗里疾，拱手見禮。

樗里疾還過禮，二人走入堂中，分賓主坐下。樗里疾拱手致歉道：「在下來邯鄲多日，卻是剛剛得知賈先生在此，是以來得遲了，望賈先生見諒！」

賈舍人亦拱手道：「上大夫客氣了。在下一來邯鄲，就知上大夫在此。在下忖知上

大夫國事在身，又無大事稟報，是以沒有登門相擾。在下失禮在先，要說抱歉，該當在下才是！」

樗里疾笑道：「是賈先生客氣了。在下聽說賈先生尋到蘇子了，他就住在此處，此來也想見見蘇子！」

「兩個時辰前，蘇子前往相國府中，尚未回來。上大夫欲見蘇子，看來還得小候一時！」賈舍人說著，起身擺開茶具，沏好茶，在樗里疾几上放上一杯。

樗里疾謝過，端起茶杯，揭開蓋子小啜一口，讚道：「賈先生的茶真是與眾不同，已是人在邯鄲了，喝起來竟然還有一股終南山的味！」

賈舍人微微一笑：「謝上大夫褒揚！」

樗里疾又啜一口，話入正題：「賈先生既然尋到蘇子了，何時能夠帶他回去？君上可是盼著他呢！」

賈舍人輕嘆一聲：「唉，蘇子怕是回不去了！」

「哦？」樗里疾驚道，「此又為何？」

賈舍人將蘇秦的三晉合縱方略大約講述一遍，樗里疾聽畢，臉色大變，急道：「三晉若是合縱，秦國豈不大難臨頭了？賈先生，無論如何，我們都得讓蘇子改變主意，回咸陽去！」

賈舍人搖了搖頭：「恐怕蘇子不會去了！」

樗里疾顯得甚有自信：「這倒未必！公孫衍原也鐵心為魏室效忠，到後來還不是前往秦國去了！」

「那是公孫衍，不是蘇秦！」賈舍人的語氣似是毋庸置疑。

樗里疾想了想，對賈舍人道：「賈先生，他願不願去是一回事，我們努力讓他去是另一回事。您看這樣好吧，待會兒蘇子回來，我們一道勸他，說服蘇子前往咸陽。蘇子若是不去，我們再另生辦法！」

賈舍人不及應答，外面已傳來蘇秦與小二的對話聲。不一會兒，腳步聲已至門口，蘇秦推門進來。樗里疾起身，拱手致禮：「在下木雨兮見過蘇子！」

蘇秦一怔，迅即想起二人在咸陽見面的事，抱拳還禮：「在下蘇秦見過木先生！」略頓一下，又補半句，「上大夫大人！」

樗里疾笑道：「聽聞蘇子在此，在下不請自來，冒昧打擾了！」

蘇秦亦笑一聲：「上大夫是貴客，在下請還請不到呢！上大夫大人，請坐！」

二人分頭坐下，樗里疾開門見山道：「蘇子前番至秦，秦公正欲大用蘇子，不想蘇子先行別去。秦公聽說蘇子離去，特使公子華一路尋至函谷關，因大雪紛飛，竟是未能尋到蘇子。秦公又使在下追訪，在下訪至小秦村，得知蘇子已出函谷了！」

蘇秦問道：「上大夫可是去了獨臂兄家？」

「正是！」樗里疾笑道，「在下還見到了秋果姑娘。據獨臂兄說，秋果姑娘與蘇子甚是有緣，蘇子親口答應三年後上門迎娶，可有此事？」

「確有此事！」蘇秦臉色微漲，點頭道，「不過，在下答應的是三年之後前來迎她，不是娶她。在下赴秦，兩番遭遇不濟，若不是秋果姑娘出手相救，在下恐怕活不到今日。秋果救命大恩，在下當有回報。在下有心認秋果姑娘為義女，只是眼下處境尷尬，自身尚難保全，何能顧及他人？在下允諾三年之後前去接她，怕也將話說大了，聽起來倒像是個托詞！」

「原來如此！」樗里疾似是一怔，斂住笑，微微點頭，「蘇子為人，實令在下欽敬！只是，老秦人處事實誠，既與蘇子有諾在先，必也會恭候蘇子光臨！說到此處，在下倒是有個想法！」止住話頭，目視蘇秦。

「上大夫有話請講！」

樗里疾侃侃言道：「縱觀天下，可棲大鵬者，秦也；胸懷天下者，秦公也。蘇子不遠千里趕赴趙地，無非是想成就人生偉業。秦公既有誠意重用蘇子，蘇子何不順勢與在下返回咸陽，成就一生輝煌？」

蘇秦苦笑一聲，抱拳謝道：「蘇秦與秋果姑娘有緣，與秦公卻是無緣，煩請上大夫回奏秦公，就說蘇秦在此鳴謝秦公器重！」

「不瞞蘇子，」樗里疾有點急了，「在下此番出使趙國只是名義，尋訪蘇子才是實務。臨行之時，秦公特別叮囑在下，要在下不惜代價訪到蘇子。秦公承諾，只要蘇子願去咸陽，秦公必以國事相託！」

蘇秦微微一笑：「恐怕上大夫此行，尋訪蘇秦只是名義，謀取晉陽方是實務吧！」

樗里疾驚得目瞪口呆：「蘇子，你……此話從何說起？」

蘇秦又是一笑，抱拳道：「上大夫休要驚慌，在下戲言，隨口說說而已！」

樗里疾望一眼賈舍人，正色道：「在下懇請蘇子，既是戲言，且莫外傳！倘若趙人聽信蘇子之言，與秦交惡，由此引發一場刀兵之災，可就不是戲言了！」

「唉，」蘇秦長嘆一聲，「在下縱使有意告知趙人，趙人無耳，何以聽之？」

樗里疾奇道：「趙人無耳，此是何意？」

蘇秦搖頭苦笑道：「方才在下如約去見相國大人，將個三寸不爛之舌攪得天花亂墜，相國大人卻如一段木頭，面上無一絲表情。蘇秦驚奇，詢問方知，相國大人早將兩隻耳朵裡塞滿棉絨了！」

樗里疾聞言大怔，待回過神來，與賈舍人互望一眼，脫口笑道：「哈哈哈哈，蘇子真是奇人有奇遇啊！自春秋以降，遊士四方奔走，建言獻策，趣聞軼事不知多少，但這塞耳聽賢之事，卻是蘇子獨遇了！」

「是啊，」蘇秦又是一聲苦笑，「千古奇事竟讓在下遇上，真也是造化弄人了！」

「話及此處，」樗里疾不失時機道，「在下有一言，還望蘇子垂聽！方才聽賈先生說，蘇子大志是合縱三晉。三晉之中，趙人無耳，魏人也未必有聰。公孫鞅在魏一無所施，在秦卻建蓋世奇功！公孫衍一心為魏效力，魏王卻將他視作反賊，頒布詔書四處緝拿。至於韓國，無論是內治外務，皆非建功之地。反觀秦國，東得函谷、河西，南得商於谷地，四塞皆險，進可攻，退可守，當是英雄用武之地。秦公英年即位，內整吏治，外謀邦交，天下人皆以為明主。依蘇子智慧，當能看出。蘇子是當今大才，大才唯遇明主方可施展，因而，在下竊以為……」頓住話頭，拿眼掃視賈舍人。

「上大夫所言甚是！」賈舍人接道，「秦公誠意重用蘇子，蘇子當可考慮重返秦地，一展抱負！」

蘇秦朝二人連連抱拳，斷然說道：「在下不才，唯有脾氣倔強，一旦認準大道，即使走到絕境，斷不回頭！兩位仁兄盛情相邀，在下除去感激之情，別無話語！」

樗里疾愣怔良久，方才長嘆一聲：「唉，人各有志，蘇子執意如此，在下只能引以為憾了！」起身拱手，「時辰不早了，在下另有小事，這就告辭！」

蘇秦、賈舍人起身，將樗里疾送至門外，拱手作別，復回堂中。二人悶坐一時，賈

舍人道：「觀眼下情勢，蘇子若以趙國首倡合縱，恐怕得再候一些時日了！」

蘇秦點頭道：「賈兄所言甚是！不過，依在下觀之，這個日子不會遠了！」

「蘇子何以知之？」

「奉陽君身輕權重，此番又趁趙侯病重，欲謀大位。謀事在陰不在陽，今日趙人皆知奉陽君有謀位之心，他的大禍也就到了！眼見已是大禍臨頭，偏這傻子看不出來，在下好意勸他，他竟以棉塞耳，真教人……唉！」蘇秦又是一聲嗟嘆。

賈舍人遲疑有頃，緩緩說道：「趙侯大病，太子年幼，奉陽君在朝又大權獨攬，謀位不是沒有可能。依在下觀之，即使趙侯知他謀位，怕也拿他沒有辦法！」

「不是沒有辦法，是時機未到！」聽蘇秦的語氣，顯然已是成竹在胸。

「敢問蘇子，是何時機？」

「賈兄可知鄭莊公與公叔段之事？」蘇秦望著賈舍人，「莊公繼位，其胞弟公叔段不服，欲奪大位。幾番請制，莊公皆許之。段叔以為莊公軟弱可欺，開始明目張膽地招兵買馬，張揚謀反。莊公見段叔謀反之心國人皆知，認為時機成熟，興兵伐之，果然大破段叔！」

「蘇子是說，趙侯也在等待時機？」

「這個時機就是晉陽！」

「晉陽？」

「是的，秦人早已覬覦晉陽，若是不出在下所料，樗里疾使趙，必為此事。奉陽君識不出玄妙，偏在這個節骨眼上將兩萬大軍調往代郡。晉陽是趙根基，萬一有失，趙侯也就找到藉口，奉陽君縱有十口，也難辯白了！」

「這……」賈舍人甚是惶惑，「趙侯若想除掉奉陽君，只須喚他進宮，暗伏刀兵，有多少也斬殺了，何必這麼麻煩？」

蘇秦搖頭道：「事情沒有這麼簡單！當年趙語得立，奉陽君功不可沒。自任相國之後，奉陽君內外操勞，東征西戰，有功於國，這是趙人誰都看得見的。這且不說，趙成更是趙語的胞弟，若是沒有冠冕堂皇的理由，兄弟相殘之事，教史官如何記載？」

「即使如此，趙侯總也不至於拿晉陽去做賭注吧！」

「這就難說了。」蘇秦應道，「按照常理，趙侯既然識破此謀，當有準備！」略頓一下，「不過，在下仍有一點未看明白，就是奉陽君為何要將晉陽守軍調往代郡！雖說中山坐大，成為趙國腹中肌瘤，但奉陽君的眼下大事，並不是中山國啊！」

「蘇子若問這個，舍人倒知一二！」

「賈兄快講！」

「在下方才在店中遇到兩個士子，與他們閒談，得知燕宮內訌，公子魚為爭太子大位，在武陽招兵買馬，欲舉大事。奉陽君調大兵於代郡，或與此事有關！」

蘇秦大驚，沉思有頃，抬頭問道：「那二人何在？」

「他們得知公子魚重金聘才，說要投奔他去，這陣兒想是走了！」

蘇秦又思一時，起身揖道：「賈兄，在下欲小別幾日，走一趟燕國！」

賈舍人怔道：「去燕國何事？」

「幫一個人！」話未落地，人已進屋，開始麻利地收拾起行李。不消一刻，蘇秦已經弄出一個包裹，挽在肩上，出門欲找舍人作別，見他已備好軺車候在門外。

蘇秦怔道：「賈兄，這是……」

賈舍人笑道：「從這裡到薊城不下千里，蘇子僅憑兩條腿，要走多少時日？在下此馬正值壯年，可代腳力！」

蘇秦連連搖頭：「沒有軺車，賈兄如何出行？」

賈舍人笑道：「在下哪兒也不出行，只在此處候蘇子回來！這輛軺車算是在下暫時出借蘇子的！」

蘇秦拱手謝道：「既如此說，在下謝賈兄了！」從舍人手中接過馬韁，跳上車子，再次拱手與舍人作別。

賈舍人還過禮，順口問道：「蘇子此去，可要舍人做點什麼？」

蘇秦想了一想：「就請賈兄關注趙宮情勢，尤其是晉陽局勢。若有風吹草動，立即設法告知在下！」

賈舍人點了點頭。

【第三十五章】

雙胞胎爭位演兵禍
老燕公促膝聞長策

小國中山夾在趙、燕、齊三個大國之間，北鄰桓山。桓山北、西兩面廣袤千里的山地、草場原是北胡代國的地盤，後為趙襄子所滅，代國亦成為趙國一郡，易名代郡。

代理主將公子范將大帳紮在桓山東部的鴻上塞，八萬趙軍屯紮於桓山以東的廣大地區，背依桓山，前探易水，名為制約中山，鋒芒直逼北至濁鹿、南至樂徐長約數百里的燕國邊境。剛入而立之年的燕軍主將子之毫不示弱，引軍六萬沿易水下寨，將中軍大帳設在距鴻上塞不足百里的龍兌，與趙軍遙相抗衡。

這日向晚時分，一行十餘騎飛也似地馳往鴻上塞。將近關門時，馳在最前面、一身胡地富商打扮的武成君、燕國長公子姬魚勒住馬頭，轉對緊跟上來的季青道：「季子，本公實在弄不明白，趙范為何定要本公親來？」

季青搖了搖頭：「微臣也不清楚，想是他有大事欲與主公商議！」

武成君皺了下眉頭：「依你之見，他不會對本公有所圖謀吧？」

季青再次搖頭：「哪能呢？奉陽君若謀大事，還要仰仗主公之力。這是一個連環結，對誰都有好處。眼下好戲尚未開場，公子范斷然不會對主公不利！」

武成君沉思有頃，點了點頭，兩腿微微用力，催動胯下戰馬徐徐向前走去。不一會兒，眾騎馳至關門，季青下馬，守關軍尉迎上前來。季青從袖中摸出一張令牌。軍尉驗過，報予關將。關將急迎出來，與武成君、季青見過禮，引他們匆匆走向中軍大帳。

一身甲衣的公子范聞報迎出，攜武成君之手步入大帳，分賓主坐下。公子范輕輕擊掌，旁邊轉出兩名歌伎，在各人几案前放一只大碗，滿滿地斟上代地烈酒。

公子范呵呵笑道：「到此胡地，只得依照胡人習俗，拿大碗喝了！」兩手捧起酒碗，衝武成君拱了拱手，「來來來，武成君，」轉向季青，「還有季子，一路辛苦了，

本將以薄酒一碗，權為兩位接風！」

武成君掃了季青一眼，捧碗道：「姬魚謝大將軍款待！」

眾人飲畢，季青起身，搬過酒罈，為公子范斟上，然後自斟一碗，舉酒道：「在下久聞大將軍神威，今日得見，甚是敬服。在下今借大將軍美酒，回敬大將軍一碗！」言訖，一飲而盡。

公子范哈哈笑道：「季子是個爽快人！好，本將飲了！」舉碗飲下。

季青再度斟滿，衝公子范抱拳道：「昨夜人定，聽聞大將軍有召，主公不敢怠慢，星夜啟程趕至！敢問大將軍急召主公，可有大事？」

公子范亦抱拳道：「好吧，既然季子有問，本將也就直話直說。相國大人應公子之請，特從晉陽徵調車騎兩萬馳援代郡。然而，大出本將所料的是，代地貧困，糧草原本不濟，今又增兵兩萬，無疑是雪上加霜。不瞞公子，本將麾下八萬將士，糧草已經不繼。本將雖已急報相國，要求增撥，可遠水不解近渴。本將……」略頓一下，「本將聽聞武陽城中多有積蓄，就想……」打住話頭，目視武成君。

武成君面色微變：「敢問大將軍可需多少糧草？」

「一萬石粟米足矣！」

「一萬石？」武成君震驚。

「怎麼，公子捨不得了？」公子范神色微凜，半笑不笑。

「不不不……」武成君一邊否認，一邊急拿眼睛望向季青。公子范的目光也射過來。

「哈哈哈哈，」季青大笑一聲，衝公子范微微抱拳，「少了，少了！趙、燕世代睦鄰而居，燕國有難，大將軍勞苦遠征，這點粟米如何拿得出手？我家主公願以粟米一萬五千石、馬草一千車犒勞，還望大將軍不棄！」

季青此言一出，莫說是武成君，縱使公子范也是一怔，半晌方才反應過來，連聲笑道：「哈哈哈哈，季子真是爽快人！」

「不過……」季青欲言又止，眼睛斜向公子范。

公子范急道：「季子有話，直說就是！」

「我家主公也有一請！」

「說吧！」公子范大剌剌地擺了擺手，「有來有往才見公平！」

「我家主公愛馬如痴，代地出良駒，大將軍能否賣予我們一些代地良馬！」

「什麼賣不賣的，本將這裡軍馬有的是，公子需要幾匹，盡可開口！」

「兩千匹！」

「兩千匹？」公子范亦吃一驚，愣怔有頃，撓頭道，「這……」

「大將軍休急，」季青又是一笑，「我家主公只是暫時借用。待大事成就，在下保證，二千匹軍馬如數奉還不說，另外附送燕馬五百匹，權作利酬！」

「好！」公子范聞聽此話，拍案定奪，「還是季子爽氣，這事定了！」

「還有一事，」季青的語氣不急不緩，「大將軍可否想過糧草如何交接？」

公子范似是未曾想過此事，一下子愣了。眼下燕、趙兩國各陳大軍於邊境，雖未交兵，卻勢如水火，武成君縱使願出這些糧草，他如何去拿，真也是個難題。

「大將軍，您看這樣可否？」季青似乎早有主意，「邊邑重鎮濁鹿是主公地界，主公在邑中設有糧庫，有庫糧萬石，馬草五百車。近日我們再往此處送糧五千石，馬草五百車，湊足所說之數，然後稟報大將軍，大將軍派兵襲占此邑，此事即成。守邑兵士皆是主公人馬，只要大將軍兵至，就會棄城而走，大將軍一可唾手而得邊邑重鎮，捷報軍功，二可得到上述糧草，豈不是好？」

公子范連連點頭，轉向武成君：「公子意下如何？」

「這……」武成君遲疑一下，目視季青，見他神態篤定，只好點頭，「就依季子所言！」

公子范轉對季青：「軍馬之事，又如何交接？」

「大將軍將軍馬備好之後，會有一個名叫頭刺子的馬販前來接收，大將軍只須將軍馬交予此人就是！」

「好！」公子范一錘定音，「就這麼辦！」

一出關門，武成君憋不住，將季青叫到一邊，責備他道：「這麼多糧草，你怎能一口應承下來？還有，濁鹿是我邊邑重鎮，人口不下萬戶，就這麼拱手送予趙人，你……你教本公如何向燕人解釋？」

「做大事者，不計小失。」季青低聲答道，「季青這麼做，為的是主公大謀。主公也都看到了，子之將軍的六萬大軍屯於龍兌，距武陽不足百里。有子之大軍在後，主公如何大圖？趙軍雖然陳兵邊境，名義上卻是威逼中山，不是征伐燕國。子之按兵不動，趙軍自也無理出擊。主公若是主動捨棄濁鹿，公子范貪功貪餉，必出兵攻取，主公此時再向子之將軍求救，子之必來救援，燕、趙亦必開戰。燕、趙開戰，薊城必虛，主公若是趁機起兵……」

不消季青再說，武成君已是明白過來，點了點頭，翻身上馬，揚鞭狂飆而去。

*　　*　　*

翌日人定時分，年過六旬、一身疲憊的燕文公在老內臣的攙扶下緩步走進甘棠宮。甘棠宮是燕宮裡的正宮，夫人姬雪聽到聲音，急與貼身侍女春梅迎出宮門，急趨幾步替下內臣，一邊一個，扶文公步入正寢，動作輕柔地為文公寬衣。

在老態龍鍾的燕文公面前，虛年二十三歲的姬雪則顯得青春靚麗，充滿活力。七年歲月仍然無法修改一個事實——姬雪是這個宮城中最美麗的女人。她的眼睛仍然像在洛陽時那樣又大又亮，她的彎眉仍然時時凝起，眉宇間仍然掛著絲絲道道的哀愁。

然而，細心之人仍會發現一些改變：她眼神裡的真情不見了，她眉宇間的天真無存了，她俏臉上的笑容失蹤了。姬雪似是換了個人，溫柔中透出冰冷，善意裡現出機敏，就像一隻流離失所、在荒野裡獨步的流浪貓。

文公的衣服尚未寬畢，老內臣急步趨進，小聲稟道：「君上，殿下求見！」

燕文公眉頭略皺，面色不悅，頭也不抬地問道：「這麼晚了，他來何事？」

老內臣遲疑一下，聲音更低：「老奴觀殿下神色，似有要事！」

燕文公沉思有頃，自己動手，重又穿戴衣冠，轉對老內臣道：「好吧，讓他前廳覲見！」

老內臣急急出去。燕文公朝姬雪苦笑一聲，搖了搖頭。姬雪也不說話，輕輕扶他走向寢宮外面的前廳。將近門口時，姬雪鬆開手，退後一步，揖道：「君上，臣妾守在此處了！」

燕文公回揖一禮：「有勞愛妃了！」走出寢門，在廳中主位坐下。不一會兒，太子姬蘇在老內臣的陪同下急步趨入，跪地叩道：「兒臣叩拜公父！」

燕文公緩緩問道：「蘇兒，夜已深了，何事這麼急切？」

太子蘇見旁邊站著老內臣和兩個侍寢的宮女，遲疑一下，欲言又止。老內臣正欲退出，燕文公擺了擺手，對太子道：「說吧，這兒沒有外人！」

太子蘇再次遲疑一下，起身趨前一步，在文公耳邊低語幾句。燕文公臉色漸變，開始喘氣，兩眼緊盯太子蘇，一字一頓：「此事當真？」

太子蘇從袖中摸出一只令牌和一道密冊，雙手呈給文公，小聲稟道：「這是逆賊出入趙軍大營的令牌，其中備細，兒臣盡已寫在密冊裡了！」

燕文公拆開密冊，細細讀過，面色越來越難堪，許久方才抬起頭來：「你……你是如何得知這些的？」

太子蘇面呈得意之色，掃視左右一眼，小聲稟道：「回稟公父，子魚的貼身侍從裡有兒臣的眼線，他的一舉一動盡在兒臣的掌握之中。據兒臣所知，子魚近年來在武陽等地招兵買馬，集結甲士萬餘，良馬數千匹，欲謀大事。此番暗結趙人，資助趙人軍糧一萬五千石……」

太子蘇尚未說完，文公已是手搗胸口，大口喘氣，不一會兒，兩眼一黑，口吐鮮血，慘叫一聲，歪倒於地。太子蘇萬未料到有此變故，大驚失色，哭叫道：「公……公父……」

老內臣也是傻了，正自驚愣，姬雪已從內寢裡衝出，幾步撲到燕文公身前，將他抱在懷裡，捏住人中，急叫：「君上——」轉對老內臣，「快——召太醫！」

老內臣這也反應過來，衝臉色煞白的宮女道：「快，召太醫！」

當兩名宮女領著在宮中當值的太醫急趕過來時，燕文公已經緩過氣來，睜眼一看，見眼中盈淚的姬雪將自己緊緊抱在懷裡，淚水亦出。

太醫跪在地上，按住文公的脈搏，把握一陣，長吁一氣，正欲說話，文公擺了擺手，對仍舊跪在地上不知所措的太子蘇道：「你……去吧！」

太子蘇見文公的目光盯著他，知是對他說的，打了個驚怔，再拜起身，悻悻退出。

*　　*　　*

回到東宮，太子蘇顯得十分煩躁，在廳中來回踱步。踱了一會兒，太子蘇眉頭一橫，伏案疾書一封，加上璽印，大聲叫道：「來人！」

東宮內宰應聲走進，叩道：「臣在！」

「召姬噲來！」

不一會兒，長公子姬噲走進，叩道：「兒臣叩見！」

姬噲剛過冠年，生性敦厚，甚得宮人及朝臣的喜愛，即使燕公對他也頗為讚許。太子蘇掃他一眼，緩緩問道：「聽說你與子之將軍相處甚篤，可有此事？」

「確有此事。」姬噲應道，「子之與兒臣頗能相處，時常教習兒臣騎射之術和用兵方略！」

「如此甚好！」太子蘇點了點頭，將密函交予姬噲，「你連夜出發，繞過武陽，務於明日傍黑之前將此信交付子之將軍！記住，事關重大，萬不可為外人所知！」

「兒臣謹聽吩咐！」

姬噲收好信，別過太子蘇，領上幾名僕從，叫開薊城南門，星夜馳往龍兌。薊城距龍兌走大道六百里，因要繞過武陽，又需多走五十里。姬噲等人快馬加鞭，於翌日申時終於趕至龍兌，被子之迎入中軍大帳。

子之是燕文公五弟姬歷的第三子，自幼聰敏，文功武略無所不愛，尤喜兵法戰陣，是燕室旁支庶子中最有出息也最有心計的一個，深得文公器重。由於子蘇、子魚兄弟不和，子魚雖通兵法，文公卻不敢將兵權擅交予他，因而於三年前封子之為上將軍，統制三軍。

子之年不過三十，與太子同輩，從輩分上講是姬噲的叔父，因而平素一直將他作晚輩看待，甚是關愛。雙方見過禮，分別落席，子之知姬噲有事，先開口道：「看公子面色，此番不像是為騎射而來！有何大事，能否告知末將？」

姬噲從袖中摸出子蘇的密函，遞予子之：「家父要在下將此書親手呈予將軍！」

「哦，是殿下的密函！」子之趕忙接過，拆看一時，神色大驚，眉頭冷凝，有頃，闔上書信，閉目冥思。

看到子之的表情，姬噲急問：「將軍，可有大事？」

子之睜開眼睛，多少有些驚訝地望著姬噲：「信中所寫之事，公子難道一絲不知？」

姬噲搖了搖頭。

「唉，」子之長嘆一聲，「不瞞公子，國難當頭了！」

姬噲驚問：「將軍快說，是何國難？」

「武成君在武陽招兵買馬，已募勇士萬餘，良馬數千匹，勾結趙人，圖謀犯上！趙人以中山國為由，大兵壓境，欲助武成君謀逆！」

「武成君？」姬噲驚道，「你說伯父欲謀逆？」

子之點了點頭。

「伯父為何謀逆？」

「與殿下爭太子之位！」

姬噲沉默一陣，抬頭問道：「家父要將軍幹什麼？」

子之將信遞給姬噲：「公子自己看吧！」

姬噲接過信，匆匆看過，驚道：「家父要將軍調頭圍攻武陽？」

「唉！」子之長嘆一聲，「大敵壓境，自己人倒先打起來了！」

「那……」姬噲急問，「將軍做何打算？」

「唉，」子之復嘆一聲，「一個是殿下，一個是長公子，哪一個都是末將的主公，末將又能怎麼辦？」沉思有頃，抬頭望向姬噲，「公子這就回去，轉呈殿下，就說殿下所請，末將實難從命！末將受命於君上，唯聽君上旨意。莫說是趙人在側，即使沒有趙人，若無君上的虎符，末將也不敢擅動一兵一卒！至於前方情勢，你可轉呈殿下，有末將在，濁鹿斷不會失，武成君的一萬五千石軍糧，趙人連一粒也拿不去！」

子之先國後家，又以君上為大，安排得滴水不漏，姬噲點頭稱善，歇過一宿，於翌日晨起動身返回薊城。

子之使探馬暗訪濁鹿，果有車馬由武陽源源不斷地朝那裡運糧。子之令副將引右軍兩萬在濁鹿西側四十里開外的咽喉之地紮下營帳，嚴密布防，同時傳令中軍大帳朝濁鹿方向移動三十里，與右軍遙相呼應，形成犄角。

姬噲回宮，將子之所言一五一十詳細稟過，諫道：「君父，大敵當前，燕人怎能自己先打起來呢？」

太子蘇白他一眼：「你一個娃娃家，懂個什麼？」

姬噲正欲再諫，太子蘇沒好氣地衝他擺了擺手：「噲兒，你走這一來回，想也累

了，回房歇息去吧！」

見話頭已被截死，姬噲只好告退。姬噲前腳剛走，子蘇就衝內宰怒道：「哼，這個子之甚是可惡，公父讓他治兵，他卻抓小放大，本末倒置！什麼濁鹿不濁鹿？武陽之亂才是根本！」

「殿下，」內宰趨前一步，「臣以為，要讓子之平亂，也不是沒有可能！」

「沒有虎符，他不肯出兵！」

內宰話中有話：「殿下何不前去為他拿來虎符呢？」

太子蘇白他一眼：「你也真是！本宮若能拿來虎符，何須求他？用虎符誅殺子魚，公父斷不肯做！子魚也正是看準這一點，方才有恃無恐呢！」

「在臣看來，」內宰壓低聲音，「殿下若要得到虎符，卻也不難！」

太子蘇眼睛大睜：「有何良策，快說！」

「殿下，燕宮內外，君上最聽誰的話呢？」

「你是說……」太子蘇愣怔半晌，一下子醒悟過來，將拳擊在案上，不無懊悔地說，「咦，本宮怎就忘了她呢？」

* * *

離宮城不遠的偏僻處有一家小客棧，門楣上的三個墨字「老燕人」吸引了正在沿街尋求宿處的蘇秦。他停住車子，走上前去。一位老丈聽到響聲，迎出來，躬身揖道：「老朽見過客官！」

蘇秦拱手還禮：「晚生蘇秦見過掌櫃的！」朝店中望了幾眼，「請問掌櫃的，您這客棧可有空房？」

「有有有，」老丈連聲說道，「我這是老店，陳設破舊，方位偏僻，前幾年生意還行，近兩年生意不好，從年頭到年尾，從未客滿過。蘇子若不嫌棄，可以進來看看！」

聽到老丈如此自曝家醜，蘇秦甚是感喟，將轡繩遞予老丈：「不用看了，晚生就住老丈這兒！」

老丈扭頭喊來小二，讓他將軺車趕至後院，轉對蘇秦道：「蘇子，店中請！」

蘇秦點了點頭，跟隨老丈走進客棧，領他走至一處小院，推開門道：「蘇子請看，這進院子中你眼否？」

蘇秦走進院中，巡視一圈，見院落雖然不大，卻是乾淨整潔，連連點頭：「不錯，就這兒了！」略頓一下，「請問老丈，店錢怎麼算法？」

「一日三枚銅板，飯錢另計！」

聽見只有三枚銅板，蘇秦點了點頭，將手伸入袖中，摸了幾下，卻只摸到幾枚銅板，心頭一沉，尷尬一笑：「晚生將錢放在包裹裡了！」

老丈看在眼裡，憨厚地說：「錢是小事，蘇子儘管住下，何時要走，再結店錢不遲！」

蘇秦忙拱手道：「謝老丈了！」

老丈正欲答謝，前面一進院裡傳出爭執聲，接著聽到有人朝外搬東西。老丈見小二卸完馬，提著蘇秦的包裹走進來，吩咐他道：「小二，待蘇子安頓下來，引他去前面用膳！」朝蘇秦拱了拱手，走向那進院子。

蘇秦安頓已畢，隨小二走至前面，見兩個士子模樣的人已將幾箱行李搬至院中，其中一人正在與老丈清算房錢，另一人候在一邊。

算完房錢，二人卻不急走，反而盯住蘇秦上下打量。蘇秦覺得奇怪，正欲說話，其中一個年歲稍長的拱手揖道：「這位仁兄，可是來燕謀仕的？」

蘇秦點了點頭，還一揖道：「在下是洛陽人蘇秦，初來乍到，還請兩位仁兄關照！」

那士子苦笑一聲，不無哀怨地搖頭嘆道：「唉，到這分上了，還關什麼照呀！在下奉勸仁兄，不要在此浪費時光，趁早走路吧！」

「哦？」蘇秦怔道，「仁兄何出此言？」

「不瞞仁兄，」那士子指著另一人，「我們是兄弟二人，家居中山，苦修五行之術，可知陰陽變化，此番赴燕，本想在燕宮謀個差使，不想苦候數月，莫說得見君上，竟是連宮門之內是何模樣也是一無所知啊！」

「怎麼，燕國不願納士？」蘇秦驚問。

那士子尚未說話，他的弟弟咳嗽一聲，唯妙唯肖地學起宮門衛士逐客的聲音：「君上有旨，概不會客——」

先前說話那人再次苦笑一聲，不再說話。

「原來如此！」蘇秦深吸一口氣，又緩緩吐出，「兩位仁兄欲至何處？」

那人輕嘆一聲：「身上沒有銅板，遠的地方去不成了，聽說武陽廣招賢才，想去那兒混口飯吃！」

「武陽？」蘇秦打個驚愣，「你們要去投奔武成君？」

他的弟弟興奮地說：「當然！武成君在武陽招賢納士，赴燕士子大多投他去了。我上個月原說去投的，我哥死活不肯，這不，熬到今日，他也無話可說，只好走這一條路了。我說仁兄，你若願去武陽，咱們正好結個伴！」

「謝仁兄好意了！」蘇秦朝他們兄弟抱了抱拳，微微笑道，「在下既來此城，無論如何，總也得瞧瞧宮門之內是何模樣吧！」

兄弟二人輕輕搖了搖頭，拱手別過，一人肩起一個包裹，沿大街蹣跚遠去。

翌日晨起，蘇秦早早趕至宮城，遠遠望見紅漆大門兩側各站八名持戟衛士。蘇秦走近，早有兩名衛士持戟攔住他。蘇秦躬身揖禮，從袖中摸出早已寫好的拜帖，遞予衛士。衛士看也不看，遞還過來，大聲唱報。不一會兒，一個門尉聞聲從耳房裡走出，打量蘇秦一眼，拖長聲音道：「來者何人？」

蘇秦揖道：「洛陽士子蘇秦！」雙手呈遞名帖。

門尉接過名帖，一邊審視，一邊問道：「你來此處，欲見何人？欲做何事？」

「在下有重大國事，求見燕公！」

門尉從鼻孔裡哼出一聲，將名帖遞還過來，再次拖長聲音：「君上有旨，概不見客！」言畢，一個轉身，禮也不回，逕自走入耳房。

蘇秦尋思有頃，沿宮城轉至旁邊幾門，逐一問去，果如兩個士子所言，門尉不問青紅皂白，劈頭即道：「君上有旨，概不見客！」

蘇秦連遭幾番搶白，只好悻悻地回到店中，關上房門，思考該從何處入手。

* * *

燕文公的確不能見客。明光宮的正殿裡，文公靜靜地躺在榻上，兩眼緊閉，面色黃中泛白，全身一動不動，形如垂死之人。

姬雪守在榻前，輕聲哼起一曲燕地民歌：

燕山之木青兮，之子出征。燕山之木枯兮，胡不歸！

這是一首燕人悼念征人的民謠，是她不久前從一個老宮女口中學來的。此時姬雪不知想起什麼，信口哼唱起來。曲調原本哀傷，又經姬雪反覆吟唱，更見悲涼。文公聽有一陣，兩行濁淚從眼角裡流出，伸出右手，一把捉住姬雪的纖手，緊緊捏住。文公用力太大，姬雪感到疼痛，強自忍住，任他捏一會兒，方才輕柔地說：「君上，您醒了！」

文公似也意識到什麼，將手鬆開，睜開眼睛，多少有些抱歉地望著她：「愛妃，寡人捏疼妳了！」

姬雪的聲音更加輕柔：「君上，您……您哭了！」說著，將手抽出來，用絲絹輕輕抹去他眼角裡的淚水。

文公苦笑一聲：「愛妃唱得真好！」

姬雪應道：「是君上的心腸好！」轉對春梅，「君上醒了，傳藥！」

不一會兒，兩名宮女端著托盤一前一後進來，一個托盤裡放一碗湯藥，另一個托盤裡放一碗蜜水。春梅接過，姬雪取來湯匙，舀出一匙，親口品嘗一下，點了點頭，輕聲道：「君上，臣妾嘗過了，不算太苦，冷熱也正好！」

文公擺手讓她端下去。姬雪端起藥碗，懇求道：「君上，您……您就看在雪兒分上，閉眼喝下去，啊！」

「唉，」文公長嘆一聲，搖頭道，「愛妃有所不知，寡人之病，何種湯藥也不濟事！」

姬雪淚水流出，緩緩跪下：「君上——」

姬雪正要苦勸，老內臣走進來，站在門口咳嗽一聲，輕聲叫道：「夫人！」

姬雪抬頭望去，見老內臣衝她連打手勢，似有急事。姬雪一怔，放下藥碗，起身走過去。老內臣在她耳邊低語數句，姬雪怔道：「這……」看一眼君上，猶豫不決。

老內臣又打手勢，要她馬上出去。姬雪無奈，只好跟他出去。一出殿門，老內臣就急急說道：「夫人快去，殿下就在前面偏殿裡候您！」

聽到是殿下，姬雪心頭一沉，頓住步子，冷冷地望著老內臣：「本宮與殿下向來無涉，他尋本宮何事？」

「老奴也不知道，」老內臣道，「不過，看殿下那樣子，像是有天大的事！老奴以為，無論發生何事，夫人還是過去一趟為好！」

姬雪略一思忖，點了點頭，跟在老內臣後面走向偏殿。一進殿門，太子蘇就急迎上來，撲通一聲跪在地上，連連叩拜，泣不成聲：「母后——」

見這個比她大了將近二十年的當朝太子叩頭喊她母后，姬雪心裡一揪，面上窘急，叫道：「殿下，你……快起來！」

太子蘇聲淚俱下：「母后，您要發發慈悲，救救燕國啊！」

姬雪驚道：「燕……燕國怎麼了？」

「母后，子魚在武陽蓄意謀反，就要打進薊城來了！」

「天哪！」姬雪花容失色，「子魚他……這不可能！」

「千真萬確呀，母后！」太子蘇急道，「子魚在武陽擁兵數萬，今又暗結趙人，不日就要兵犯薊城，殺來逼宮了！」

姬雪漸漸回過神來，冷冷地望著太子蘇：「殿下，子魚真要打來，本宮一個弱女

子，又能怎樣？」

「母后，」太子蘇納地再拜，「兒臣懇求母后向公父討要虎符，調子之大軍協防薊城，否則，薊城不保啊，母后……」

「殿下是說……虎符？」

「對對對，是虎符！兒臣已去求過子之將軍，子之定要兒臣拿出公父的虎符，否則，他不肯出兵！」

「這……」姬雪遲疑有頃，終於尋到一個託詞，緩緩說道，「自古迄今，女子不能干預政事，行兵征伐是國家大事，殿下自當面稟君上，如何能讓一個後宮女子開口？」言訖，拔腿就朝門外走。

太子蘇卻是不依不饒，撲前一步，死死拖住姬雪的裙角，磕頭如搗蒜，嚎啕大哭道：「母后——」

「殿下——」姬雪又羞又急，跺腳道，「你……你……這像什麼話，快起來！」

太子蘇越發瘋狂，兩手死死抱住她的兩腿，一股勁地叩頭，扯著嗓子道：「母后，您要是不答應兒臣，兒臣就……就跪死在這兒，不起來了！」

「好好好，」姬雪急得哭了，「我答應，我答應！你起來……快起來，天哪！」

太子蘇喜極而泣，鬆開兩手，再拜道：「兒臣……兒臣叩謝母后！」

姬雪哪裡肯聽他又在說些什麼，閃身奪路出門，飛也似地朝正殿逃去。將近殿門時，姬雪頓住步子，伏在廊柱上小喘一時，調勻呼吸，穩住心神，這才走進門去，趨至文公榻前。

文公睜開眼睛，帶問不問地說：「愛妃，妳好像有事？」

姬雪面色緋紅，囁嚅道：「沒……沒什麼！」

「說吧，」文公平靜地望著她，「沒什麼大不了的！」

姬雪點了點頭：「是殿下急召臣妾！」

「蘇兒？」文公打個驚怔，掙扎著急坐起來，兩眼緊盯著她，「他召妳幹什麼？」

「君上，」姬雪想了一想，索性直說了，「殿下要臣妾向君上討要虎符，說是……」

不待她將話說完，文公即擺手止住：「不要說了，只要是他來，就不會有別的事。實話說吧，只要寡人一口氣尚在，虎符就不能交予子蘇！」

姬雪倒是驚訝起來：「子蘇貴為太子，君上百年之後，莫說是虎符，縱使江山社稷也是他的，君上早一日予他與晚一日予他，結果還不是一樣？」

「唉，」文公長嘆一聲，「夫人有所不知，虎符一旦到他手中，燕國就有一場血光之災！」

「這……」姬雪望著文公，點了點頭，「話又說回來，臣妾聽殿下講，子魚今在武陽招兵買馬，圖謀不軌，萬一他先引兵打來，燕國豈不是照樣有一場血光之災？」

文公低下頭去，不知過有多久，再次長嘆一聲：「唉，愛妃呀，這也正是寡人憂心之處。不瞞愛妃，寡人心裡這苦，說予愛妃吧，怕愛妃憂慮，不說吧，真要憋死寡人了！」

「君上，」姬雪移坐在榻上，「您要覺著憋屈，就說出來吧！」

「思來想去，」文公捉過姬雪的纖手，甚是動情，「世上怕也只有愛妃能為寡人分憂了！」眼睛望著姬雪，老淚流出，復嘆一聲，「唉，愛妃哪，眼前骨肉相殘的悲劇萬

一發生，就是寡人之過！」

姬雪怔道：「君上何出此言？」

「說來話長了，」文公緩緩說道，「寡人與先夫人趙姬共育二子，是同胞雙胎。出生時子魚在先，立為長子，子蘇在後，立為次子。兩人雖為雙胎，秉性卻是迥異。子魚尚武，子蘇尚文。按照燕室慣例，寡人當立子魚為太子！」

文公咳嗽一聲，姬雪端過一杯開水，遞至文公脣邊：「君上為何未立子魚？」

文公輕啜一口：「寡人原要立他的，可這孩子自幼習武，總愛打打殺殺，說話也直，不像子蘇，知書達禮，言語乖巧，將寡人之心慢慢占去了。雙胎十六歲那年，寡人一時心血來潮，不顧群臣反對，孤意立子蘇為太子。子魚認為太子之位是他的，心中不服，求武陽為封地。趙姬也認為寡人有負子魚，為他懇請。寡人心中有愧，也就應承下來，封他武成君。」

姬雪想有一時，再次問道：「子魚為何請求武陽為封地呢？」

「武陽就如趙國的晉陽，是燕國故都，又稱下都。在燕國，除薊城之外，數武陽城最大，土地肥沃，糧草豐盈，人口眾多，內通薊城，外接齊、趙、中山，是樞紐之地。若是謀逆，進可攻薊城，退可背依中山、趙、齊，割城自據！」

「如此說來，子魚謀武陽是有遠圖的！」

「是的，」文公點頭道，「趙姬故去之後，寡人知其生有二心，訓誡過他，不想他非但不聽，反而心生怨恨，不來朝見不說，又陰結趙人，欲謀大……大逆！」

「君上許是多慮了，依臣妾看來，子魚是個直人，想他不會走到這一步的！」

「唉，」文公長嘆一聲，「他原本不會！可……可……可這幾年來，他受謀臣季青蠱惑，漸漸變了！」

「季青？季青又是何人？」

「季青是寡人前司徒季韋之子。兄弟內爭，朝臣一分為二，或支持子蘇，或支持子魚。寡人立子蘇，支持子魚的朝臣強力反對，尤以司徒季韋為甚，屢次進諫，見寡人不聽，憤而辭官，鬱悶而死。季青葬過父親，變賣家產，遣散家人，隻身投往武陽，誓助子魚奪回太子之位，以酬其父夙願。此人胸有大志，腹有韜略，做事險毒，是個狠角兒，子魚受他控制，聽說是對他言聽計從！」

姬雪似是聽明白了原委，又忖一時，勸慰道：「君上既立子蘇為太子，想是上天的安排。子魚真敢忤逆，上天自有懲罰。君上莫要自責，有傷龍體！」

「唉，愛妃有所不知，寡人真正的心病還不在這裡！」

姬雪驚道：「除去此事，難道君上還有心病？」

文公沉默許久，黯然神傷：「近些年來，寡人細細審來，季韋許是對的，寡人，唉，也許真的是所選非賢哪！」

姬雪更加震驚：「君上是說……殿下？」

文公反問她道：「愛妃覺得蘇兒如何？」

自入燕宮，姬雪最不願看到的就是子蘇，因為子蘇早晚見她，眼珠總是直的，總是朝她身上的要害地方瞄，讓姬雪甚不舒服。剛才之舉，姬雪更是心有餘悸，然而，此時文公問起來，姬雪卻也不好說什麼，順口搪塞道：「看起來還好。臣妾與殿下素不往來，偶爾見面，他也是母后長母后短的。臣妾……臣妾小他許多，聽他叫得親熱，就耳根發燙，能躲也就躲他一些！」

「這些都是外在！」

「外在？」

「是的！」文公的語氣毋庸置疑，「事到如今，寡人才知他根性卑劣，可……愛妃啊，寡人實在……實在是……進退維谷了！」

「天之道，順其自然。」姬雪安慰道，「君上已經盡心，未來之事，就隨天意斷吧！」

文公點了點頭，深情地望著她：「愛妃……唉，不說也罷！」

「君上有話，還是說出來吧！」

「唉，」文公嘆道，「寡人老了，力不從心了。要是再年輕幾年，能與愛妃育出一子，由愛妃親自調教，何來今日這些煩惱？」

姬雪臉色羞紅，淚水流出，將頭輕輕伏在文公身上：「君上——」

* * *

蘇秦早早起床，趕到外面轉悠。儘管表面上他顯得若無其事，心裡卻是焦急。無論如何節儉，一日至少也得吃上兩餐，幾日下來，囊中已無一文。小喜原本送他一百多枚銅板，在邯鄲時雖未花去多少，但來薊城這一路上，卻是開支甚巨。一要趕路，二要養馬，三要住店，根本無法節儉，因而在趕至薊城時，囊中已剩無幾。他對老丈說錢在囊裡，無非是個託詞。好在老丈為人厚實，沒有讓他預付店錢，否則，一場尷尬是脫不了的。

眼下急務是盡快見到姬雪。囊中羞澀倒在其次，情勢危急才是真章。聽到賈舍人說起燕國內爭，他的心裡就起一種預感，姬雪需要他，燕國需要他，他必須出面制止這場紛爭。燕國一旦內亂，受到傷害的不只是姬雪一人，燕國百姓也將遭難。再往大處說，無論武成君成與不成，燕必與趙交惡，這將直接影響合縱方略的整體實施。

將近午時，蘇秦仍在大街上徜徉。這幾日來，他考慮過進宮求見的各種途徑，沒有一條可以走通。燕公臥病在榻，謝絕一切訪客，也不上朝，莫說是他，縱使朝中諸大夫，也只能在府候旨。他又以燕國夫人的家鄉人身分求見姬雪，因守門軍尉俱已識他，根本不信。

依據蘇秦的推斷，燕公之病就是眼下武陽的亂局。如何解此亂局，在他來說已是小事一樁。然而，如果見不上燕公，再好的對策也是無用。

蘇秦又走一時，肚中再次鳴叫起來。蘇秦知道已到午飯時辰，抬眼望去，街道兩邊的商販或在用餐，或在準備用餐，遠處有慈母在扯著嗓子喚子吃飯。趕街的路人開始朝兩邊的飯館裡鑽，小吃攤位上飯菜飄香，四處都是吞嚥的聲音。

望著這一切，蘇秦嚥下口水，往回走去。不一時回到「老燕人」客棧，廳裡已有幾位餐客，面前擺滿酒菜，吆五喝六，狼吞虎嚥。老丈靜靜坐在櫃前，見蘇秦進來，也不說話，拿眼盯他看了一下。蘇秦朝他微微一笑，算作招呼，看也不看那群食客，逕直走過飯廳，回至自己的小院。

蘇秦關上院門，倚門閉目一陣，走進屋子，舀出一瓢涼水，咕咕幾聲一氣灌下，至榻上盤腿坐下，閉目養氣。

就在此時，門外傳來腳步聲。不一會兒，有人敲門。蘇秦一怔，睜開眼睛，緩緩起身，開門見是小二。

小二揖道：「蘇爺，掌櫃有請！」

蘇秦心裡一沉，立即閃過咸陽的那個黑心店家，忖道：「店家都是一般黑心，觀老丈方才的眼神，想是他已看破端倪，擔心我付不起他的店錢了！」

這樣想著，蘇秦的臉色陡陰，淡淡說道：「那日住店時，你家掌櫃親口說過，店錢在離店時打總兒結清，你這……」

不及他將話說完，小二撲哧一笑：「蘇爺想到哪兒去了，我家掌櫃不是來討店錢的！」

蘇秦心裡一怔，也覺得自己唐突了，尷尬一笑，不好再問什麼，順手帶上房門，隨小二走進廳中。

幾個食客已走，老丈端坐於一張几案後面，案上擺著四大盤老燕人常吃的小菜、一壺老酒和兩只斟滿酒的精銅酒爵。

蘇秦心裡忐忑，躬身揖道：「蘇秦見過老丈！」

老丈也不動身，拱手還過一禮：「老朽有擾蘇子了！」指著對面席位，「蘇子請坐！」

蘇秦不知何意，再次拱手：「老丈有何吩咐，但說就是！」

老丈微微一笑：「蘇子坐下再說！」

蘇秦走至對面，盤腿坐下，兩眼望著老丈。

「是這樣，」老丈緩緩說道，「今日是老朽六十整壽，活足一個甲子了，也算大喜。老朽心裡高興，略備幾盞小菜，一罈薄酒，以示慶賀。蘇子是貴人，老朽冒昧，欲請蘇子共飲一爵，討個吉祥，還望蘇子賞光！」

蘇秦的直覺完全可以感受出老丈說出此話的真實用意，當下心裡一酸，眼眶發熱，聲音多少有些哽咽：「老丈……」

老丈卻似沒有看見，指著面前的酒爵笑道：「這兩只銅爵可不一般，全是宮裡來的，若不是逢年過節，祭祖上墳，老朽捨不得一用，今日也算大喜，拿出來恭請蘇子了！」端起一爵，「蘇子，請！」

見老丈一臉慈愛，滿懷真誠，蘇秦似也緩和過來，端起酒爵，拱手賀道：「晚生恭賀老丈，祝老丈壽比青山，福如大海！」

二人相視一笑，各自飲盡。

老丈放下酒爵，拿起箸子，連連夾菜，放在蘇秦前面的盤子裡，笑道：「這些小菜是老朽親手烹炒的，也算是燕地風味，請蘇子品嘗！」

蘇秦夾起幾塊，分別嘗過，讚道：「嗯，色香味俱全，果是人間佳肴！」

「謝蘇子褒獎！」老丈說著，再次為蘇秦夾菜。

二人吃菜喝酒，相談甚篤。酒罈將要見底時，老丈慢慢地從袖中摸出一只錢袋，推至蘇秦身邊：「蘇子早晚出門，腰中不可無銅。這只袋子，暫請蘇子拿去！」

「老丈，」蘇秦面色大窘，急急推回，「這……如何使得？」

「如何使不得？」老丈復推過來，呵呵笑道，「不就是幾枚銅板嗎？」

蘇秦凝視老人，見他情真意篤，毫無取笑之意，甚是感動，跪地謝道：「老丈在上，請受晚生一拜！」連拜三拜，「老丈大恩，蘇秦他日必將厚報！」

「蘇子快快請起！」老丈急急起身，拉起蘇秦，「蘇子是貴人，老朽何敢受此大拜？再說，區區小錢，蘇子不棄也就是了，談何厚報？老朽已是就木之人，幾枚銅板在老朽身邊並無多大用處，蘇子拿去，卻能暫緩燃眉之急！」

蘇秦真正被這位老燕人感動了，拿起袋子，收入袖中，朝老人拱手道：「老丈高義，晚生見笑了！」

老丈坐回身子，衝他點了點頭，舉爵道：「為蘇子前程得意，乾！」

蘇秦亦舉爵道：「謝老丈厚愛！」

二人飲盡，又喝幾爵，蘇秦緩緩放下酒爵，兩眼望著老丈：「晚生有一惑，不知當講否？」

「蘇子請講！」

「晚生與老丈素昧平生，今投老丈客棧，老丈察微知著，看出晚生眼下困頓，請吃請喝不說，又解囊相贈，實出晚生意料之外。晚生甚想知道，老丈是生意人，接待八方賓客，為何獨對晚生有此偏愛？」

「蘇子既然問起，」老丈微微一笑，緩緩說道，「老朽也就照實說了。老朽在此開店三十五年，來往士子見得多了，眼力也就出來了。不瞞蘇子，打一見面，老朽就知道你跟他們不一樣，是個幹大事的！」

蘇秦亦笑一聲：「老丈這是高看蘇秦了！」

「不過，老朽不求厚報，也不是不求回報！」老丈斂起笑容，瞇眼望著蘇秦。

「這個自然！」蘇秦不知老丈要求何事，心中微凜，但此時已無退路，只得拱手說道，「老丈請講！」

「他日得意，求蘇子莫要忘記燕人！」老丈一臉嚴肅，字字懇切。

聽到老燕人說出的竟是此話，蘇秦內中甚是震撼，顫聲應道：「晚生記下了！」

「記下就好！」老丈點了點頭，「蘇子此來，可是欲見君上？」

「唉……」蘇秦長嘆一聲，臉上現出無奈。

「欲見君上，倒也不難！」

蘇秦眼睛大睜，不無驚異地盯著老丈。

老丈緩緩說道：「老朽膝下犬子，名喚袁豹，眼下就在宮中服役，是當朝太子殿前軍尉。今日老朽六十大壽，他說好要回來的，但在兩個時辰之前，卻又捎來口信，說是今日申時，他要護送太子殿下、燕國夫人前往太廟，怕是回不來了！老朽在想，蘇子若至宮城東門守候，或可謁見殿下！若是見到殿下，或可謁見君上了！」

「燕國夫人？」蘇秦既驚且喜。

「是的，」老丈點了點頭，「君上龍體欠安，夫人欲去太廟，說是為君上祈福！」

蘇秦拱手道：「謝老丈指點！」

吃完飯後，蘇秦辭別老丈，回至房中坐有一時，見申時將至，動身前往燕宮。蘇秦在東門外面守候片刻，果然看到宮門洞開，一隊衛士湧出宮門，開始清理街道。又候一時，大隊甲士走出宮門，隊伍中間，旌旗獵獵，兩輛公輦轔轔而行。公輦前面，一匹高大的棗紅馬得得而行，馬上一人手執長槍，虎背熊腰，兩眼冷峻地望著前方。毋須再問，蘇秦一眼看出，此人必是軍尉袁豹。

衛隊走出宮門不久，蘇秦看得分明，就像當年在洛陽一樣，從街道上斜刺裡衝出，不及眾人反應，已經跪在大街中央，叩拜於地，大聲叫道：「洛陽蘇秦叩見燕國太子殿下！」

袁豹大驚，縱馬急衝上前，大喝一聲：「快，拿下此人！」

眾衛士一齊圍攏過來，早有兩名甲士衝上前去，將蘇秦的兩隻胳膊分別扭住。袁豹

環視四周，看到再無異常，這才緩出一口氣，回馬馳至太子駕前，大聲稟道：「啟稟殿下，有人攔駕！」

太子蘇早被這場突如其來的驚變嚇得魂飛魄散，在車中如篩糠一般，顫聲問道：「可是刺……刺客？」

「回稟殿下，」袁豹朗聲說道，「攔駕之人自稱洛陽蘇秦，聲言求見殿下！」

聽到不是刺客，太子蘇迅即回過神來，掀開車簾，大聲喝道：「什麼蘇秦？就地杖殺！」

「殿下，」袁豹略一遲疑，輕聲奏道，「末將察看此人，似無惡意！是否……」

太子蘇眼睛一瞪，截住他的話頭：「驚擾國后就是死罪，還不快拉下去！」

「末將遵旨！」袁豹轉過身來，下令道，「殿下有旨，洛陽人蘇秦驚擾國后車輦，犯下死罪，拉下去就地杖殺！」

眾甲士正欲行杖，蘇秦突然爆出一聲長笑：「哈哈哈……燕國無目乎！燕有大難，洛陽蘇秦千里奔救，卻遭殺身，燕國無目乎？」

太子蘇怒道：「大膽狂徒，死到臨頭，還敢恃狂，行刑！」

話音未落，後面車駕裡陡然飄出姬雪的聲音：「慢！」

姬雪的聲音雖然柔和，穿透力卻強，眾甲士正欲行杖，聞聲止住。

姬雪緩緩說道：「把攔駕之人帶上前來！」

袁豹聽得明白，即令衛士將蘇秦扭至車前。姬雪輕輕撥開車簾，見攔車之人果是蘇秦，心中一陣狂跳。好一陣，她才壓住心跳，放下珠簾，顫聲說道：「攔駕之人，你說你是洛陽人蘇秦？」

分別七年，蘇秦再次聽到姬雪的聲音，雖然激動萬分，卻也只能強自忍住，沉聲說道：「啟稟燕國夫人，草民正是洛陽人蘇秦！」

又頓一時，姬雪輕聲說道：「袁將軍，鬆開此人！」

「末將遵旨！」袁豹應過，回身下令眾衛士放開蘇秦。

蘇秦跪下，叩道：「洛陽人蘇秦叩見燕國夫人，恭祝夫人萬安！」

姬雪顫聲道：「蘇子免禮！」

太子蘇看到袁豹將蘇秦放了，一時不明所以，跳下車輦，急對姬雪道：「啟稟母后，這個狂徒攔阻母后大駕，已犯死罪，為何將其放掉？」

姬雪已經恢復鎮靜，淡淡說道：「殿下，此人是洛陽名士，不是狂徒！」

太子蘇似也明白過來，眼珠一轉，態度大變，轉對蘇秦深揖一禮：「姬蘇不知蘇子是母后的家鄉名士，得罪之處，望蘇子包涵！」

蘇秦朝他叩拜：「草民謝殿下不殺之恩！」

太子蘇親手將他扶起：「蘇子請起！」

蘇秦再拜起身。太子蘇不無殷勤地說：「姬蘇與母后欲去太廟，蘇子可否隨駕同往？」

蘇秦拱手道：「謝殿下抬愛！」

太子蘇為討好姬雪，邀請蘇秦與自己同輦，傳旨繼續前行。不消半個時辰，一行人馬趕至太廟，姬雪、太子蘇在太廟令的安排下步入大殿，按照往日慣例獻祭，為燕文公祈壽。

祭祀已畢，太廟令叩道：「請國后、殿下至偏殿稍歇！」

姬雪、太子蘇起身步入偏殿，分別落席。剛剛坐下，太子蘇心中有事，急不可待地屏退左右，伏地叩道：「母后，兒臣所託之事，君父可准允否？」

因有前面的尷尬，姬雪對此早有準備，大聲叫道：「來人！」

太子蘇無奈，急急起身，端坐於席。老內臣急走進來：「老奴在！」

姬雪朗聲吩咐：「有請蘇子！」

「夫人有旨，有請蘇子！」

不一會兒，蘇秦走進，叩道：「草民叩見燕國夫人，叩見太子殿下！」

姬雪擺手道：「蘇子免禮！」手指旁邊的客位，「蘇子請坐！」

「謝夫人賜坐！」蘇秦再拜，起身坐於客位。

姬雪將蘇秦細細打量一番，緩緩問道：「請問蘇子，這些年來哪兒去了？」

「回稟夫人，」蘇秦拱手答道，「草民與好友張儀同往雲夢山中，拜鬼谷先生為師，修習數載，於前年秋日出山！」

「張儀？」太子蘇極是震驚，兩眼大睜著盯住蘇秦，「可是那個助楚王一舉滅掉越國大軍二十餘萬的那個張儀？」

「正是此人！」蘇秦拱手答道。

「嗯，」姬雪微微一笑，「本宮也曾聽說此事，真沒想到張儀能有這個出息！」

太子蘇更為驚詫：「聽母后此話，難道認識張儀？」

姬雪點了點頭：「見過他幾面！」轉身復對蘇秦，「聽聞蘇子去年曾至秦國，可有此事？」

蘇秦苦笑一聲，搖頭嘆道：「唉，是草民一時糊塗，欲助秦公一統天下！」

符了！」

「什麼？」太子蘇簡直是目瞪口呆，「蘇子欲助秦公一統天下？你……」

姬雪微微一笑，轉對太子蘇：「殿下方才不是詢問所託之事嗎？今有蘇子，可抵虎

太子蘇不可置信地望著蘇秦，好半天，方才愣過神來，半是懇請半是譏諷地說：

「姬蘇懇請蘇子，一統天下可否暫緩一步，先來救救燕國！」

蘇秦微微點頭，明知故問：「請問殿下，燕國怎麼了？」

太子蘇急道：「姬蘇得報，公子魚在武陽招兵買馬，陰結趙軍，欲裡應外合，行大逆之事。君上聞報，氣結而病。公子魚聽聞君上病重，氣焰越加囂張，不日就要起兵薊城，燕國……燕國大難不日將至！」

蘇秦微微一笑：「在蘇秦看來，武陽之亂，不過區區小事！」

太子蘇震驚道：「什麼？武陽之亂若是小事，何為大事？」

「回稟殿下，燕國大事，在於朝無賢才，國無長策！」

太子蘇正要抗辯，姬雪擺了擺手：「時辰不早了，蘇子且回館驛，待本宮回過君上，另擇時日向蘇子請教！」

蘇秦起身叩拜：「草民告辭！」

*　　　*　　　*

三月初一這日，古城晉陽再遭沙塵襲擊。翌日後半夜，原本漆黑的大地又被一層厚厚的沙塵籠罩，更是不見天光。

在晉陽正西門的城門樓上，全身甲衣的晉陽都尉申寶與十幾個親隨守伏在門樓的城垛上，目不轉睛地望著城外。不遠處傳來守夜更夫的梆聲，連響五下，略頓一頓，又響

五下，形成有律的節奏。

站在身邊的一個親隨湊過來，小聲說道：「將軍，交五更了！」

「聽到了！」申寶不耐煩地回他一句，兩眼仍在牢牢地盯著遠方。

又候一時，看到仍無動靜，申寶有些急了，轉向那名傳話的親隨：「你吃準了，可是今夜五更？」

那親隨急道：「回稟將軍，小人聽準了。樗里大人親口說，是本月初二凌晨，交五更，以火光為號！」不無驚喜地手指遠處，「將軍請看——」

果然，遠處亮起三堆火光。

申寶抽出寶劍，不無威嚴地轉過身來，小聲命令：「點火！」

幾名手持火把的親隨急急走到早已準備妥當的柴垛前，俄頃，城垛上呈一字形燃起三堆大火。不一會兒，遠處的塵霧裡湧出無數秦軍，多得就如螞蟻一般，悄無聲息地逼近西門。

申寶看得分明，壓住內心激動，小聲命令：「快，放下吊橋，打開城門！」

一個親隨轉過身去，正要下樓傳令，陡然間僵在那兒，目瞪口呆。申寶急道：「秦人就到城門口了，你還愣個什麼？」

話音未落，樓下竟已傳來放吊橋及開城門的聲音。申寶正自驚異，背後又飄來渾厚但卻冷冰的嗓音：「不勞申將軍，城門已經開了！」

申寶急急回頭，見一身戎裝的晉陽守丞趙豹不知何時已經站在他的身後，四周更有數不盡的趙兵，個個張弓搭箭，蓄勢待發。

「趙……趙將軍！」申寶一下子傻了，語無倫次。

趙豹冷冷地望著他：「拿下逆賊！」

眾兵士上前，將申寶及所有親隨盡皆拿下。

眼見秦兵先鋒中已有數百人衝過吊橋，湧進城門洞，趙豹冷冷一笑，朗聲命令：「將士們，起吊橋，關門打狗！」

一群趙兵發聲喊，猛然拉起吊橋的滑輪，吊橋陡然飛起，橋上的秦兵猝不及防，紛紛掉入寬近三丈的護城河裡。與此同時，城上火把四起，萬弩齊發，可憐過橋的數百秦兵，頃刻間就在陣陣慘叫聲中化為陰世之鬼。

司馬錯大驚，急令鳴金收兵。

與此同時，晉陽東門開啟，兩騎衝出，快馬加鞭，逕朝邯鄲馳去。中大夫樓緩得到急報，急稟安陽君：「稟報太師，晉陽急報！」

安陽君匆匆看過，急道：「快，備車，洪波臺！」

* * *

子之朝濁鹿祕密駐防的事，迅速為武成君所知。子魚急召季青：「子之陡然增兵濁鹿，季子可知此事？」

季青點了點頭。

「你可速將此事告知趙人，要他們暫……」

「回稟主公，已經晚了！」

「季子，你……此話何意？」

「主公，」季青緩緩說道，「微臣早已使人通報公子范，他要的糧秣已備妥當，沒準這陣兒趙軍已在奔襲濁鹿的途中了！」

「這如何能成？」武成君大驚失色，「趙人不知防備，必吃大虧，萬一問罪，教本公如何解釋？」

「微臣要的就是這個！」季青陰笑一聲，「公子范若吃大虧，自然不肯罷休。趙、燕一旦交兵，必有一場熱鬧，主公若在此時起兵，大事必成！」

武成君正欲再問，果有探馬來報：「報，趙人夜襲濁鹿，已被子之將軍打退！」

武成君急問：「情勢如何？」

「趙人折兵三千，退兵三十里下寨，子之將軍也退守濁鹿！」

「趙人共來多少兵馬？」季青問道。

「一萬！」

「再探！」

探馬應喏而退。季青微微一笑，轉對武成君道：「主公，可以起兵了！」

「季子？」

「公子范原以為濁鹿唾手可得，僅使一萬人來取，萬未料到遭此痛擊。依公子范性情，必起大軍復仇，主公此時不起兵，更待何時？」

「這……」

「主公，機不可失，時不再來啊！」

武成君沉思有頃，面色漸漸堅毅：「傳令去吧！」

＊　　＊　　＊

明光宮裡，姬雪緩緩走至文公榻前，將手撫在文公額頭，輕聲問道：「君上，今日感覺如何？」

文公苦笑一聲，輕輕搖頭：「心頭就如壓著一個鉛塊，頭也疼得厲害！」

「君上勿憂，」姬雪微微一笑，聲音更柔，「臣妾在太廟求得一卦，乃上上之籤。聽卜師解釋，君上之疾，不日將癒！」

「唉，」文公長嘆一聲，「愛妃，妳不要寬慰寡人了。寡人之病，寡人自知，一時三刻是好不了的！」

姬雪撲哧一笑。

文公怔道：「愛妃因何而笑？」

姬雪又笑一聲，方才止住，說道：「臣妾前往太廟，途中遇到一樁奇事，方才想起，一時忍俊不住，竟就笑出來了！」

「哦？」文公的好奇心全被勾起，心情也好起來，歪頭望著她，「是何奇事，能惹愛妃如此發笑？」

「臣妾剛出宮城，就有一人衝至街心攔駕！」

文公驚道：「何人攔駕？可否驚到愛妃了？」

「哪能呢？」姬雪笑道，「臣妾又不是三歲孩童！」略頓一下，「那人跪在地上，說是求見殿下。殿下見他衝撞臣妾，就要拿他問罪。也是臣妾好奇，召他問之，此人自稱是雲夢山鬼谷子弟子，魏國大將軍龐涓、楚國客卿張儀皆是他的師弟。臣妾上下打量，見他貌不驚人，衣冠陳舊，形容舉止似也看不出是胸有大才之人。龐涓、張儀何等人物，此人竟然自稱與他們同門，豈不是妄言托大嗎？君上，現在這世道，就如一片大林子，什麼樣的鳥都有。君上見多識廣，可曾遇到此等可笑之事？」

「嗯，」文公見她言語輕鬆，也放下心來，「此事聽來倒也好笑！後來如何？」

「也是臣妾好奇心起，一來欲試此人才華，二來也想打壓一下此人氣勢，就以燕國之事問之。不料此人出口說道：『燕有大疾！』臣妾以為，君上龍體欠安之事，燕人皆知，此人說出此語，也算平常，隨口應道：『先生所指可是君上龍體欠安之事？』此人應聲回道：『非也，君上無疾！有疾者，燕也！』君上明明有疾，此人卻說君上無疾，豈不是亂言誑語嗎？臣妾本欲責罰此人，因其所言也還吉利，後又占下吉卦，一時高興，也就打發他去了。現在回想此事，特在君上面前學舌！」

文公忽地一聲從榻上坐起：「此人姓啥名誰？現在何處？」

「君上萬不可驚動身子！」姬雪扶他躺下，「臣妾已問明白，此人姓蘇名秦，是臣妾娘家洛陽人，現在宮城外面的老燕人客棧居住！」

「蘇秦？」文公眼睛大睜，「可是那個向秦公獻帝策欲一統天下的蘇秦？」

「君上真是神了！」姬雪佯吃一驚，「臣妾問過了，正是此人！」

文公再次起身，身上之病似已全然不見：「愛妃，速召此人入宮！嗯，不可走漏風聲，讓他前去……前去寡人書房！」

姬雪微微一笑：「可……君上這龍體……」

「哦，」文公也笑起來，「是了，寡人還病著呢。這樣吧，傳他前來明光宮，就在榻前覲見！」

「臣妾領旨！」

姬雪扶文公重新躺下，款款退至門口，轉身走出，剛至前面客廳，猛然看到太子蘇在裡面來回轉悠，見她出來，急趨過來，撲通一聲跪地叩道：「母后——」

姬雪欲躲不及，只好頓住步子，眉頭緊皺：「殿下？」

「母后，」太子蘇急道，「出大事了！」

姬雪緩緩走到席前坐下，擺手道：「殿下請起，是何大事，你這說吧！」

太子蘇起身，也在席前坐下，拱手道：「啟稟母后，兒臣得報，趙軍一萬昨日襲我邊邑重鎮濁鹿，被子之將軍擊退。趙軍主將趙范大怒，命令大軍連夜拔營，向我邊境移動七十里，子之將軍也令燕軍將士人不卸甲，馬不離鞍，晝夜戒備，兩國大戰一觸即發！武成君見時機成熟，在武陽殺豬宰牛，誓師伐薊，檄文已擬好了，說是朝有奸賊，欲清君側！這且不說，據兒臣所知，薊城裡面有他許多內應，即使宮中，也有他的耳目，兒臣一舉一動，皆在他的監視之中！」

「殿下是何打算？」

「母后，」太子蘇急道，「眼下已是緊要關頭，母后必須奏請君上，討要虎符，調子之大軍回守薊城，剿滅亂臣賊子！」

姬雪心頭一怔：「若是調回子之大軍，何人迎擊趙人？」

「母后，」太子蘇隨口應道，「趙人若打過來，我們大不了割城獻地；子魚若打過來，君上、母后還有兒臣，我們……我們是必死無疑啊，母后！」

面對祖宗留下來的江山社稷，殿下竟然說出如此不疼不癢之語，實讓姬雪心寒。姬雪忽又聯想到文公所說的選人非賢一句，不無鄙夷地斜他一眼，冷冷說道：「殿下，君上病情剛有好轉，不可驚動！虎符之事，你也不必再說了！」

太子蘇一急，故伎重演，起身倒地而拜，兩手扯住她的裙帶，聲淚俱下：「母后——」

「殿下！」姬雪面色慍怒，凜然說道，猛然站起身子，用力扯回裙帶，厲聲喝道：

「來人！」

太子蘇完全被姬雪的威嚴震懾了，跪在地上不知所措。老內臣聞聲急走進來：「老奴在！」

「殿下累了，送他回東宮歇息！」姬雪冷冷說道。

老內臣上前一步，轉對太子蘇揖道：「夫人有旨，請殿下回東宮歇息。殿下，請！」

太子蘇抹了一把淚水，爬起來悻悻走出。見他走遠，姬雪轉對老內臣：「你速去老燕人客棧，請蘇子馬上入宮！」

「老奴遵命！」

* * *

從太廟回來之後，蘇秦不知姬雪何時捎來音訊，哪兒也不敢去，一直守在店中。將近午時，一人拉著一匹黑馬急走過來，看到門楣上的「老燕人」三字，那人拿袖子擦了一把汗水，上前拱手問道：「請問老丈，此店可否有位姓蘇的先生！」

老丈放下長矛，拱手還禮：「客官要尋的可叫蘇秦？」

那人喜道：「正是！」

老丈打量他幾眼，返身回店，走至蘇秦房前，敲門叫道：「蘇子，有人尋你！」

蘇秦聞聲走出，見是一個陌生壯漢，拱手道：「在下蘇秦見過壯士！」

那人打揖回禮，也無多話，從袖中摸出一封密函，遞於蘇秦，說道：「在下從邯鄲來，有位姓賈的先生有急信託在下捎予先生！」

蘇秦拆開一看，眉頭大展，對來人揖道：「壯士辛苦了！」

那人正欲答話，街上再次傳來馬蹄聲，不一會兒，一輛車馬停在店外，老內臣從車上走下，蘇秦看到，迎上去揖道：「蘇秦見過內宰！」

老內臣還過一揖：「蘇子，夫人有請！」

蘇秦轉對壯漢：「壯士稍坐，在下有點急事，不能奉陪了！」轉對老丈，「煩請老丈做幾道好菜，權為壯士洗塵！」

見老丈應過，蘇秦迅即登上軺車，隨老內臣急入宮中。姬雪面色焦灼，正在宮中來回走動。老內臣趨步進來，小聲奏道：「啟稟夫人，蘇子來了！」

姬雪長出一口氣，穩定一下慌亂的情緒，款步走至席位，緩緩坐下：「有請蘇子！」

蘇秦趨進，叩拜於地：「草民叩見燕國夫人！」

「蘇子免禮！看茶！」

蘇秦謝過，起身坐於客位，宮女端上香茶。

姬雪凝視蘇秦，有頃，拱手說道：「國有大事，君上今又龍體欠安，本宮一個弱女子，實在無力應對，情急之下，只好冒昧打擾蘇子，還望蘇子不吝賜教！」

因有老內臣在場，蘇秦只好一語雙關：「蘇秦是專為燕國來的，蘇秦願為燕國，願為夫人，鞠躬盡瘁，死而後已！」

姬雪微微點頭，顫聲應道：「姬雪謝蘇子了！」

「聽夫人說國有大事，請問夫人，眼下情勢如何？」

姬雪將趙燕交兵、子魚引軍殺奔薊城一事大略講述一遍，不無憂慮地望著蘇秦：「蘇子，大體就是這些，眼下事急，子魚大軍恐怕這陣兒離薊城不遠了！」

「請問夫人，子魚之事，君上可有旨意？」

「唉，」姬雪搖了搖頭，輕聲嘆道，「子魚、子蘇都是君上骨血，今日勢成水火，君上左右是難。不瞞蘇子，君上之病，因的也是這事。假使叛亂的不是子魚，君上斷不會讓情勢發展到這個地步！」

蘇秦想了一想：「夫人可有旨意？」

「唉，」姬雪復嘆一聲，「本宮一個女人家，能有什麼旨意？蘇子，燕國本是弱國，東有胡人，北有戎狄，南有強齊，這西……蘇子也看到了，眼下趙國八萬大軍已經壓境。蘇子，燕國勢弱，不能自亂哪！」

聽聞此言，蘇秦甚是感動，起身叩道：「蘇秦謹遵夫人旨意！」

姬雪窘道：「蘇子，本宮哪……哪……哪來旨意？」

蘇秦再拜道：「夫人方才說，燕國不能亂，就是旨意！」

姬雪既驚且喜：「看來蘇子已有應對之策了！」

「夫人放心，」蘇秦肯定地點了點頭，「若治天下之亂，蘇秦不敢誇口；若治燕國眼前之亂，於蘇秦倒是不難！」

姬雪長出一口氣，將手摀在心上：「有蘇子此話，本宮這也放心了！」

話音剛落，一宮人飛奔進來，叩在地上，上氣不接下氣地說：「啟……啟稟夫……夫人，叛……叛軍已至郊區，就要打……打到城……城下了！」

有蘇秦在側，姬雪全然無懼，神色篤定地轉向老內臣，緩緩說道：「傳殿下、薊城令本宮議事！」

老內臣應道：「老奴領旨！」

*　*　*

曠野上，旌旗獵獵，車輪滾滾，戰馬嘶鳴，近兩萬人馬分成左中右三軍從武陽方向直撲過來。中間一輛戰車上，昂首站著燕國大公子姬魚。

早有探馬報知薊城，幾座城門同時關閉，護城河上的吊橋隨之吊起。

大軍在南城門外一箭之地停下，依照事先的編排擺開陣勢。全副武裝、手執長槍的武成君威風凜凜地站在中間一輛戰車上，炯炯有神的目光緊緊盯在高高的城門樓上。在他的兩邊，分別站著季青及十幾員戰將。

凝視片刻，武成君將頭轉向身邊的季青。

季青朗聲喝道：「諸位將軍，主公姬魚身為君上長子，當立太子。不料公子姬蘇以陰術媚上，蠱惑君上，謀得太子之位。姬蘇身為太子，不體恤民生，專權跋扈，排除異己，塞言用奸，致使燕國民不聊生，怨聲載道，已成燕國公敵。主公秉承天意，今興正義之師，討伐逆賊，清理君側！」

十幾員戰將齊聲吼道：「我等誓死跟從主公，剷除奸賊，清理君側！」

「好！」季青拔出寶劍，「人生在世，莫過於建功立業。諸位將軍，這個機會，近在眼前！你們各領人馬，按預先約定，殺入薊城。誰先登城，即記頭功！」

眾將齊聲喝道：「末將得令！」

眾將各領人馬，分別馳去。不一會兒，鼓聲四響，殺聲震天，武陽叛軍爭先恐後，分別殺向外城諸門。

* * *

薊城進入緊急狀態，鑼聲齊鳴，喊聲四起，眾多青壯紛紛拿起武器，湧向四面城門。

老燕人客棧裡，老丈正與壯士對飲，街上突然人聲鼎沸，亂作一團。不一會兒，小二急急進來，報說武陽叛軍正在攻城。

老丈冷笑一聲，放下酒碗，走至店中翻騰一陣，尋出一桿丈八長矛，拿抹布擦拭塵土。壯士走過來，拿過長矛，舞動幾下，脫口讚道：「好槍！」

「聽你此話，」老丈接過槍，不無自豪地說，「壯士算是識貨之人了！不瞞壯士，此槍是老朽祖傳家寶，槍頭為精銅所鑄，槍纓是胡地馬鬃，槍桿是南國上等紫檀，在燕地，似此等寶貝，唯有宮中甲士才配！」

小二驚問：「掌櫃的，您擦拭此槍，難道是要……」

老丈扔掉抹布，拿槍走至院中，舞弄幾下，對小二道：「小二，你守好店門，老朽去守東城門去！」

壯士拿起酒罈，咕咕一氣喝乾，從几案上拿起寶劍，掛在腰間，衝小二抱拳道：「小二，替我守好那馬！」轉對老丈呵呵笑道，「老丈真是爽氣人，走，晚生陪你！」

* * *

東宮裡亂作一團，幾十輛馬車上堆滿物品，七、八個宮妃，十幾個小公子、小公主爭先恐後地奔向馬車，有幾個不願走的，蹲在一邊抹淚。眾臣僕及宮人你呼我叫著向大車上扛運貴重物什。

殿外，數十名甲士豎槍般立於地上，軍尉袁豹手執長槍，昂首挺立於隊列前面，目光冷峻地望著這群在驚惶中醜態百出的男女及不男不女的宮人。

南門外傳來鼓聲及衝殺聲。不一會兒，太子蘇大步走出殿門，飛身躍上王輦，對袁豹道：「袁將軍，快走！」

袁豹卻是一動不動，眾軍士亦然。

太子蘇急了，提高聲音：「袁豹，你耳朵聾了！」

袁豹朗聲問道：「請問殿下，欲至何處？」

太子蘇氣怒交加，大聲吼道：「你……不是早就告訴你了嗎？走北門，去造陽！」

「殿下，」袁豹單膝著地，緩緩跪下，「叛軍兵臨城下，君上仍在宮中，殿下卻……卻棄城遠走，萬萬不可啊！」

太子蘇厲聲喝罵道：「叫你走你就走，囉嗦什麼？」

袁豹苦苦哀求：「薊城危在旦夕，君上龍體欠安，殿下，您要一走，軍心必散，薊城必破啊！」

太子蘇臉色烏青，呼一聲從腰中拔出寶劍：「袁豹，你……你敢抗旨嗎？」

袁豹脖子一橫，冷冷說道：「殿下要殺便殺，末將不當逃兵！」

眾甲士一齊跪下，異口同聲道：「我等誓死不當逃兵，願從袁將軍守衛薊城，與叛軍決一死戰！」

太子蘇掃一眼眾軍士，聲嘶力竭地吼道：「來人！」

死一般寂靜，場上竟無一人應聲。

太子蘇驚得呆了，握劍之手開始顫抖，幾乎是不可置信地凝視眾人：「你……你們……難道是想謀逆嗎？」

袁豹朗聲回道：「末將不敢！」

眾軍士亦齊聲和道：「我等不敢！」

太子蘇本無縛雞之力，沒有眾軍士支持，自是哪裡也走不了。看到眾軍士如此抗命不從，他真正急了，站在車上正自無個發落，殿外傳來馬蹄聲，不一會兒，姬噲領著一隊甲士匆匆進來，看到這個陣勢，一下子呆了。

太子蘇又驚又喜，急道：「噲兒，快來！」

姬噲趨前，緩緩跪下：「兒臣叩見殿下！」

太子蘇手指眾軍士：「這群逆賊公然抗旨，快，下了他們的武器！」

不待姬噲動手，袁豹已將長槍朝前面一扔，叩在地上。眾甲士看到，也紛紛將槍放在地上。姬噲不解地望著太子蘇：「這……這是怎麼回事？」

正在此時，西城門、東城門也傳來擊鼓聲。太子蘇不及解釋，急道：「噲兒，莫說這個了，快走，開北門，暫去造陽！」

姬噲叩在地上，遲遲沒有動身。太子蘇急了，叫道：「噲兒？」

姬噲緩緩說道：「啟稟君父，北門走不通了。據兒臣所知，外城八門盡被叛軍圍死！」

太子蘇如聞驚雷，撲通一聲跌在車上。姬噲起身，掃一眼眾人：「你們守在這兒幹什麼？快將物什搬回去！」

眾人未及反應，一輛馬車在殿外停下，老內臣跳下車來，緩緩走進殿門，掃視一眼，心中已是明白，卻不點破，朗聲宣道：「殿下，夫人口諭！」

太子蘇驚魂未定，下車叩道：「兒臣聽旨！」

老內臣一字一頓：「請殿下前往甘棠宮議事！」

* * *

老內臣走後，姬雪引領蘇秦走往前殿，分賓主坐下。

殿中只有春梅與另外一個貼身宮女。春梅打了個眼色，與宮女一道識趣地走到殿門處，遠遠地守在門口。看到身邊並無他人，姬雪的一顆心鼕鼕狂跳，萬語千言竟是堵在嗓眼，只將兩眼久久地凝視蘇秦。蘇秦亦無一語，回以同樣熱烈的眼神。

二人對視許久，還是姬雪打破沉默，不無感嘆地說：「蘇子，奴家萬未想到此生還能再見到你，且在此時！不瞞蘇子，這些日來，黑雲壓城，山雨欲來，燕室內外交困，君上臥榻不起，奴家……奴家真是度日如年啊！」

聽到姬雪自稱奴家，蘇秦心頭一顫，全身如同過電一般，不無體貼地小聲說道：「是的，公主看起來瘦了！」

「真的嗎？」見蘇秦也改口稱她公主，姬雪也似回到從前，天真一笑，「天哪，奴家一定難看死了！」

蘇秦這也回過神來，撲哧一笑：「難看？公主要是難看，天下還有好看的人嗎？」

姬雪也笑起來：「蘇子怕是在哄奴家開心的吧！」

「公主，」蘇秦凝起兩眼，不無深情地望著姬雪，「蘇秦有件心事，這些年來一直暖在心頭！」

姬雪似已猜出他要說什麼，聲音輕而顫動：「能說予奴家聽聽嗎？」

蘇秦點了點頭，伸手入懷，摸索有頃，方從貼身內衣裡拿出那塊絲帕，雙手呈予姬雪：「公主，您還記得此物嗎？」

姬雪接過，看到絲帕早已泛黃，上面斑斑點點，印滿痕跡，原先的香味蕩然無存，散發出獨特的男人體味。姬雪不無激動地將之捧至脣邊，淚水再度流出。

蘇秦緩緩跪下，輕聲說道：「公主，這些年來，在失去信心的時候，在萬念俱灰的時候，在需要力量的時候，在遇到誘惑的時候，蘇秦只做一件事，就是掏出這塊絲帕！」

姬雪盡力克制自己不哭出來，聲音小得不能再小：「請問蘇子，不過是個絲帕而已，你為何定要掏出它來？」

蘇秦的聲音多少有些哽咽：「因為……因為絲帕上面，印著公主的淚痕！」

聽聞此言，姬雪再也控制不住，抽動雙肩，嗚嗚抽泣起來。抽有一陣，姬雪突然起身，快步走至內室。不一會兒，姬雪返身回來，懷抱一個錦盒。

姬雪款款走至席前坐下，緩緩說道：「謝蘇子看重了！奴家這裡也有一件寶物，請蘇子賞鑑！」言訖，將錦盒推至蘇秦跟前。

看到如此華美的錦盒，蘇秦甚是詫異，望著它一動不動。

姬雪柔聲道：「蘇子，請打開它！」

蘇秦打開錦盒，取出一物，見上面包裹一層又一層的錦緞。蘇秦已知它是何物了，拆解錦緞的兩手開始顫動。

終於，蘇秦從層層錦緞中看到了他當年一刀一刀削出的木劍。在這華麗的錦盒與錦緞的襯托下，在姬雪花一樣的容顏與鮮亮的衣飾的襯托下，在宮殿及殿中所有奢華物什的襯托下，這柄木劍顯得模樣醜陋，簡直是慘不忍睹了。

看有一時，蘇秦伏地叩道：「如此醜陋之物，公主不棄也就是了，何又賞此禮遇？」

姬雪緩緩說道：「在奴家眼裡，這座宮殿裡真正貴重的，唯有此物了！」又頓一時，聲音更緩，「不瞞蘇子，上面的每一道刻痕，奴家都能背誦出來！」

蘇秦再拜於地，泣道：「謝公主厚愛！」

姬雪也自埋頭哽咽。好一會兒，姬雪似是陡然意識到什麼，抬起頭來，輕輕拭去淚水，衝蘇秦燦爛一笑：「好了，蘇子，既然兩件物什於你於我都是寶貝，咱們還是各自收起吧！」言訖，將絲帕遞予蘇秦，小心翼翼地用錦緞包起木劍，裝入盒中。

蘇秦亦收起絲帕，起身坐於自己席位。

姬雪將盒子放在一側，似是換了個人，微微笑道：「還記得我們第一次見面的事嗎？不瞞蘇子，奴家一眼看到蘇子，就知蘇子必成大器。今日一見，果真如此！」略頓一下，調皮地歪頭望著蘇秦，「不過，奴家很想知道一事，蘇子的結巴哪兒去了？」

蘇秦正襟端坐，做出一本正經的樣子：「回稟公主，進雲夢山之後，蘇秦的結巴被恩師鬼谷先生看中，將它收走了！」

「真是奇事！」姬雪兩眼大睜，「不過，蘇子結巴起來，當真好聽！不瞞蘇子，這些年來，在奴家耳邊迴響的總是蘇子的結巴聲，今日這……這突然不結巴了，奴家……奴家真還有點不太適應！」

蘇秦撲哧笑道：「既……既然公……公主也看……看……看中蘇……蘇秦的結……結巴，蘇……蘇秦這……這就結……結……結巴予妳！」

姬雪手指蘇秦，笑著學道：「蘇……蘇……蘇……蘇子可真……真……真……真逗！」

說完，兩人各自手指對方，開懷暢笑。笑有一時，姬雪似是想起什麼，斂住笑，不無關切地趨身問道：「請問蘇子，雨兒可在？」

蘇秦忖知她說的是雨公主，微微點頭，抱拳道：「在下正欲稟報公主，雨公主易名玉蟬，是在下師姐，隨先生在谷中修習醫道，已有大成！」

「哦？」姬雪喜極而泣，急問，「雨兒她……快，快說說她！」

蘇秦正襟端坐，緩緩道起玉蟬，講她如何修道，如何學有大成，如何守望大雁，對雁彈琴思念姬雪等，聽得姬雪泣淚交流，正自傷懷，老內臣回來，在門外咳嗽一聲，趨

入稟道：「啟稟夫人，殿下和薊城令在外候見！」

姬雪抹去淚水，穩了穩心神，緩緩點頭：「宣！」

老內臣朗聲唱道：「宣殿下、薊城令覲見！」

＊　＊　＊

一陣緊一陣的戰鼓聲隱隱傳入明光宮裡，燕文公聽有一時，感覺不對，忽從榻上坐起：「來人！」

宮正急進來道：「臣在！」

「愛妃呢？」

「回稟君上，夫人正在甘棠宮與眾臣議事！」

燕文公甚是狐疑：「甘棠宮？與眾臣議事？所議何事？」

宮正的嘴巴剛張一下，旋即合上。

文公急問：「所議何事，快說！」

「這……」宮正跪地叩道，「是宮外之事，夫人恐君上憂心，暫時不讓微臣稟報！」

文公心頭一沉：「是子魚來了？」

「是的！」宮正壓低聲音，「長公子引大軍數萬打上來了，這陣兒正在攻城呢！」

燕文公面色冷凝，兩道濃眉緊緊地擰在一起，宇間現出殺氣，忽地側身下榻，似乎根本沒有生病一樣：「更衣！」。

宮正看到，驚道：「君上！」打個愣怔，轉對奴婢：「快，為君上更衣！」

＊　＊　＊

甘棠宮前殿裡，太子蘇、薊城令褚敏叩伏於地。

儘管是深宮，遠處的戰鼓聲和衝殺聲仍然衝破重重障礙，時隱時現地傳入殿中。從一陣緊似一陣的鼓聲判斷，叛軍隨時都有可能攻入城中。公子蘇面色蒼白，蘇秦看到，他的兩條腿肚子在不住打顫。

姬雪一臉沉靜，似乎外面的所有衝殺聲與戰鼓聲全都與她無關。有頃，姬雪微抬右手，語氣平和地說：「殿下，褚愛卿，免禮了！」指著旁邊早已放好的席位，「坐吧！」

太子蘇、薊城令謝過，起身坐下。

姬雪望一眼蘇秦，見他點頭，緩緩地將臉轉向薊城令，輕啟朱脣，語氣不急不緩：「本宮是後宮女子，依慣例不得干政。然而，國難當頭，君上龍體欠安，殿下……」斜睨太子蘇一眼，「殿下姑念同胞情義，難以獨斷，本宮只好行無奈之舉，召集兩位前來，在此共商大計！褚愛卿，你且說說大體情勢！」

姬雪超乎尋常的鎮靜與得體的應對，莫說是太子蘇與褚敏，縱使蘇秦，也被她震撼了，衝她微微點頭。

褚敏拱手道：「回稟夫人，據微臣所知，武陽叛軍集三萬之眾，攻城器械一應俱備，配有塔樓、連弩，來勢兇猛！」

太子蘇顫聲問道：「不是說只有兩萬人嗎？」

「回稟殿下，」褚敏轉對太子蘇，「叛軍原有二萬眾，近日又將武陽周邊數邑可徵男丁強行徵調，因而多出萬餘！」

姬雪心頭微震，目視蘇秦，見他兩眼微閉，似聽非聽，似乎這些不過是數字而已。

南門外傳來更緊的鼓聲和衝殺聲。太子蘇本能地一顫，望向姬雪：「母后，叛軍是……是……是否已經打進來了？」

姬雪沒有理睬他，將眼轉向褚敏。

褚敏應道：「回殿下的話，微臣已經摸清，叛軍擂鼓並非真要攻城，不過是虛張聲勢，驚擾我心！」

姬雪怔道：「哦，此是為何？」

「回夫人的話，據微臣探明，薊城之內尚有叛軍數百，約於午夜三更襲擊東門，與城外叛軍裡應外合。眼下叛軍佯攻南、北、西三門，唯獨不攻東門，其意在此！」

姬雪一驚，目視蘇秦，見他仍舊安然自若。

姬雪輕聲問道：「蘇子？」

蘇秦睜開眼睛，望向褚敏：「請問將軍，城內共有多少守軍？」

「回蘇子的話，」褚敏拱手道，「城中原有守軍兩萬，月前因防禦趙人，子之將軍抽走一萬有餘，現有守軍不足八千。另有宮衛三千，不屬末將調度！」

蘇秦點了點頭：「假若調撥兩千宮衛交由將軍，將軍能否守城三日？」

褚敏顯然未弄明白，遲疑有頃：「這……」

蘇秦略顯驚疑：「聽將軍之意，難道守不住三日？」

「不不不，」褚敏急道，「若守三十日，末將不敢擔保。若是只守三日，末將敢立軍令狀！」

「蘇子，」太子蘇神色驚恐，「可……三日之後，我們……我們又該如何？」

蘇秦衝他微微抱拳：「殿下放心，蘇秦斷定，三日之內，叛軍必潰！」

此言一出，在場諸人皆驚，無不面面相覷，目光不約而同地射向蘇秦。褚敏半信半疑，直盯蘇秦：「蘇子是說，三日之內，叛軍必潰？」

「正是！」蘇秦的語氣異常肯定。

太子蘇急問：「叛軍為何必潰？」

不及蘇秦回答，門口傳來一個聲音：「因為有寡人的六萬大軍！」

眾人皆吃一驚，不約而同地扭過頭去，見燕文公在宮正的攙扶下，不知何時已經站在門口，如一棵千年老松一般傲然挺立。

眾人急急起身，叩拜於地。燕文公全無疾病的樣子，甩開宮正，大步走來，在主位上坐下，攤開手道：「愛妃，諸位愛卿，請坐！」

眾人謝過，各自起身落坐。

燕文公看一眼子蘇、褚敏，緩緩說道：「太子，褚愛卿，你們去吧，薊城守備，都在等著你們呢！詔告將士們，就說寡人有旨，誰也不許後退一步！」

二人領命，起身告退。

看到他們走遠，文公轉過身子，衝蘇秦拱手道：「你是蘇子吧！寡人本與夫人講妥，約蘇子榻前求教，」苦笑一下，「不想事情起了變化！」

「草民謝君上厚愛！」蘇秦拱手還禮，「《易》有六十四卦，卦卦離不開一個變字，此所謂『剛柔相推，變在其中』也！」

「蘇子所言甚是！」燕文公點頭道，「聽聞蘇子至燕，寡人之病一下子好了大半，這也算是『變在其中』了！」

「草民賤軀能為君上祈福，是草民之幸！」

姬雪心裡窩了一事，插進來道：「本宮有一事不明，這想請教蘇子！」

蘇秦轉向姬雪，拱手道：「夫人請講！」

「蘇子並不知曉君上欲調子之將軍的六萬大軍，為何卻說叛軍三日之內必潰！」

蘇秦微微一笑：「因為蘇秦料定，三日之內趙軍必撤。趙軍若撤，子之大軍有何理由空守邊地？」

蘇秦此言一出，莫說是姬雪，縱使燕文公也是一驚：「蘇子為何判斷趙軍必撤？」

「回稟君上，」蘇秦侃侃言道，「蘇秦剛從趙地來，自是知趙。君上之憂，趙室亦然。奉陽君趙成位輕權重，陰結武成君，欲助子魚執掌燕宮，再借燕人之力逼宮趙侯。為達此目的，奉陽君以制約中山為由請調趙軍入代，致使晉陽空虛，予秦以可乘之機。蘇秦料定，秦人必伐晉陽，趙侯亦必藉此機去除掉奉陽君，趙軍亦必撤離代郡，馳援晉陽。沒有趙軍做盾，武陽叛軍就如無本之木，失淵之魚，自會不戰自潰！」

姬雪、燕文公互望一眼。姬雪似是不可置信：「蘇子，這個推斷不會有誤吧？」

「回夫人的話，三日之內，當見分曉！」

蘇秦的話音尚未落定，老內臣手持軍報急步趨入：「稟報君上，子之將軍急報！」

燕文公接過急報，匆匆閱過，神色大悅，衝蘇秦道：「蘇子果是神算，趙國已起變故！昨夜子時，趙軍主將公子范被廷尉肥義擒拿，趙軍連夜開拔，馳援晉陽。子之大軍現已兵分兩路，一路襲取武陽，一路馳援薊城！」

姬雪長長地吁出一口氣，不無欽佩地望向蘇秦。二人的目光一碰，姬雪陡然間意識到什麼，旋即低下頭去，起身揖道：「君上，蘇子，你們商談國事，臣妾告退！」言訖，款款而退。

* * *

夜幕降臨，南城門外的叛軍大帳裡火燭齊明。武成君端坐於席，手持令箭，十幾位將軍正在聽令。

正在此時，季青急急走進，在武成君耳邊低語一陣。武成君大驚，手中令箭啪的一聲掉落於地。眾將不知發生何事，面面相覷。季青抬頭，朝眾將擺了擺手：「諸位將軍，你們先到帳外待命！」

見眾將退出大帳，季青長嘆一聲：「唉，主公，武陽被抄，子之大軍回援，我們……我們沒有退路了！」

武成君愣怔有頃，抬頭望著季青：「季……季子，本公全無主意了，你快想個完全之策！」

季青輕嘆一聲：「唉，叛亂名分已定，主公退也是死，進也是死，依微臣之計，眼下只有魚死網破了！」

武成君的臉色由白變青，再由青變紫，點頭道：「說吧，如何魚死網破？」

「眼下只有一線希望，就是趕在子之大軍之前攻進薊城！只要控制薊城，拿住燕公，子之大軍就會乖乖地聽命於主公！」

「好！」武成君眉頭一橫，震几道，「既然橫豎是死，就依季子之計，魚死網破！」

季青朝外擊掌，眾將軍急趨進來。

季青輕輕咳嗽一聲，緩緩說道：「諸位將軍，經過一日攻戰，薊城軍心已渙，鬥志已潰，成功就在今夜！在下方才與主公議定，今夜三更，以東門鼓聲為號，強攻薊城。南、西、北三方諸門，原來擬定的佯攻方案，改為實攻！」

武成君忽地站起，字字有力：「諸位將軍，誰先攻入宮城，拿住奸賊，本公記他首功，賞千金，封大將軍！」

眾將互望一眼，單膝跪地，齊道：「末將領命！」

是夜，將近三更時分，東城門外的曠野上，大批叛軍在夜幕掩護下黑壓壓地逼向城門，距一箭之地頓住步伐。

梆聲響過三更，所有叛軍的目光都在緊緊地盯著城門。忽然，城門上下火燭齊明，殺聲震天，慘叫連連。不用再問，武成君知道裡應外合之事已洩，臉色陡變，眼中冒出火來，奪過鼓槌，親自擂鼓。俄頃之間，鼓聲貫耳，眾叛軍發聲喊，各持登城器械，衝向城門。

城牆上燈火通明，亂箭齊發。眾叛軍冒著箭雨衝過護城河，攻至城下，搭起雲梯，爭先恐後地向城牆上攀爬。數百人馬擠在城門外，抬起一根早已準備好的巨木撞向城門。城上檑木滾石齊下，叛軍死傷滿地，嚎叫連連。

與此同時，西、北、南諸門叛軍聽到東城門的鼓聲，也向城門發起猛攻。

* * *

甘棠宮本為宮闈之地，外人不宜擅入，更不必說在此論政了。此前姬雪召諸人入宮議政，皆因情勢所逼。燕公問政，自然不宜再待在此處，遂邀蘇秦前往明光宮，在書房裡分賓主坐下，繼續攀談。

宮外傳來戰鼓聲和吶喊聲，一陣緊似一陣。二人剛剛坐下，太子蘇不無惶恐地急走進來，叩拜於地：「君父，叛軍就……就要打進來了！」

看到他的那副惶恐樣，燕文公眉頭微皺，冷冷說道：「不是還沒有打進來嗎？」

蘇秦要來筆墨，伏案疾書一陣，呈予燕文公。文公看過，點了點頭，遞還過來。蘇秦將書信遞予太子蘇，拱手說道：「殿下，速將此書轉呈薊城令，或能遏止叛軍攻勢！」

燕文公補充一句：「你可轉告薊城令，就說這是寡人旨意！」

目送太子蘇走遠，蘇秦轉過身來，對文公道：「君上打算如何處置長公子？」

燕文公眉頭緊皺，半晌，從牙縫裡擠道：「繩之以法！」

「君上，」蘇秦緩緩說道，「長公子雖說犯下不赦之罪，可……君上難道真要弒子嗎？」

「唉，」燕文公不無痛苦地閉上眼睛，長嘆一聲，「自大周始立，列國宮禍屢起不絕，唯燕室秩序井然，不想竟在寡人這裡出此逆子。若不嚴懲，後世必會起而效尤，遺患無窮！」

蘇秦思慮有頃，跪地求道：「長公子走到這條路上，自是死罪。不過，方才國母講出一言，倒讓草民甚是嘆喟。國母說：『燕國不能亂！』燕有此亂，已傷根本。君上若是誅殺長公子，長公子黨徒必然驚懼，或畏誅潛逃，或聚眾相抗，燕國再度流血不說，武陽臣民之中，又有多少人妻離子散，家破人亡！再說，虎毒尚不食子，君上向以仁德為本，難道不能做出別種選擇嗎？」

聽聞蘇秦一番話，燕文公倒吸一口涼氣，連連點頭道：「蘇子所慮甚是！依蘇子之見，寡人該當如何？」

「君上可發一道明旨，赦免長公子之罪，讓他面壁思過，重新做人！長公子的所有屬眾，既往不咎！」

燕文公沉思有頃，點頭道：「就依蘇子！」

蘇秦再拜，叩道：「草民代長公子、代武陽燕人叩謝君上不罪之恩！」

＊　＊　＊

太子蘇領過旨，急步走出，召來袁豹，要他火速將蘇秦手書呈予褚敏。袁豹得令，叫上十幾名甲士，躍馬挺槍，馳往東門。

因叛軍主力集中於東城門處，這裡的戰鬥最是慘烈。城上城下火燭齊明，武成君親自督陣，螞蟻般的叛軍沿城牆豎起無數雲梯。

在離城門不遠的地方，老丈與壯士各自把守一個城垛。一個叛軍從城垛後面探出頭來，老丈挺槍搠去，那人眼快，將頭閃過，伸手抓牢槍頭。老丈年邁，且又戰鬥多時，體力顯然不支，與那叛軍爭持不下。跟著上來幾名叛軍，其中一人挺槍直刺老丈。老丈不及躲閃，被那人一槍刺透胸口，大叫一聲，口吐鮮血，當即倒地。那叛軍未及拔出槍來，正在另一城垛後面搏殺的壯士看得分明，猛喝一聲，揚手甩出一柄飛刀，正中他的咽喉。緊接著，嗖嗖幾把飛刀連出，刀刀中喉，衝上城來的叛軍皆被壯漢飛刀殺死。壯漢急衝過來，抱起老丈，見他已經氣絕。

更多叛軍從垛口處冒出來。壯漢的飛刀用完，從死去的叛軍手中奪過老丈的寶槍，抖了幾抖，轉身走向垛口，迎向眾叛軍。

與此同時，袁豹匆匆登上城門樓，見褚敏正在城頭上擂鼓，叫道：「褚將軍，君上急旨！」

褚敏將鼓槌遞給候在一側的鼓手，接過書信，拆開看過，遞給袁豹：「速抄此書，傳令全城守軍，依書中所言向城下喊話！」

袁豹正在抄寫，抬頭望見不遠處叛軍登上城頭，正自著急，褚敏提槍急衝上去。袁豹趕忙抄寫數份，交予手下親兵，讓他們速下城樓，馳向其他城門，自己也拿一份，伏在城垛後面，扯開嗓子向城下喊道：「城下的將士們，趙國大軍撤走，子之將軍已經襲占武陽，不出一個時辰就可抵達此地，你們無路可走了，頑抗到底，只有死路一條……城下的將士們，你們受騙上當了！趁時間來得及，趕快逃命去吧！……君上有旨，武陽燕人聽旨，儘管你們聽信蠱惑，謀逆作亂，寡人仍然原諒你們，因為你們是燕人，是寡人的子民！燕人不打燕人，你們只要放下武器，誠意悔過，寡人既往不咎……」

他這一喊，其他將士也都放下兵器，跟著叫喊起來。正在攻城的叛軍紛紛停住，開始傾聽。有頃，眾叛軍七嘴八舌：「君上說的對，咱們都是燕人，燕人不能殺燕人啊！」「娘的，上當了！」「弟兄們，君上大軍來了，快逃命吧……」

眾叛軍紛紛扔下武器，朝黑暗裡四散奔去。

* * *

黎明時分，數百名不願捨棄武成君的軍士聚集在大帳周圍。帳中，武成君端坐几前，兩手抱起一罈老酒仰脖狂飲，季青與五個將軍齊齊跪在地上。

季青叩道：「主公，求求你，不要喝了！」

眾將軍一齊叩道：「主公，快走吧，再不走就遲了！」

武成君似是沒有聽見，依舊抱著酒罈，揚脖猛灌。

季青起身，一把奪過酒罈，摔在地上：「主公，你難道真要在此等死？」

武成君看他一眼，苦笑一聲，搖頭道：「季子，武陽已失，你說，本公能走哪兒？」睖起醉眼掃向眾將軍，提高聲音，「諸位將軍，你們說，本公還能走哪兒？」

季青應道：「齊王一向待公子不薄，主公不妨殺往臨淄！」

五位將軍齊道：「我等誓死保護主公，殺往臨淄！」

武成君正待說話，帳外傳來腳步聲，參軍稟道：「報，君上使臣到！」

季青忽地起身，朝幾位將軍略一示意。眾人起身，退至兩側，手按劍柄，如臨大敵。武成君朝季青點了點頭，季青朝參軍道：「宣他進來！」

老內臣昂首走進，身後跟著袁豹。進帳之後，袁豹手按劍柄，冷眼環視一周，立於老內臣一側。

老內臣頓住步子，朗聲說道：「君上口諭，武成君聽旨！」

武成君愣怔一下，猛然起身，叩拜於地：「兒臣接旨！」

老內臣輕輕咳嗽一下，朗聲說道：「君上口諭，魚兒，你好糊塗！你和蘇兒是寡人骨血，又是同胞兄弟，眼下鬧成這樣，讓寡人傷心！魚兒，陰雲過去了，一切也都過去了。你的過失，寡人予以寬恕。你的從屬皆是寡人子民，寡人也予以寬恕。魚兒，寡人老了，寡人……寡人什麼也不想，只想看看你。昨兒晚上，寡人……寡人迷迷糊糊中又看到了你們的母后，她就站在寡人榻邊，淚水汪汪，對寡人說，魚兒呢，臣妾的魚兒哪兒去了？魚兒，明日是你母后的祭日，不要再鬧了，回來吧，寡人在明光宮裡候你！你的父親，姬閔！」

老內臣傳完旨，拿袖子抹淚。武成君慟哭失聲，將頭死命地朝地上猛磕，嚎哭道：「公父……母后……兒臣來了！兒臣這就來了！」

老內臣哽咽道：「公子，跟老奴走吧，君上龍體尚未康復，今又一宵未睡，拖病候著你呢！」

武成君止住哭聲，拭一把淚水，起身朝老內臣深揖一禮：「內宰稍候片刻！」言訖，轉身走進帳後的內室。

不一會兒，內室傳出「咚」的一聲悶響。季青陡然明白過來，急步衝入內室，見武成君已經倒在地上，伏劍自盡。

季青從武成君手中取過寶劍，大叫一聲：「主公，季子來也！」亦朝脖子上抹去。

* * *

剛過卯時，太子蘇一臉喜氣地大步跨入甘棠宮，人尚未到門口，聲音就飄進來：「母后！母后——」

守在宮門的春梅打個手勢，輕噓一聲，示意他不可聲張。太子蘇頓住步子，望著她小聲問道：「母后呢？」

春梅小聲應道：「夫人一宵未睡，正在榻上休息呢！殿下可有大事？」

太子蘇急道：「快去稟報母后，就說我有要事求見！」

春梅掃他一眼，走進宮門，不一會兒，走出來道：「夫人有旨，問殿下有何急事？」

太子蘇喜形於色，聲音發顫：「稟報母后，就說特大喜訊，逆賊子魚負罪自殺！」

春梅復走進去，不一會兒，從門內傳來春梅冷冷的聲音：「夫人有旨，喜訊是殿下一個人的，與夫人無關！殿下可以走了！」

太子蘇大是尷尬，轉身悻悻走去。

* * *

一身甲衣的燕軍主將子之大步趨入明光宮正殿，至燕文公前倒地叩道：「末將叩見君上！」

燕文公擺了擺手：「將軍免禮！」

子之起身，在右首席前坐下。燕文公手指坐在他對面席位上的蘇秦：「子之將軍，寡人向你引見一人，天下名士蘇秦！」

子之朝蘇秦拱手道：「蘇子大名，在下久仰了！」

蘇秦亦拱手道：「謝將軍美言！」

正在此時，殿外傳來腳步聲，不一會兒，老內臣踉蹌走入，倒地泣道：「君上，長公子他……」

毋須再問，燕文公已知發生何事了，緩緩地閉上眼睛。老內臣泣不成聲：「他走了！」

殿中死一般沉寂，只有老內臣的抽泣聲。許久，燕文公緩緩睜開眼睛：「這個逆子，走了也好！」又頓一時，「他沒說什麼吧？」

「長公子說，公父……母后……兒臣來了！兒臣這就來了……」

兩行老淚滾出燕文公的眼瞼，許久，擺了擺手，啞著嗓子道：「葬了他吧。葬在趙妃身邊，讓他們娘兒倆好好嘮嘮！還有，在趙妃舊宮的靈堂裡，為他設個牌位！」

「老奴遵旨！」

望著老內臣漸退漸遠，燕文公抬起頭來，以袖拭淚：「蘇子，子之，這樁事情算是結了，咱們君臣，說說後面的事吧！」

子之、蘇秦互望一眼，一齊拱手道：「謹聽君上吩咐！」

燕文公轉向蘇子：「聽愛妃說，蘇子曾言：『寡人無疾，有疾者燕也。』寡人之疾只在武陽，蘇子卻說寡人無疾，想必燕國之疾指的必不是武陽之禍。子之是燕國棟梁，也是寡人賢姪，此處再無他人，燕之疾何在，蘇子可否言之？」

「君上聖明！」蘇秦拱手道，「在蘇秦看來，燕國之疾，不在武陽之亂，在於國無長策！」

燕文公身子前傾：「寡人願聞其詳！」

「人之疾，無非寒熱失調；國之疾，無非內憂外患。燕國內有大憂，外有大患，卻無長策應對，蘇秦是以判斷燕有大疾！」

「請問蘇子，內憂何在？」

「中原列國皆在任賢用能，變法改制，唯有燕國因循守舊，任人唯親，致使朝綱不治，廷無能臣。蘇秦以為，燕之大疾在此！」

蘇秦所言，子之深有感觸，抱拳附和道：「君上，蘇子所言甚是。末將以為，祖宗成法皆是舊制，早已不合燕國實情，也該變一變了！」

蘇秦出口即要變法改制，倒是大出燕文公意料。燕國偏居東北，自入列國以來，一直未受三晉、齊、楚、秦變法影響，例行祖宗成法，以貴族治國，以宗法斷事，致使燕國平庸者當朝，賢能者在野，遠遠落後於人。關於如何變法，燕文公前些年就曾想過，一來因為此事涉及面過廣，一旦改制，恐生內亂，二來因為身邊缺少如公孫鞅、申不害之類鼎力推動之人，是以遲遲未能行施。今有蘇秦、子之，人力雖是備了，可自己……

想到此處，燕文公掃視二人一眼，苦笑一聲：「燕國是要改制，只是，寡人老了，這件大事，還是留待後人吧。」有頃，垂頭嘆道，「唉，老了，寡人老了！」

蘇秦、子之面面相覷，誰也不再說話。又過一時，燕文公抬起頭來，轉向蘇秦：「內憂暫不說了。蘇子，你再說說外患！」

蘇秦卻將眼睛望向子之，拱手推托道：「若論外患，子之將軍最是清楚了！」

子之見文公亦望過來，拱手應道：「回稟君上，我東有蠻胡，北有戎狄，西、南有趙與中山，南有強齊。除此之外，並無他患！」

燕文公轉向蘇秦：「燕國外患，可如子之將軍所言？」

蘇秦點了點頭：「是的！」轉向子之，「方才所言諸患中，將軍可懼胡人或戎狄？」

子之搖了搖頭：「胡人、戎狄不過是野毛子，雖有騷擾，不足為懼！」

「將軍可患中山？」

「中山一向懼趙親燕，並無大患！」

「將軍可患趙人？」

「並不懼他！」

「將軍可懼齊人？」

子之沉思有頃，低首不語。

「如此看來，」蘇秦又是一笑，「外來諸患中，將軍這是一無所懼了！」

「不不不，」子之連連搖頭，「就眼下而言，齊人尚不可懼！但就長遠來說，齊人將是我之大敵！」

「子之所言甚是！」燕文公連連點頭。

「將軍，」蘇秦話鋒微轉，「暫不說齊國，單說趙人來攻，將軍該當如何？」

「引軍拒之！」子之不假思索地回答。

蘇秦再次點頭：「嗯，將軍這是水來土掩，兵來將擋。再問將軍，假使將軍引軍拒趙，胡人趁機襲後，又該如何？」

「分兵拒之！」

「狄人再來呢？」

「這……這不可能！」子之顯然急了。

「子之將軍，」蘇秦微微一笑，「常言道，禍不單行，天底下沒有不可能之事！治國也好，將兵也罷，上上之策是防患於未然，不排除任何可能！」

蘇秦所言是世間常理，子之垂頭不語了。燕文公沉思有頃，抬頭問道：「蘇子方才所說的國無長策，可在此處？」

「正是！」蘇秦轉向文公，「方今天下，唯勢唯力。自古迄今，小不欺大，弱不欺強。燕國不懼東胡、北狄、中山諸國，皆因諸國勢小力弱。燕國不懼趙人，因趙、燕勢均力敵，抗兵相若。燕國暫時也不懼齊人，因齊西有三晉，南有強楚，眼下尚無餘力北圖！然而，這些只是暫時之象，絕非未來遠景！聖君治國不求近安，求的是長策遠略！」

「蘇子所言甚是，」燕文公聽得興起，連連拱手，「蘇子有何長策，恭請賜教！」

「賜教萬萬不敢！」蘇秦亦還一禮，動情地說，「草民以為，自春秋以降，天下列國，唯以勢論。勢弱者圖存，勢強者爭雄。天下有大國者七，燕勢最弱。堪與燕勢比肩者，唯有趙、韓二國。除此二國，燕或與齊戰，或與魏戰，或與秦戰，或與楚戰，皆無勝率。燕國獨懼齊人，不懼秦、魏、楚三國者，是有趙國擋在前面，得方位之利！」

聽至此處，燕文公似有所悟，點頭道：「聽蘇子之言，燕之長策當是結趙抗齊！」

蘇秦輕輕搖頭：「結趙抗齊是近策，不是遠策！」

燕文公略現驚異：「請蘇子教我！」

「結趙抗齊或能解除近患，也即齊患，卻不能解除遠患，也就是秦、魏、楚之患。

因而，蘇秦認為，燕之長策，在於合縱！」

「合縱？」燕文公捋鬚沉思，「如何合之？」

「結盟趙國、韓國！」蘇秦沉聲應道，「燕、趙、韓三國勢力相當，若是單獨對外，必遭欺凌；若是三國合縱，擰成一股繩，結成鐵板一塊，試問君上，哪個大國膽敢輕舉妄動？」

蘇秦意在合縱三晉，此時故意不提魏國，因為在燕文公眼裡，魏國仍是強勢大國，是不可能與他燕國站在一塊的。

燕文公、子之顯然聽進去了，互看一眼，點頭認同。

「然而，」蘇秦話鋒一轉，「燕國偏安無虞雖是長策，卻非蘇秦遠圖！」

燕文公一怔，趨身問道：「敢問蘇子遠圖！」

「蘇秦遠圖，是尋覓一條強弱並存、天下長治久安之道！」

「這倒新鮮，」燕文公大感興趣，「蘇子細細講來！」

「君上請看，」蘇秦侃侃而談，「燕人不懼東胡，不懼戎狄，不懼中山，因為比起燕來，這些邦國處於弱勢。然而，如果東胡、戎狄、中山結成縱親，形成鐵板一塊，燕敢不懼嗎？換言之，燕、趙、韓三國若是結成縱親，齊、楚、秦、魏諸強焉能不懼？四強皆懼，還敢輕啟戰端嗎？自古迄今，弱不惹強。強國不啟戰端，天下何來戰事？天下既無戰事，燕國何來外患？因而，蘇秦認為，合縱既是燕國長策，也是天下長治久安之道！」

燕文公沉思良久，朝蘇秦拱手道：「蘇子大志，寡人敬服。天下長治久安，原是寡人夢中所想。今聽蘇子之言，或不是夢了。寡人有一懇請，不知蘇子意下如何？」

「蘇秦恭聽！」

「千里之行，始於足下。燕國邦小勢微，蘇子若不嫌棄，就從這裡走起吧！」

老燕公此言甚是實在，蘇秦深為感動，起身叩道：「蘇秦叩謝君上器重！」

燕文公正欲回話，陡然看到老內臣在門外守候，示意他進來。老內臣走進，稟道：「啟稟君上，殿下求見！」

「哦，蘇兒來了，」燕文公略略點頭，「今日是他母后祭日，你可引他先去趙妃宮中！」見老內臣領旨而去，對蘇秦、子之苦笑一聲，「今日是先夫人趙妃祭日，寡人與她夫妻一場，得去望一望她，我們君臣之間，只好改個時辰再敘了。」望向子之，「子之，蘇子所議長策甚合寡人之意，如何去做，你與蘇子可先議議！」

子之叩道：「末將領旨！」

* * *

趙妃生前住在錦華宮，離明光宮尚有一些距離。太子蘇興沖沖地跟著老內臣左拐右轉，不一會兒就已走至錦華宮前。太子蘇見是母后生前所居之處，心頭一震，正欲發問，老內臣已先一步拱手道：「殿下，請！」

太子蘇望他一眼，不無猶疑地跨進宮門。走入正殿，太子蘇的心頭又是一震，因為映入眼簾的不是別物，竟是生母趙妃的牌位和遺像。讓他更為吃驚的是，趙妃的牌位旁邊豎著另外一個牌位，上面赫然寫著姬魚的名字。

太子蘇臉色一沉，轉向老內臣道：「這是怎麼回事？」

老內臣揖道：「回稟殿下，今日是先夫人十週年祭日！」

太子蘇手指另一個牌位，震怒道：「何人敢將逆賊的牌位擺在這兒？」

「是寡人！」身後傳來燕文公的聲音。

太子蘇回頭一看，神色有些驚亂，叩道：「公父——」

「姬蘇，」燕文公緩緩走進殿來，兩眼看也不看他，直盯著武成君的牌位，淚水流出，幾乎是一字一頓，「你不可叫他逆賊！寡人希望你能明白一個事實：姬魚是你的兄長，按照規制，太子之位應該是他的！」

太子蘇的臉上紅一陣，白一陣，愣怔有頃，彎下身子，朝牌位慢慢跪下。

按照宮中繁冗的儀式行完祭禮，天色已近黃昏。太子蘇別過燕文公，跳上車馬匆匆回到東宮。

這一日，太子蘇先受姬雪奚落，後遭文公貶斥，心情糟透了，回到東宮，一肚子怨氣總算尋到洩處，將大廳中凡是近身的物什皆拿起來，或扔或摔，乒乒乓乓的響聲不絕於耳。宮中嬪妃、宮女等不知他為何事震怒，嚇得個個花容失色，不敢近前。

正在這時，軍尉袁豹匆匆進來，看到地上一片狼籍，驚道：「殿下？」

太子蘇兩手舉簋，正在摔下去，扭頭見是袁豹站在門口，停下來，兩眼瞪著他道：「你有何事？」

袁豹略一遲疑，小聲稟道：「昨日是家父六十整壽，末將……」

「滾滾滾！」太子蘇衝他叫道，「你這愣子，早就該滾了，待在這裡扎眼！」

袁豹突遭一頓毫無來由的羞辱，臉色紫紅，怔有半晌，方才反應過來，急急退出。他的兩腳尚未邁出大門，太子蘇就又惡狠狠地送出一句：「拿上鋪蓋，再也不要回來了，滾得越遠越好！」

看到太子毫不顧念這些年來自己鞍前馬後的忠誠服役，袁豹眼中盈出淚水，抬腳朝地上猛力一跺，頭也不回地走出宮去。

GOBOOKS
& SITAK
GROUP©